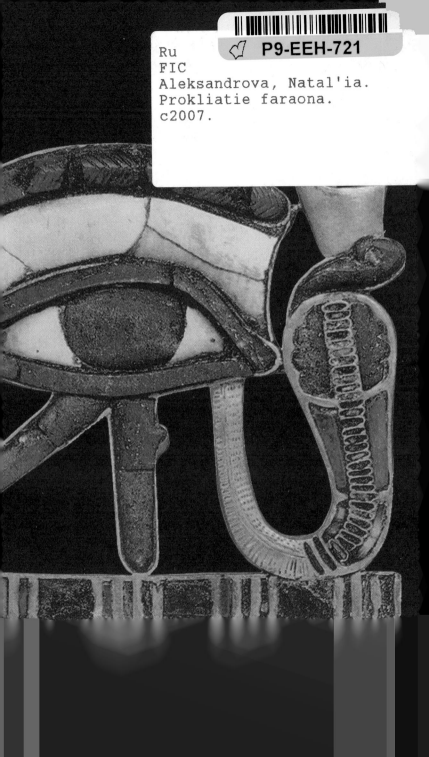

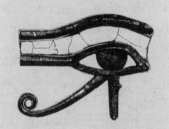

НАТАЛЬЯ АЛЕКСАНДРОВА

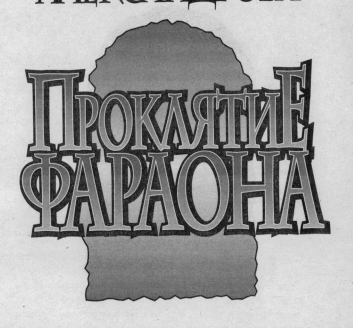

ПРОКЛЯТИЕ ФАРАОНА

ОЛМА
МЕДИАГРУПП

Москва
2007

УДК 82-31
ББК 84 (2Рос-Рус)6
А46

Александрова Н.

А46   Проклятие фараона. – М.: ЗАО «ОЛМА Медиа Групп», 2007. – 416 с.

ISBN 978-5-373-00935-5

Попытка ограбления египетского зала Эрмитажа? Древний папирус, хранящий тайное знание... Мертвец, вызванный из могилы магическим ритуалом Вуду...

Реставратор Старыгин расследует странные ночные происшествия в Эрмитаже, следуя тропой таинственных знаков и совпадений. Как связаны между собой надпись кровью над трупом блондинки, библейские притчи и мистические числа каменного писца? Приблизиться к разгадке Старыгину помогают любознательная милиционерша и друг-математик.

Но силы Зла, которые встают на пути, многолики и идут на шаг впереди... Смертельная борьба идет за обладание древним сокровищем, дающим власть над миром. Однако всякого, прикоснувшегося к тайне, настигнет проклятие фараона!

УДК 82-31
ББК 84 (2Рос-Рус)6

ISBN 978-5-373-00935-5

В темноте негромко зарокотали барабаны, и в ту же секунду вспыхнуло
несколько факелов, осветив забро-
шенный участок кладбища. Поко-
сившиеся кресты, безымянные мо-
гилы, чуть заметные холмики, скрывающие ос-
танки каких-то безвестных бедняков. От неров-
ного, трепещущего света факелов окружающий
мрак стал еще чернее.

На заржавленном железном кресте криво ви-
сел венок искусственных цветов. Белые пласт-
массовые лилии неестественно ярко выступали
из темноты.

Несколько десятков мужчин и женщин, вы-
ступив из мрака, создали живое кольцо.

Белые одежды, черные лица, возбужденно го-
рящие глаза, устремленные в центр круга.

Рокот невидимых барабанов усилился, в воздухе сгустилось невыносимое напряжение. Вдруг
на середину круга вырвалась совсем юная девуш-

ка в коротком белом платье, с безумными, невидящими глазами. Она завертелась волчком, заметалась в каком-то диком, первобытном танце, подчиняющемся только древнему голосу ночи и бешеному ритму барабанов. Запрокинув голову, широко открыв безумные глаза, девушка понеслась по кругу.

Черные лица участников церемонии замелькали перед ней, сливаясь в сплошной круг – круг из горящих от возбуждения глаз, из приоткрытых в беззвучном крике ртов.

Вдруг одно лицо выступило из этого круга – единственное на этом кладбище спокойное лицо, старое, изрезанное морщинами лицо жреца – бабалоа.

Девушка застыла перед ним, как пронзенная стрелой антилопа, упала на черную кладбищенскую землю и забилась в конвульсиях. На губах ее выступила пена.

Старик выступил из круга, приблизился к ней, и вдруг резким жестом выбросил вперед правую руку.

В его руке трепетал черный петух.

Бабалоа выкрикнул короткое заклинание на древнем языке йоруба и широким взмахом ножа отсек петуху голову.

Обезглавленная птица, выплеснув фонтан крови на бьющуюся в конвульсиях девушку, понеслась по кругу. На губах девушки белая пена смешалась с алой кровью.

Участники церемонии, в волнении застыв, не сводили глаз с безголового петуха. Они застыли в безмолвном ожидании, только барабаны били из темноты тревожной волнующей дробью.

Вдруг петух резко изменил направление, пронесся зигзагами через окруженное людьми ярко освещенное пространство, захлопал крыльями и упал на черный могильный холмик, единственный свежий холмик на этом участке кладбища.

Десятки глоток исторгли взволнованный, торжествующий вопль, и тут же ритм барабанов изменился, в нем зазвучало что-то нечеловеческое, что-то доисторическое, и в ту же секунду круг рассыпался, и десятки мужчин и женщин заметались в безумном танце.

Девушка в окровавленном платье, с красными от крови губами, поднялась, с сонным лицом лунатика медленно пошла через ряды танцующих – и все расступались перед ней, пропускали ее и провожали взглядами.

Девушка шла к той же безымянной могиле, возле которой упал жертвенный петух.

И вдруг из темноты, окружающей участников церемонии, вышел еще один человек.

Человек ли?

Высокая, необычайно худая фигура в черном фраке и цилиндре, длинная черная трость в правой руке, необычайно белое, словно высеченное из мрамора лицо в круглых черных очках, завораживающе медленные движения.

Танцующие застыли, испуганно следя за приближающимся.

По их рядам пробежал тихий взволнованный шепот:

— Барон Суббота!.. Барон Суббота!.. Барон Суббота!..

Барон Суббота, страшный повелитель мертвых, расхаживающий по ночам среди могил в окружении призраков и оборотней...

Все невольно подались назад.

Только девушка с окровавленным ртом продолжала медленно идти навстречу таинственной фигуре, постепенно сближаясь с ней, да старик бабалоа стоял чуть в стороне, наблюдая за происходящим взволнованно, но без колебаний, как опытный режиссер из-за кулис наблюдает за первой постановкой пьесы.

Когда девушка и незнакомец во фраке почти сошлись, и между ними остался только могильный холмик с лежащей на нем птичьей тушкой, барабаны мгновенно смолкли.

Все замерли, не дыша и не сводя взглядов с происходящего.

И тогда земля на холмике зашевелилась.

По рядам участников церемонии пронесся вздох.

Девушка встряхнула волосами и выбросила вперед тонкие руки.

Незнакомец, опираясь на трость, тоже поднял левую руку, как будто приветствуя присутствующих. Или, возможно, приветствуя того, кто поднимался из-под земли.

Холмик затрясся, по нему пошли трещины, и наконец земля разверзлась. Из-под нее показалась человеческая фигура.

И тогда снова глухо и страшно зарокотали невидимые барабаны.

— Держи, Серега! — раздраженно прохрипел Антипов, с трудом удерживая свой край тяжеленного ящика. — Ты что, блин, спишь на ходу? Или со вчерашнего еще не оклемался? Сейчас бы уронили эту гагару, вот бы нам потом от начальства влетело!

— Да ты че, Антипыч! — отмахнулся Серега, приподнимая свой край. — Мы что с тобой — первый раз, что ли? Разве когда роняли?

Они протащили ящик по узкому коридору и оказались на пороге кладовой. Тут Серега крякнул и снова приподнял свой край, чтобы перетащить ящик через порог, но не удержал и выронил его.

Ящик грохнулся об каменный пол, от него отлетела боковая доска.

— Я ж тебе говорил! — Антипыч добавил несколько крепких выражений. — Говорил тебе, лопуху — держи его как следует!

— Да чего этим ик... спонатам сделается? — проговорил Серега, потирая затылок. — Они пять тыщ лет пролежали и еще столько же пролежат!

Потому как офигительно крепкие! Так что ты насчет этого не бойся... и ваще, Антипыч, чего ты так начальства боишься? Ну что они тебе могут сделать? Уволить, что ли? Да где они других таких дураков найдут, чтоб за такие гроши так корячились?

Антипов, не слушая напарника, тоскливо взирал на поврежденный ящик и представлял, сколько завтра будет шума.

— Да перестань, Антипыч! — проныл Серега. — Подумаешь, доска отлетела! Говорю тебе — ничего ему не сделается!

Он наклонился, чтобы снова поднять ящик, и вдруг застыл, к чему-то прислушиваясь.

— Ну, чего ты ждешь? — раздраженно проговорил Антипов, взявшись за свой край. — Поднимай, совсем чуток осталось!

— Тише, Антипыч! — прошептал Серега. — Ты ничего не слышишь?

— А чего я должен слышать? Как у тебя в башке от вчерашнего шумит? Так это кроме тебя никому не слышно!

— Да нет! — Серега опасливо уставился на ящик. — Вроде там внутри кто-то есть...

— Ну, Серега, тебе точно надо с этим делом завязывать! — вздохнул Антипов. — Этак ты скоро совсем до чертиков допьешься! Небось еще и мешал вчера водяру с портвейном! Было?

— Было! — горестно признался Серега. — Но только там точно кто-то...

— Кончай ты это! — прикрикнул на него Антипов. — Берись за свой край! И так мы уже невесть сколько времени тут провозились!

Они втащили ящик в кладовку и поставили на другой такой же. Это был последний на сегодня. Даже, если честно — лишний. В накладной было написано про восемь ящиков, а в кузове машины их оказалось девять. Ответственный за приемку сотрудник долго морщил лоб и не знал, как поступить с лишним ящиком, но потом махнул рукой и велел такелажникам разгружать все подряд и тащить в подвальное помещение. Завтра с утра придет Мария Антоновна, заведующая отделом, и разберется с этим лишним ящиком.

Серега протопал по коридору, что-то бормоча себе под нос, и хлопнул входной дверью. В подвале наступила тишина. Антипов вытер руки вафельным полотенчиком и повернулся спиной к ящикам, чтобы повесить его на гвоздь. И тут у него за спиной раздался негромкий, но отчетливый скрип, как будто кто-то открывал рассохшуюся дверь или отдирал крышку от деревянного ящика.

Антипов замер.

Он почувствовал, как волосы на голове зашевелились от страха. Раньше он думал, что такого не бывает, что шевелящиеся от страха волосы — это выдумки досужих болтунов. А теперь его волосы действительно зашевелились и встали дыбом.

– Кто здесь? – проговорил Антипов внезапно охрипшим голосом.

Ему никто не ответил. Да и кто мог ему ответить? В подвале, кроме него, не было ни души.

Он подумал, что странный скрип просто померещился, и осторожно перевел дыхание, но этот звук снова раздался в тишине подвала. Мало того, вслед за ним послышалось чье-то напряженное, хриплое дыхание и, как ему показалось, приглушенное рычание.

Такелажник медленно повернулся, чтобы взглянуть на источник странных звуков.

Чертов ящик – тот самый, который они только что так неловко уронили – лежал на прежнем месте. Но его верхняя стенка была оторвана и сдвинута в сторону.

Антипов попятился, не сводя испуганного взгляда с этого полуоткрытого ящика.

Он отступил к самой двери, еще немного, еще один шаг – и можно будет выскочить из кладовки, запереть дверь и припустить прочь из подвала наверх, к солнечному свету, к живым людям...

И тут свет в подвале погас, и в ту же секунду на голову Антипова обрушился страшный удар.

Михаил Михайлович Сапунов наполнил электрический чайник отфильтрованной водой и нажал кнопку. Наступало самое трудное время дежурства – от трех до пяти утра ему было особенно тяжело бороться со сном, поэтому Михаил Михайлович решил приготовить чашку крепкого кофе.

Сапунов был отставной майор. В прежние времена военной пенсии ему вполне хватило бы для безбедного существования, но эти времена давно прошли, и Михаил Михайлович очень обрадовался, когда племянник Костя предложил ему место ночного дежурного в Эрмитаже.

Кроме того, что зарплата дежурного помогла ему залатать многочисленные прорехи в семейном бюджете, эта работа давала возможность поменьше видеться с женой и тем самым сберечь нервные клетки, которые, как известно, не восстанавливаются. Последнее время Катерина стала совершенно невыносима. С тех самых пор, как майор Сапунов вышел в отставку, Катерина пилила его с утра до вечера без перерыва на обед, без выходных и без отпуска. Когда-то в цирке Сапунов видел, как фокусник распиливает свою ассистентку. Так вот Катерина дала бы тому фокуснику сто очков вперед.

Михаил Михайлович вздохнул, насыпал в фаянсовую кружку с изображением яркого петуха две ложки гранулированного кофе, подумал и добавил третью. Досыпав немного сахара, залил кофе кипятком и повернулся к голубоватым экранам мониторов, за которыми ему полагалось наблюдать, не отвлекаясь на посторонние соображения.

Правый экран в нижнем ряду был покрыт тусклой сероватой рябью, словно поверхность Невы в пасмурный осенний день.

Михаил Михайлович снова вздохнул и вытер крупную, наголо выбритую голову клетчатым платком.

Наверняка чертова камера опять барахлит. Он сто раз говорил начальнику охраны Евгению Ивановичу Легову, что камеры в залах никуда не годятся, что их нужно заменить, но разве кто-нибудь слушает простого охранника, даже если он отставной майор войск связи? Легов только отмахивался.

Но соблюдения инструкции он требовал от своих подчиненных неукоснительно, а по инструкции, если изображения с камеры нет, охранник должен пойти в соответствующий зал и лично убедиться, что там все в порядке. И только попробуй не убедись — Легов выгонит с работы в двадцать четыре часа.

Правый монитор в нижнем ряду — это египетский зал.

Даже кофе не выпить!

Сапунов тяжело поднялся, с сожалением взглянул на дымящуюся кружку и направился в этот проклятый египетский зал.

Эрмитаж ночью выглядит совсем не так, как днем, когда его наполняют шумные многоязычные толпы туристов. Ночью залы музея кажутся таинственными и страшноватыми. Яркие люстры погашены, горит лишь скудное дежурное освещение, отчего изменяются все пропорции залов, они кажутся гораздо больше, возникает множество темных углов и закоулков.

Из этих темных углов мрачно и подозрительно выглядывают старинные портреты, бледный лунный свет, проникая сквозь сиреневые стекла восемнадцатого века, окрашивает их в зловещие мертвенные цвета, тихо поскрипывает рассохшийся паркет — так и кажется, что в соседнем зале кто-то ходит...

Михаил Михайлович спустился на первый этаж, пересек зал римского скульптурного портрета, покосившись на высокого надменного человека в коротком плаще, миновал небольшой коридор, соединяющий две части музея, спустился по короткой широкой лестнице и оказался в том самом египетском зале.

С первого взгляда все здесь было в полном порядке. Да и кому придет в голову проникать сюда посреди ночи? Кому могут понадобиться тяжеленные каменные саркофаги, деревянные статуи давно умерших людей или плиты с непонятными надписями?

Честно говоря, отставной майор Сапунов вообще не понимал, что люди находят в этих допотопных черепках, каменных обломках и деревянных статуэтках. Если уж на то пошло, фарфоровые собачки, которые собирала его жена Катерина, были куда привлекательнее. Но это, в конце концов, не его дело. Его дело — следить за порядком на вверенной территории, чем он сейчас и занимался.

Михаил Михайлович решил на всякий случай обойти подозрительный зал по периметру и вернуться в дежурку, где его дожидалась остывающая кружка кофе.

Он прошел мимо стеклянных витрин с похоронными принадлежностями древних египтян, с керамическими фигурками — ушебти, которые клали в могилу каждого знатного человека (о чем, впрочем, отставной майор не имел ни малейшего представления), прошел мимо укрытой стеклянным колпаком мумии, запеленатой в потемневшие от времени льняные полосы, мимо огромного саркофага из серого песчаника. Именно этот саркофаг закрывал от него дальнюю часть зала, и теперь, обойдя его, охранник увидел, что в данном помещении далеко не все в порядке.

Небольшая каменная статуя сидящего писца, которой полагалось находиться в витрине рядом с другими такими же статуэтками, сидела на полу посреди зала и смотрела на Сапунова с откровенной издевкой. Ноги древнего египтянина были сложены кренделем, на коленях покоилась табличка, в которой он делал свои пометки.

— Это что такое? — возмущенно выдохнул отставник, шагнув к недисциплинированному египтянину. — Что за непорядок?

Инструкция требовала во всех подобных случаях немедленно связываться с начальством, но отставной майор Сапунов знал по собственному опыту, как не любит начальство, когда его будят в самый мрачный час ночи, и решил для начала убедиться, что все действительно так, как ему представилось. Потому что еще больше то же самое начальство не любит, когда его будят напрасно.

Сапунов приблизился к подозрительному писцу и убедился, что все обстоит именно так, как ему представилось с первого взгляда, а именно: каким-то преступником нарушена герметичность витрины с экспонатами. Часть экспонатов разбросана по полу, а самый крупный экспонат – статуэтка сидящего писца – отнесен на достаточно большое расстояние от витрины и усажен в прежнюю позу.

Михаил Михайлович потянулся за переговорным устройством, чтобы вызвать старшего по смене и переложить на него чрезвычайно трудную задачу принятия решения, как вдруг за спиной у него послышались мягкие крадущиеся шаги.

Эти шаги были такими легкими, что в первую секунду Сапунов не понял, что к нему кто-то приближается. Он подумал, что снова слышит скрип рассохшегося паркета. Однако вскоре к этому скрипу присоединилось хриплое дыхание. Михаил Михайлович обернулся, чтобы разглядеть приближающегося человека, но не успел этого сделать, потому что на голову ему обрушился страшный удар, и свет в глазах отставного майора Сапунова моментально погас.

Хватились дежурного только часа через два, когда проверили мониторы и на одном заметили непорядок в зале и лежащее тело. Пока сбежались, пока приводили его в чувство, настало утро, и подоспели остальные сотрудники. Теперь все сгрудились в зале, переживая и любопытствуя.

В дальнем конце зала послышались легкие торопливые шаги, и появился невысокий кругленький человечек с круглым румяным лицом и лысоватой головой, в котором присутствующие узнали заместителя директора по безопасности Евгения Ивановича Легова.

Тех, кто видел его впервые, легко могли ввести в заблуждение румяные щеки Легова, маленькие ручки и голубые детские глаза. Но эта внешность была обманчива – голубые глаза способны были метать громы и молнии, маленькие ручки могли сжиматься в каменные кулаки, а тихий голос мог превращаться в угрожающий рык.

Вот и сейчас, раздвинув сгрудившихся вокруг вскрытой витрины сотрудников, он рявкнул:

– Почему в зале посторонние?

Голос Легова обладал таким воздействием на окружающих, что все присутствующие, независимо от занимаемой должности и научного авторитета, почувствовали себя посторонними и постарались незаметно ретироваться, так что через две минуты на месте происшествия остался только сам Легов, двое его подчиненных и заведующая египетским отделом Мария Антоновна, аккуратная старушка в строгом синем костюме и блузке с белоснежным отложным воротничком.

— Что у вас пропало? — холодно осведомился Легов, быстрым внимательным взглядом оценив разрушения и повернувшись к Марии Антоновне.

Заведующая отделом сложила руки на груди и сообщила сухим, как папирус, шелестящим голосом:

— Я проверила, все единицы хранения целы, только перемещены... удалены со своих мест...

— Значит, не кража... — Легов облегченно вздохнул и вытер платочком розовую лысину. — Значит, хулиганство...

Он обошел вокруг поврежденной витрины, осторожно ступая и внимательно глядя себе под ноги, и остановился над каменным писцом.

Древний египтянин выглядел совершенно как живой. Он сидел на небольшом возвышении, удобно скрестив ноги, и что-то старательно записывал на каменной табличке.

Евгений Иванович отчего-то вспомнил, как сам он в начале рабочего дня делает пометки в своем ежедневнике. Он даже машинально заглянул в записи египтянина, но, разумеется, на табличке были нанесены совершенно непонятные значки. Вообще, у него определенно было некоторое сходство с этим доисторическим чиновником. Такая же круглая безволосая голова, такая же начальственная уверенность во взгляде... только, пожалуй, в лице египтянина проглядывала несвойственная Евгению Ивановичу насмешка.

Легов отбросил эти несвоевременные мысли и сосредоточился на обстоятельствах дела.

Каменного египтянина вытащили из витрины и усадили на свободное место посреди зала. Евгений Иванович осмотрел пол. Рядом с каменным писцом валялось несколько мелких безделушек, осколки стекла из разбитой витрины усеивали пол, как льдинки, хрустели под ногами.

– Свет! – скомандовал Легов, ни к кому не обращаясь. Один из его подчиненных мгновенно приволок переносной фонарь, залил пол ярким белым светом. Евгений Иванович наклонился, прищурил глаза.

В боковом освещении он разглядел неясный след, отпечаток ботинка.

Примерно сорок третий размер, неброский рисунок подошвы.

Тот, кто оставил этот след, стоял прямо за спиной у каменного египтянина, как будто, как только что Легов; через его плечо заглядывал в табличку.

Скорее всего, это след преступника... хотя, возможно, и нет.

– Где... пострадавший? – Легов повернулся к своему помощнику. – Госпитализирован?

– От госпитализации пока отказался, – отозвался тот. – Находится в медпункте. Ему оказали первую помощь...

Легов резко повернулся, не сказав никому ни слова, быстрыми шагами пересек зал, взбежал по лестнице, толкнул дверь с надписью «Только для персонала», прошел коротким коридором и без стука вошел в помещение медпункта. Медсестра, склонившаяся над кушеткой, вздрогнула, отступила, собираясь что-то сказать, но Легов молча отстранил ее, подошел к пострадавшему, окинул его неприязненным взглядом.

Крупный немолодой мужчина с перевязанной головой приподнялся на локте, проговорил:

– Я ничего не успел сделать... он подкрался...

– Об этом мы поговорим позже! – оборвал его Легов. – Где ваши ботинки?

– Что? – недоуменно переспросил отставник.

– Обувь! – повторил Легов, поморщившись.

– Вон его обувь! – медсестра ткнула пальцем под кушетку. – И я вас попрошу не травмировать пострадавшего! Он перенес стресс, у него серьезная травма...

Легов с интересом взглянул на сестричку, потом заглянул под кушетку. Там стояли, как два ледокола на приколе, два ботинка примерно сорок шестого размера.

Значит, след оставил все-таки преступник...

— Возможно, у него сотрясение мозга! — добавила решительная медсестра, оставив за собой последнее слово.

Диван, покрытый бежевым пледом, вдруг зашевелился, и на свет божий выполз огромный рыжий котище с самой разбойничьей мордой. Он уселся поудобнее и поднял одно ухо, прислушиваясь. В квартире стояла тишина, из кухни не доносились никакие обнадеживающие звуки — ни звяканье посуды, ни чмоканье дверцы холодильника. Кот разочарованно оглядел заставленную старинной мебелью комнату, потом неожиданно спрыгнул на пол, царапнул когтями узорный паркет, а оттуда взвился на подоконник, где стояли два горшка с колючими кактусами. Кот распушил усы и стал подкрадываться к кактусам. Он прекрасно знал об их коварстве, и не далее как позавчера хозяин вытаскивал колючку из мягкой подушечки на лапе, но хулиганская природа брала свое.

Однако кактусы были начеку, они угрожающе топорщили все свои колючки. Кот тяжело вздохнул, смирившись, и перепрыгнул с подоконника на комод красного дерева. Там он исследовал два подсвечника, не нашел для себя в них ничего интересного, уселся поудобнее и принялся наблюдать за маятником на старинных бронзовых часах. За этим занятием и застал его вышедший из ванной хозяин.

– Доброе утро, Василий! – приветствовал он кота. – Как поживаешь?

Кот не ответил, поглядел сердито – мол, не трать время даром, иди на кухню и корми кота завтраком.

Дмитрий Алексеевич Старыгин не обиделся. Больше всего на свете он любил три вещи: свою работу, своего кота Василия и спокойную жизнь. Работу в свое время он выбрал тихую, можно сказать, кабинетную – реставратор – и достиг на этом поприще больших успехов. Отдыхать он любил тоже тихо – с книгой и котом на коленях, если зимой – то перед горящим камином, а летом. – в гамаке, подвешенном в тени деревьев. Оттого Дмитрий Алексеевич и не женился, тогда уж точно покоя не будет. Да и кот Василий ужасно ревновал его ко всем знакомым особам женского пола и старался сделать их пребывание в квартире Старыгина как можно менее приятным. Разумеется, это ему удавалось.

Старыгин почесал кота за ухом и прошел на кухню. В отличие от всех остальных помещений в квартире в кухне было чисто, светло и просторно.

Прежде всего Старыгин положил коту солидную порцию консервов, затем разогрел на сковородке два больших куска итальянского серого хлеба, смазал их оливковым маслом и положил сыр и помидоры. Он тяготел ко всему итальянскому — художникам, городам, итальянской пасте, сыру гарганзола и соусу болоньезе.

Кот, выждав некоторое время, явился на кухню, убедился, что еда лежит в миске, и уселся на соседний стул. Помидоры его не впечатлили, он негодующе фыркнул. Старыгин расправился с бутербродами, заправил медную турку и отвернулся к плите, наблюдая за кофе. Кот мигом вскрыл когтистой лапой упаковку порционных сливок и вылакал ее тут же, на столе.

— Василий, — с неподдельной нежностью сказал хозяин, — тебе нельзя жирного...

В ответном шипенье кота Старыгин уловил, что ему тоже нельзя, и тяжко вздохнул. Не то чтобы он сильно растолстел в последнее время, однако появилась пара лишних килограммов. При его сидячем образе жизни нужно ограничивать себя в еде...

Он тут же подумал, что насчет спокойного сидячего образа жизни он не совсем прав. За последний год он, кажется, только и делает, что расследует сложные и запутанные происшествия, что происходят в Эрмитаже, путешествует, причем не всегда легально, подвергает свою жизнь опасности, плохо и нерегулярно питается, мало и неудобно спит. Однако самому себе Дмитрий Алексеевич мог признаться, что такая беспокойная жизнь ему не то чтобы нравится, но бытовые трудности отступают на задний план, когда он с головой окунается в очередное приключение. В который раз Старыгин подумал, что в роду у него, наверное, были пираты и конкистадоры, флибустьеры, контрабандисты и авантюристы всех мастей, раз уж он неожиданно обнаружил в себе такие склонности.

— И вовсе незачем на меня шипеть, — заметил он коту, — лишний вес у нас с тобой появился именно сейчас, за несколько месяцев спокойной жизни.

Если бы кот Василий мог нахмурить брови, он бы сделал это немедленно. Кот очень не любил, когда его надолго оставляли одного на попечение старушки-соседки.

Старыгин ловко подхватил убегающий кофе, налил в чашку старинного саксонского фарфора, положил сахар и после недолгого размышления решил-таки отказаться от сливок. Кот съел свой завтрак и прыгнул к хозяину на колени.

Кофе был хорош, кот тоже.

Дзынь-нь! Старинные часы в соседней комнате пробили половину десятого.

— Надо идти служить, — со вздохом сказал Старыгин и спустил кота на пол.

Он надел ботинки, зажал под мышкой портфель и осторожно приоткрыл дверь. Кот Василий мог выскочить на лестницу и устроить представление под названием «Поймай меня, если сможешь!». Вниз котище никогда не бежал, он вовсе не хотел на улицу – там машины, собаки и скоро вообще похолодает. Огромными прыжками кот несся вверх, на чердак, причем останавливался на каждой площадке и оглядывался через плечо, не слишком ли быстро он бежит. Его цель была – заставить хозяина бежать следом, протягивать руки и не терять надежды на поимку беглеца. Наивысшее везение кота случалось пару раз, когда бомжи ломали замок на двери чердака – тогда можно было всласть побегать по чердаку, погонять перепуганных голубей, как следует вымазаться в копоти и многовековой пыли. Потом дать себя поймать, перепачкать хозяина, долго вылизываться в кресле и с полным удовлетворением констатировать, что день прожит не напрасно.

Поэтому Дмитрий Алексеевич во время ежедневного ухода из квартиры всегда был начеку, он внимательно следил за котом, пытаясь вовремя угадать и пресечь его преступные намерения, и не заметил никого на площадке.

Наконец дверь была заперта, кот остался внутри, Старыгин перевел дух и тут услышал мелодичный голос:

– Простите, – обратилась к нему светловолосая молодая женщина, стоя у соседней двери и застенчиво улыбаясь, – вы не поможете мне открыть дверь? Замок заедает... Я – сестра Лены, – заторопилась она, увидев, надо полагать, в гла-

зах Старыгина вполне объяснимую настороженность, – из Воронежа... Они сейчас в отпуске, а я
вот тут...

– Похожи, – улыбнулся Дмитрий Алексеевич,
вспоминая соседей, довольно приятную пару.
Жена, миниатюрная блондинка, и впрямь чем-
то напоминала его собеседницу. Светлые волосы, собранные на затылке, непослушные куд-
ряшки на щеках... Эта, пожалуй, была красивее,
но Старыгин постеснялся сказать ей компли-
мент – еще подумает, что он несерьезный тип,
который не пропустит ни одной привлекательной особы женского пола.

Он взял из рук женщины ключи и передал ей
свой портфель, чтобы не ставить его на пол.
Ключ повернулся довольно легко, просто нужно было прижать дверь посильнее.

– Вы – настоящий волшебник! – восхищенно
вскричала блондинка. – Как мне вас благода-
рить? Если бы не вы, я бы целый час провози-
лась!

Она распахнула дверь, и в это время где-то в
глубине квартиры зазвонил телефон. Блондинка сбросила туфли и помчалась по коридору на
звонок. Старыгин, глядя ей вслед, отметил узкие ступни, тонкие щиколотки и совершенной
формы икры. Впрочем, он тут же спохватился,
что опаздывает на работу, а бестолковая соседка унесла зачем-то с собой его портфель. Пришлось идти на ее голос.

Телефон нашелся в гостиной. Звонила, судя по всему, сестра, та самая Лена. Блондинка смеялась и оживленно говорила, что все хорошо, она прекрасно устроилась, и по делам начнет бегать завтра. Портфель Старыгина валялся рядом. Он показал глазами на портфель, потом постучал по циферблату часов.

— Что? — спросила блондинка в трубку. — Подожди, я запишу...

Она протянула руку понятным каждому жестом, и Старыгин дал ей свою ручку, затем подхватил портфель и отступил к дверям гостиной, помахав рукой. Блондинка на секунду оторвалась от телефона, сделала большие глаза и прижала руки к груди, показывая этим, как она благодарна. Дмитрий Алексеевич еще раз взглянул на часы, охнул и заторопился к выходу.

На Дворцовой набережной было ветрено. Нынешний сентябрь был прохладным, но удивительно ясным для осеннего месяца. Непривычно синяя вода в Неве была покрыта белыми барашками. Солнце чувствовало, что ему осталось мало времени, поэтому старалось вовсю.

Остановившись у служебного входа в Эрмитаж, Старыгин оглянулся на реку и чаек, с криками снующих над водой. Пахнуло водорослями и морем, а может, ему показалось.

Он расписался в журнале у вахтера и пошел длинными коридорами к своей мастерской.

— Дмитрий Алексеевич, слышали, что случилось-то сегодня ночью? — обратилась к нему знакомая сотрудница.

Старыгин не ответил, он уставился на дверь мастерской. Она была открыта. Это было очень странно, поскольку никто кроме него не мог туда войти. То есть, конечно, несколько доверенных сотрудников и охрана знали код сигнализации и могли ее отключить и открыть замок. Но только в экстренном случае. Мелькнула паническая мысль о пожарнике, который очень любит устраивать внезапные проверки и реквизировать запрещенные чайники и кофеварки.

Однако Дмитрий Алексеевич в одно мгновение ясно понял, что никакой пожарник тут ни при чем, что его недолгой спокойной жизни пришел конец, что впереди его ждет очередное трудное и опасное расследование.

«Вот, накаркал сам себе, — сердито подумал он, — плохо что ли было...»

Он решительно толкнул дверь и вошел в мастерскую.

Как нетрудно представить, Дмитрий Алексеевич Старыгин не страдал особенной любовью к порядку. В квартире у него всегда был порядочный кавардак, тщательно поддерживаемый котом Василием, оба обитателя квартиры прекрасно себя чувствовали среди разбросанных книг, помятых вещей и испачканных шерстью пледов.

Иное дело – работа. В мастерской у Старыгина был абсолютный, просто идеальный порядок, каждая вещь находилась на своем месте, тут Дмитрий Алексеевич был очень аккуратен. Иначе он просто не смог бы работать.

Теперь же, войдя в мастерскую, он застыл на месте, пораженный. В комнате царил фантастический бедлам*. Именно бедлам, потому что при виде разбросанных инструментов, химических препаратов, рисунков и картин представлялась неуправляемая толпа буйных сумасшедших, которую оставили без присмотра.

Осторожно ступая, Старыгин подошел к телефону и снял трубку. Гудок был. Он еще раз оглядел комнату и набрал номер заместителя директора по безопасности Легова. Трубку долго никто не брал, так что Старыгин малодушно обрадовался. Он недолюбливал Легова, они не раз сталкивались с ним. Однажды Легов напрямую обвинил его в преступлении. Тогда все обошлось, но то дело стоило Старыгину много нервов и седых волос**.

Наконец послышался запыхавшийся голос Легова.

– Евгений Иванович, это Старыгин. Пожалуйста, зайдите ко мне.

---

* Бедлам – место в Лондоне, где начиная с 17-го века держали городских сумасшедших.

** См. роман Н. Александровой «Ад да Винчи».

— Да что ты, Дмитрий Алексеич, выдумал! — недовольно закричал Легов. — У нас ЧП, некогда мне по этажам бегать!

Панибратское «ты» вовсе не означало того, что Легов испытывает к Старыгину дружеские чувства, Легов, будучи зол, «тыкал» всем сотрудникам, исключая конечно начальство. Судя по голосу, сейчас Легов был не просто зол, а серьезно озабочен и рассержен по вполне определенной причине. Да он и сам сказал, что в Эрмитаже случилось что-то серьезное. Но Дмитрий Алексеевич в принципе был не робкого десятка, просто не любил скандалов, сейчас же ему действительно Легов был необходим.

— Пришлите кого-нибудь из своих людей потолковее, — твердо сказал Старыгин, упорно называя Легова на «вы», так он безуспешно пытался его перевоспитать, — но лучше сами зайдите. Это срочно.

Легов понял по его тону, что дело и вправду важное, однако пробурчал что-то недовольно и отключился.

Старыгин снова огляделся. Теперь, когда он пробыл в комнате достаточное время, беспорядок не резал глаз, и он смог подсчитать потери. В работе у него было три картины, самая ценная — работа неизвестного итальянского мастера флорентийской школы «Мадонна с младенцем и Иоанном Крестителем». Картина датировалась первой половиной шестнадцатого века и была в весьма плачевном состоянии. Именно с ней Старыгин собирался работать долго и тщательно. Неужели ее украли? Но нет, вон выглядывает из вороха бумаг головка младенца и материнская рука, нежно ее поддерживающая.

С замиранием сердца он потянул на себя уголок. Все в порядке, на первый взгляд ничего страшного с картиной не случилось. Просто сбросили со станка. Была еще работа одного голландца – пейзаж небольшого размера, на первом плане развалины мельницы, река, а сзади поля и рощи.

Пейзаж Старыгин нашел в дальнем углу также неповрежденным. От сердца отлегло, потому что третья картина стояла на станке. Это было странно, потому что она-то как раз была засунута Старыгиным далеко в шкаф, уж очень не хотелось ему ею заниматься.

Малоизвестный французский художник 19-го века Луи Жироде-Триозон, ученик Жан-Луи Давида. Картина называлась «Гадание Иосифа перед фараоном», и на взгляд Старыгина не было в ней ровным счетом ничего интересного. Картину эту вытащили из запасников, где пролежала она больше двадцати лет, отданная когда-то в дар Эрмитажу. В экспозицию музея картину тогда же решили не выставлять, поскольку была она в неважном состоянии. Висела явно в жилой комнате возле батареи парового отопления, да еще и свет падал прямо на нее из окна. Краски выцвели, лак потрескался.

Однако несколько месяцев назад из Москвы пришло указание картину найти, отреставрировать и вывесить в экспозицию, поскольку в Германии обнаружился родственник той самой старушки, что отдала в свое время картину в Эрмитаж. Родственник этот оказался не простым, а очень богатым человеком, крупным бизнесменом и находился едва ли не в приятельских отношениях с российским президентом, который пригласил его посетить Петербург ближайшей осенью. Как-то бизнесмен упомянул в разговоре про свою двоюродную бабушку и про картину, вот и решили сделать ему сюрприз к приезду.

Старыгин не любил никакой срочности и штурмовщины – мол, бросай все, занимайся только этим, оттого и оттягивал реставрацию картины.

Дверь распахнулась как от сквозняка, и на пороге появился Легов.

– Ну, что тут у тебя за пожар? – недовольно спросил он.

Старыгин не ответил, впрочем, ответа и не требовалось.

– Та-ак, – медленно протянул Легов, – взлом? кража? вандализм?

– Взлом, – со вздохом согласился Старыгин, – но насчет кражи я в сомнении...

— Мне сомневаться некогда! — отрубил Легов. — Прошу предоставить точную информацию, что у вас пропало! Какие единицы хранения?

— Все единицы на месте, — уверенно ответил Старыгин, — то есть ничего не украли, но...

— Порча ценностей?

— Да вроде ничего и не попортили... — растерянно промямлил Старыгин.

— Да? — недоверчиво взглянул Легов. — А за каким чертом, извиняюсь, они тогда к тебе залезли?

— А я откуда знаю! — рассердился наконец Дмитрий Алексеевич. — Вот вы и выясняйте зачем, и заодно, кто такие они!

Его вспышка возымела действие, Легов спросил спокойным голосом, что изменилось в мастерской.

— Да разбросали все и картины местами поменяли. Эту — сбросили, а эту — на станок поставили.

— Эту? — Легов внимательно поглядел на картину.

Картина Луи Жироде-Триозона представляла сцену из Библии, где Иосиф Прекрасный растолковывает египетскому фараону его сон.

Французский художник изобразил просторный зал во дворце фараона, пышный и одновременно мрачный. Высокие гранитные колонны скрываются в высоте, стены покрыты богатой золоченой резьбой и узорными барельефами. Сам владыка Египта восседает на величественном золотом троне в окружении многочисленных вельмож и придворных. Иосиф, красивый, благообразный юноша в ярком восточном одеянии, стоит перед ним в свободной, непринужденной позе и что-то говорит, показывая правой рукой на большое полукруглое окно. Фараон слушает его весьма благосклонно, и даже спустил одну ногу в золоченой сандалии со ступеньки трона, словно собирается встать и подойти к привлекательному еврейскому юноше, чтобы возвысить его, приблизить к себе и поручить ему важный государственный пост.

За спиной у Иосифа перешептываются несколько седобородых стариков – должно быть, египетские маги и жрецы, не сумевшие должным образом растолковать своему владыке его сон. Лица этих старцев выражают зависть и явное неодобрение по отношению к удачливому молодому сопернику.

Собственно, для французского художника библейская тема послужила лишь предлогом для того, чтобы изобразить людей в пышных экзотических нарядах – таких, какими он представлял себе древних египтян и персонажей Священного Писания.

Глядя на картину, Старыгин мимолетно подумал, что во времена Триозона Наполеон уже завоевал Египет, и бурно началось исследование этой древней колыбели цивилизации, выдающийся французский египтолог Франсуа Шампольон уже работал над расшифровкой иероглифов, египетские древности попали в музеи Европы, но люди, изображенные на картине, не имеют ничего общего с жителями страны Миср, Древнего Египта, какими мы представляем их сегодня. Их наряды и сам облик явно были придуманы художником.

— Картина называется «Гадание Иосифа перед фараоном», — пояснил Старыгин в ответ на вопросительный взгляд Легова.

— Это что — из египетской жизни? — оживился Легов.

— Ну... кажется так...

— Вот у меня где эти фараоны! — пожаловался Легов. — Слыхал — в отделе Древнего Египта тоже происшествие — вскрыли витрину, вытащили статуэтку, ничего не взяли, а мне теперь разбираться...

— Вот как? — поднял брови Старыгин. — А охрана, стало быть, спала?

— Да нет, дежурному по голове дали, так с пяти утра и провалялся там на полу, пока его не хватились... И вот еще что... Легов обежал комнату быстрым взглядом, потом отогнал Старыгина в сторону и присел на корточки перед станком, где стояла картина.

Не найдя на полу ничего интересного, он пошарил рядом и выпрямился с торжеством во взоре, держа в руках лист бумаги.

— Да это же мой отчет по командировке! — ахнул Старыгин.

— Какой отчет! — отмахнулся Легов. — Ты сюда смотри!

На обороте четко отпечатался след ботинка примерно сорок третьего размера. Обычный ботинок, неявный рисунок подошвы.

Легов наклонил голову и уставился на ботинки Старыгина.

— Хорошие ботиночки! У вас какой размер?

— Ну, сорок третий, а что?

— Подметку предъявите! — рявкнул Легов, так что Старыгин вздрогнул и снял ботинок.

Подошва была так сношена, что рисунка не разобрать.

— Они итальянские, удобные очень... — пробормотал Старыгин, — вот и заносил...

— Все ясно, след преступник оставил!

— А вы думали, что я?

— Разрешите? — в комнату заглянул помощник Легова Севастьянов. — Ну, в общих чертах все ясно, сигнализацию преступник отключил, а дверь отмычкой отпер.

— А как он в музей ночью попал? — не выдержал Старыгин.

— Да тут, понимаете... — замялся Севастьянов, — два такелажника чушь какую-то несут. Дескать, носили они ящики вчера вечером, так якобы кто-то был в ящике, оттуда выскочил и **одного** вырубил. А когда второй вернулся, то **того, из** ящика, и след простыл. Ну, ребята решили, что им все привиделось и пошли домой лечиться...

— Понятно, — вздохнул Легов, — допьются до белой горячки и не помнят, что делали и на каком они свете. Какой еще ящик? Господи, ну отчего даже в музее все такелажники — алкаши?

— Ящик и вправду лишний... — кашлянув, сообщил Севастьянов, — их по накладной должно быть восемь, а на самом деле — девять. То есть от девятого остатки...

— Кто принимал по описи? — загремел Легов.

— Николаев, он с сегодняшнего дня в отпуске...

Старыгин хотел ехидно сказать, что таким образом можно и атомную бомбу в музей пронести, раз никто не проверяет, но взглянул на расстроенное лицо Легова и промолчал. Хоть они находились не в самых лучших отношениях, все же у Евгения Ивановича сейчас большие неприятности, ведь именно он головой отвечает за безопасность мировых шедевров.

— Напишите все свои соображения по поводу случившегося, — сухо бросил Легов на прощанье и вышел.

Оставшись один в мастерской, Старыгин внимательнейшим образом исследовал картину, стоящую на станке, и не заметил в ней ничего такого, что могло бы привлечь к ней преступника. Правда, в чужую душу не влезешь, и вкусы у людей разные, был же случай лет пять назад, когда из отдела французской живописи украли картину художника Жибера*. Картину не нашли, и до сих пор сотрудники удивляются, кто мог позариться на довольно-таки заурядную вещь. В свое время Старыгин по этому поводу высказал догадку, что просто кто-то стянул, что плохо лежит, а потом – спрятал картину, потому что после разразившегося скандала продать ее было невозможно.

Но в данном случае картину не украли, ее просто внимательно рассматривали. Старыгин еще немного полюбовался на картину, потом вздохнул и перевернул ее. Открылся старый подрамник, пыльный и засиженный мухами. Никаких надписей на нем не было, только в левом нижнем углу Старыгин увидел светлое пятно, как будто дерево слегка почистили. Так оно и было, и на светлой древесине, очищенной от многолетней бытовой грязи, нарисован был странный значок – эллипс и палочка. Фигура была похожа на глаз, густо подведенный к виску. Сравнение с глазом получилось оттого, что значок был нарисован черной тушью, яркой, несмотря на годы.

Старыгин пожал плечами и задумался. Минувшей ночью в Эрмитаже произошло два преступления, которые связаны между собой, это очень наглядно продемонстрировал ему только

---

*См. роман Н. Александровой «Бассейн в гареме».

что Легов, показав след от ботинка сорок третьего размера. Здесь, в мастерской, он посмотрел на картину и отыскал на подрамнике странный значок.

Что было нужно преступнику в отделе Древнего Египта? Поскольку замок оказался неповрежденным, а никаких указаний ему не давали, Старыгин аккуратно запер дверь своего кабинета и отправился длинными коридорами и лестницами вниз, в отдел Древнего Египта. Там уже улеглась суета, собрали безделушки, выпавшие из витрины, замели осколки. Статуя каменного писца стояла пока на том же месте, где оставил ее неизвестный злоумышленник, двери в зал заперли и посетителей не пускали.

Старыгин прошел мимо двух каменных саркофагов, в которых должны были быть похоронены военный полководец Яхмес и его мать, царица, мимо групповой статуи правителя Фив с женой и матерью. Все трое уютно сидели рядышком на каменной скамье и совершенно невозможно было определить, которая из женских фигур является матерью, а которая – женой. Старыгин остановился еще перед витриной, заполненной каменными статуэтками богов, кошек и птиц. Каменные кошки Древнего царства вели себя совершенно так же, как его Василий: сидели, аккуратно подогнув под себя лапы, лежали, развалившись на солнышке, как кот на диване, и умывались, подняв к небу заднюю лапу.

Дальше располагался деревянный саркофаг, найденный при раскопках могилы жреца, а в стеклянном ящике – его мумия. Старыгину всегда было совестно смотреть на мумию. Жил человек хоть и очень давно, потом умер, его похоронили, как положено по обычаю древних египтян – положили в саркофаг ценные вещи, все, что может понадобиться в Царстве Мертвых, снабдили множеством статуэток – ушебти, которые будут помогать покойному. Потом заперли все это в каменный саркофаг, а его в свою очередь поместили в гробницу. И оставили в полной темноте и безмолвии. А через много лет пришли археологи, распотрошили все, растащили по музеям и выставили мумию на всеобщее обозрение. Иногда Старыгин ловил себя на мысли, что на месте мумии жреца он обязательно бы ожил и делал окружающим всяческие гадости – только так можно отомстить людям за то, что лишили могилы.

Каменный писец был хорош, несмотря на почтенный возраст – больше четырех тысяч лет. Он сидел, удобно подогнув колени, и прилежно писал каменной палочкой на каменной дощечке. Лицо его было сосредоточенным и вполне современным. Старыгин поразился этому факту.

Заведующая отделом Мария Антоновна подошла неслышно.

– Любуетесь?

— Да я и сам, Мария Антоновна, погорелец, — признался Старыгин, — тоже в мастерскую залезли, но ничего не взяли, только беспорядок устроили.

— Чудные дела, — вздохнула хранительница, — хорошо, что ничего не взяли, а то уж не знаю, право, как и жить-то...

Солнце скатилось с лиловеющего небосвода и скрылось за изломанными хребтами Западных гор — в бескрайней, безжизненной пустыне, где не может уцелеть ни одно живое существо, где, как все знают, располагается Царство Мертвых.

Стихли последние звуки торжественного гимна, которым жрецы на пороге храмов провожали великое светило, и редкие группы людей заспешили к берегу Нила, где их дожидались лодочники. Они спешили к реке, чтобы как можно скорее вернуться на правый, восточный берег великой реки, туда, где теснились лачуги бедняков, скромные дома простолюдинов, туда, где возвышались великолепные дворцы знатных людей, где днем и ночью не затихала жизнь Города Живых, столицы фараонов — златовратых Фив.

Здесь, на левом берегу Нила, в Некрополе, Городе Мертвых, остались только те, кто служил мертвецам — жрецы и храмовые прислужники, стражи могил и плакальщицы, бальзамировщики — тарихевты и нечистые парахиты, чьей работой было вскрывать тела мертвых перед тем, как тарихевты приступят к священному ритуалу бальзамирования.

Парахит Хоту вышел на порог своей жалкой лачуги и жадно вдохнул вечерний воздух, напоенный ароматами влаги и свежести, принесенными с Нила. Днем он не решался лишний раз выйти из своего жилища – ведь люди его профессии считались нечистыми, встреча с парахитом предвещала несчастье, и любой прохожий мог обругать его, а то и огреть плетью, раздосадованный таким недобрым предзнаменованием.

Зато теперь, с наступлением ночи, он не боялся ничего – темнота скрывала знаки нечистой профессии на его лице и руках, ночь была его временем. Да и те случайные прохожие, которые могли повстречаться ему днем, давно уже покинули Город Мертвых и уплыли на правый берег Нила, и дружные голоса гребцов затихли в сумерках.

В сгущающемся воздухе стаями проносились летучие мыши – для них, как и для Хоту, началось лучшее время суток, время охоты. Они проносились в воздухе в погоне за мошкарой и мелкими насекомыми, едва не задевая лицо старого парахита.

Быстро темнело, на небе выступила ослепительная россыпь звезд. Среди редких лачуг, выступающих в темноте еще более темными массивами, и каменных осыпей, замелькали гибкие, неуловимые силуэты — это шакалы, служители Анубиса, пришли в Город Мертвых за поживой, за ежедневной данью.

Те люди, которые приплывали ранним утром на левый берег великой реки, чтобы навестить своих умерших родственников, приносили на их могилы положенные дары — гусей и кур, рыб и черепах, коз и газелей, напитки и сладости, цветы и благовония — то, что позволял каждому его достаток. Ведь если мертвые будут тобой недовольны, они могут принести неисчислимые несчастья — болезнь и неурожай, пожар и засуху, гнев владыки или падеж скота.

Те, кому не по карману были дорогие приношения, покупали в лавках раскрашенные хлебцы в форме гусей или коз, чтобы с молитвой положить их на могилы предков и смягчить их хоть таким символическим приношением.

И когда шакалы по ночам пожирали оставленные на могилах дары, родственники умерших радовались — они считали, что их приношения угодны предкам, что те приняли их и теперь будут благосклонны к своим живым родственникам. Поэтому на шакалов не дозволялось охотиться, больше того, встретив их, следовало уступить дорогу, произнеся краткую молитву.

Честно говоря, эти обнаглевшие твари были просто опасны для одинокого ночного путника, поэтому с наступлением темноты жители Города Мертвых старались не покидать свои жилища.

Еще опаснее шакалов были двуногие хищники — шайки могильных воров, пробиравшиеся в Город Мертвых, чтобы вскрывать и грабить богатые захоронения знатных египтян. Их преследовала ночная стража Некрополя, но воры были хитры и неуловимы, как шакалы, и зачастую ускользали от стражников, скрываясь в горных пещерах и одним им известных тайных укрытиях.

Впрочем, этих двуногих шакалов Хоту нисколько не боялся — с него могильным ворам не было никакой поживы, а встречи с парахитом они опасались, поскольку были суеверны, как никто другой.

А вот против четвероногих хищников у него была крепкая суковатая палка и Шасу — черный лохматый пес, тощий и вечно голодный.

Хоту вооружился своей палкой, окликнул пса и пошел по каменистой тропинке, взбегавшей к отрогам Западных гор — старик хотел найти целебный корень, помогающий от ломоты в костях, донимающей его последние дни. Конечно, искать коренья в темноте — нелегкое дело, но знакомый травознай говорил ему, что только найденный ночью корень обладает целительной силой.

Шасу побежал вперед по тропинке, спугнул какого-то мелкого зверька и вдруг застыл на месте, угрожающе зарычал, прижав уши, вздыбив шерсть на загривке.

— Что ты рычишь, отродье Сета? — негромко проговорил парахит, догнав пса и схватив его за загривок.

И тут он увидел впереди, среди камней, медленно двигающуюся человеческую фигуру.

Это не был могильный вор — те одевались в короткие темные накидки, не мешающие движениям и скрывающие их в темноте, да и ходили они небольшими группами. Это не был и кто-то из стражей Некрополя — те носили короткие военные плащи и уж точно не ходили поодиночке. Кроме того, и воры, и стражники уверенно чувствовали себя в просторах ночного Некрополя. Это же был человек богатый и знатный, о чем говорила длинная белая одежда, и он наверняка первый раз шел ночью по Городу Мертвых — так медленно и неуверенно он двигался.

В первый миг Хоту подумал догнать этого ночного путника и предложить ему помощь в надежде на богатое вознаграждение. Но тут же он отказался от этой мысли — одинокий прохожий мог разглядеть знаки его нечистой профессии и прогнать старика. Кроме того, вряд ли его привело ночью в эти опасные места благое дело, на уме у него недоброе, и в таком случае случайному свидетелю не поздоровится.

Но врожденное любопытство не оставляло парахита, и он решил тайком проследить за незнакомцем, чтобы выяснить, что у того на уме и куда он направляется.

– Веди себя тихо, семя Сета, а то отдам тебя духам пустыни! – шепотом пригрозил он своему псу и крадучись двинулся вслед за таинственным путником.

Они обошли несколько бедных могил, миновали высокую скалу, которая стояла на краю Некрополя, как дозорный Западных гор, поднялись по пологому склону и свернули влево.

Только тогда Хоту догадался, куда идет незнакомец.

Он шел к лачуге Фетх, старой знахарки.

Парахит боязливо поежился – Фетх зналась с нечистыми духами, и ее опасались все жители Города Мертвых, даже могильные воры старались обходить ее убогую лачугу. Только те, кого гнала насущная потребность в ее тайных познаниях, рисковали посетить жилище старой колдуньи. Тем не менее, незнакомец свернул к темному проходу среди камней, за которым обитала Фетх.

Из дверей ее хижины пробивался неровный колеблющийся свет. Фетх не спала, она занималась своим темным ремеслом, и Хоту почувствовал, как мурашки пробежали по его спине под покрывавшей его ветхой накидкой. Говорили, что Фетх знается с злобными духами пустыни, а терахевт Набу как-то шепотом рассказывал, что своими глазами видел, как старуха разговаривала с шакалом, и тот отвечал ей человеческим языком.

Шасу тихонько заскулил, видимо, почувствовав испуг хозяина, но старик шикнул на пса, припал к земле и подполз еще ближе к ведьминой лачуге. Любопытство оказалось сильнее страха.

Незнакомец подошел к хижине Фетх и остановился на пороге, видимо, не решаясь войти внутрь — то ли из страха, то ли из отвращения: из жилища ведьмы доносились мерзкие запахи приготавливаемых старухой колдовских снадобий.

В свете, пробивающемся из хижины, Хоту смог разглядеть ночного путника. Это был, как он и думал, знатный человек. Выбритая, ничем не покрытая голова говорила о том, что он принадлежит к жреческой касте. Незнакомец был еще достаточно молод, должно быть, не больше тридцати раз видел он весенние разливы Нила. Он был высок, обладал правильным лицом с красивыми удлиненными глазами, но на этом лице лежала печать усталости и беспокойства.

— Эй, старая! — окликнул он колдунью. — Я знаю, что ты дома. Выйди поговорить со мной.

— Кого это принес Сет в такое неподходящее время? — донесся из хижины скрипучий голос знахарки.

— Тебе нет дела до моего имени, — недовольно отозвался незнакомец. — Пусть мое серебро скажет все за меня!

— Язык серебра я очень хорошо понимаю, — отозвалась Фетх и выбралась на порог своей лачуги, из-под руки разглядывая ночного посетителя.

Она была сгорблена и уродлива, как искривленное высохшее дерево, и так стара, что, должно быть, помнила времена великого потопа. На ее лице, высохшем, изрезанном морщинами, как кора сикоморы, жили только яркие, внимательные глаза. Подняв в сухой руке пылающий факел, старуха осветила своего ночного гостя, внимательно оглядела его и проговорила своим скрипучим голосом:

— Ты — из высокой касты жрецов, это каждому видно. Об этом говорят твои белоснежные одежды и выбритая голова. На твоих одеждах не оставила следа едкая пыль пустыни, ты не испачкал их даже этой ночью, по пути к моей грязной лачуге. Но этого мало... клянусь зоркими глазами мудрого ибиса, птицы Тота, ты — один из посвященных в тайны небесной россыпи, один из обитателей Дома Чисел!

— С чего ты это взяла? — пробормотал ночной гость с явным неудовольствием.

— Мне сказали об этом твои зрачки, не сузившиеся при свете факела. Ты привык долгими часами вглядываться в бездонное ночное небо, привык подсчитывать небесные стада, читать по этой черной книге тайны прошлого и будущего.

— Не слишком ли много ты говоришь, старуха? — раздраженно проговорил жрец и бросил на землю перед знахаркой серебряное кольцо. — Возьми мое серебро и не болтай лишнего! Даже ночная пустыня подслушивает разговоры тысячей ушей!

— Спасибо тебе, знатный господин! — угодливо проскрипела Фетх, еще больше согнувшись и с жадностью подобрав кольцо. — Ты щедр, знатный господин, но скажи — чем я могу отплатить за твою щедрость? Чем может помочь глупая старуха такому мудрецу, как ты? Тому, для кого нет тайн ни на земле, ни на небе?

— Ты стара, и ты очень много знаешь! — с заметным смущением произнес жрец. — Ты знаешь такое, о чем не догадываются мужи знаний, проводящие свои дни за чтением папирусов... о чем не догадываются обитатели храмов...

Он замолк, не решаясь продолжить, и старая Фетх проговорила вкрадчивым голосом:

— Должно быть, знатному господину приглянулась какая-то красавица из богатого и могущественного дома, такая, которой нельзя просто приказать: приди ко мне сегодня? Многие важные господа приходили с этой жалобой к старой Фетх, и я давала им любовное питье, которое делает просто чудеса! Достаточно влить один пузырек этого настоя в питье красавицы, и для нее не будет в мире ни одного мужчины желаннее тебя! Но то были старые, немощные господа, уродливые и морщинистые, как ствол баобаба из страны Нуб, а ты, мой владыка, молод и красив, как Осирис, и тебе достаточно улыбнуться, чтобы все красавицы златовратых Фив были у твоих ног! Зачем тебе любовное зелье, когда твоя кожа пахнет кардамоном, а голос звучит сладко, как голос ночной птицы?

— Умолкни, старуха! — оборвал ее жрец. — Не для того я пришел к тебе, чтобы слушать эти похотливые бредни! И не нужно мне твое любовное зелье...

— Тогда, может, знатному господину нужно другое зелье — то, от которого глаза закрываются навеки, и человек засыпает таким сном, от которого нет пробуждения? Может быть, у тебя есть злейший враг, чья жизнь не дает тебе покоя, или недруг, из-за которого ты не можешь занять новую высокую ступеньку в Доме Чисел?

Жрец пробормотал что-то неразборчивое, схватил старую ведьму за край одежды и встряхнул ее:

— Что ты болтаешь, старая? Хорошо, что нас никто не слышит! Если ты скажешь еще что-то подобное, я проткну твое дряхлое тело кинжалом, как протыкают тело жертвенного животного, рассеку на сорок частей и разбросаю по всему Городу Мертвых, чтобы в загробной жизни ты и за тысячу лет не могла собрать их!

Старуха побледнела и затряслась, как древесный лист под западным ветром, ветром бесконечной пустыни: она уже не боялась смерти, но как всякий египтянин, невероятно страшилась того, что тело ее будет расчленено и тем самым в Царстве Мертвых не сможет стать обиталищем для души.

— Не слушай, не слушай глупую старуху, знатный господин! — пробормотала она своим скрипучим голосом. — Я сама не знаю, что говорю! Скажи мне, мой владыка, чего ты желаешь, и старая Фетх попытается сделать все, что в ее силах!

Жрец разжал руку, выпустил старую ведьму и заговорил тише, склонившись к ней.

Хоту с молодости отличался хорошим слухом, но даже ему пришлось подползти ближе, чтобы разобрать слова жреца.

— Я слышал, что в одной из гробниц Города Мертвых хранится великое сокровище, — начал он.

— О, мой господин, грабить могилы скверно! — заныла старуха. — Боги этого не прощают! Они наказывают грабителей страшными болезнями, от которых те слепнут и глохнут, теряют разум и умирают в ужасных мучениях...

— Дослушай меня, старая! — рявкнул ночной гость. — Мне не нужно золото мертвых, не нужны драгоценные камни и слоновая кость! Мне нужен только один папирус... может быть, ты слышала о нем. Его называют папирусом Тота, или мудростью мудрых...

Старуха замолкла, сжавшись в комок, будто ей стало холодно. Глаза ее испуганно забегали.

— Ты же сам говорил, щедрый господин, что у ночной пустыни тысячи ушей! — проговорила она, понизив голос. — Ты ругал старую Фетх за то, что она чересчур болтлива, а теперь сам говоришь такие ужасные вещи! Это опасно, очень опасно, особенно для такой беспомощной нищей старухи, как я!

Жрец понял намек на щедрость и бросил к ногам старухи еще одно серебряное кольцо.

— А ты постарайся вспомнить, старая — и не будешь такой нищей! Вдобавок к этому серебру я дам тебе золото, много золота! Постарайся вспомнить, может, ты слышала об этом папирусе! Он содержит древние знания о науке чисел и о самом главном числе, которое заключает в себе тайну жизни и смерти!

— Что я могу знать о таких умных вещах? — проскулила Фетх. — Я — простая старуха... я никогда не слышала о таком папирусе, я вообще не умею разбирать черные значки иероглифов... вот Габд-а-Батх, Шейх Ночи, он, должно быть, знает гораздо больше меня!

Хоту вздрогнул: он кое-что слышал о том, кого называли «шейхом ночи», и эти слухи были страшными. Шейх Ночи был главарем самой большой шайки грабителей могил, самым удачливым и беспощадным. Он ловко уходил от стражей Некрополя, и его добыча всегда была велика, как ни у кого из ночных грабителей. Но не из-за этого так боялись его все обитатели Города Мертвых, не из-за этого произносили его имя со священным ужасом. Шейх Ночи часто уходил на запад, за горы, туда, где простиралась великая бескрайняя пустыня, и общался там со злыми духами, с потомками и прислужниками Сета. Именно они приносили ему удачу и богатую поживу. По крайней мере, такие слухи ходили о нем на левом берегу Нила.

— Сведи меня с этим человеком — и я заплачу тебе золотом! — высокомерным тоном произнес жрец, пристально поглядев на испуганную старуху.

— Я попытаюсь... — едва слышно ответила та своим скрипучим голосом. — Я попытаюсь, знатный господин, но не знаю, удастся ли мне это: ведь Шейх Ночи свободен, как ветер. Сегодня он может быть здесь, в Городе Мертвых, а завтра...

Знахарка понизила голос, а потом и вовсе перешла на шепот, так что Хоту не мог больше разобрать ни слова.

Шасу снова напрягся, уставившись в темноту, шерсть у него на загривке встала дыбом. Хоту взглянул в ту сторону, куда смотрел пес, и заметил среди камней какое-то едва уловимое движение. Сперва он подумал, что это голодный шакал крадется за добычей, но, внимательно приглядевшись, понял, что это не священный зверь Анубиса, а куда более опасное двуногое создание. Действительно, шакалы по ночам чувствовали себя хозяевами в Городе Мертвых и расхаживали по нему, не скрываясь: ведь их почитали, как слуг Анубиса, и всякого, кто посмел бы нанести вред шакалу, ждала суровая кара.

Старый парахит перебрался чуть в сторону, забравшись на каменное возвышение, откуда можно было лучше разглядеть того, кто прятался в темноте. И действительно, он смог различить затаившуюся среди камней человеческую фигуру.

В слабом отсвете факела блеснула выбритая голова, белые одежды... это был жрец, и у Хоту не осталось сомнений, что он следит за своим собратом, беседующим со старой знахаркой.

Хоту схватил своего пса за загривок и скользнул в темную расщелину между двух скал: то, что здесь происходило, нисколько его не касалось. Если жрецы из Дома Чисел встречаются по ночам с ведьмой, если они следят друг за другом — это слишком опасные дела для такого беспомощного старика, как он. Лучше держаться от них подальше, лучше скрыться в свою жалкую лачугу, как мелкие зверьки пустыни прячутся в норы, когда по раскаленному от зноя песку и камням скользит тень орла.

Пес попытался заскулить и вырваться, его интересовали ночные шорохи и приглушенные звуки, но парахит только крепче сжал шерсть на загривке и хорошо знакомой тропинкой среди надгробий заспешил к своей хижине.

Ат Сефор выслушал старуху, бросил перед ней на каменистую землю еще одно кольцо — на этот раз золотое, как и обещал — и двинулся в обратный путь. Сегодня он не сможет встретиться с Шейхом Ночи, не сможет увидеть тот папирус, о котором так много слышал. Ну что ж, он и не рассчитывал на такой быстрый успех. Главное, что он сделал шаг в нужном направлении, а каждая дорога начинается с первого шага.

Кстати, та дорога, по которой он шел в эту минуту, была неровной, каменистой и опасной. Ат Сефор настороженно вглядывался в темные надгробия, в каменные осыпи, то и дело преграждающие ему путь, и пытался не потерять направление. Ему нужно было до часа быка возвратиться к воротам Дома Чисел — пока не сменился тот стражник, которого удалось подкупить.

Занятый этими мыслями, молодой жрец не замечал крадущейся по его следам тени, не замечал человека в таких же, как у него, белоснежных жреческих одеждах.

Старыгин поднялся на свой этаж. Дверь соседской квартиры — той, куда он утром впустил сестру соседки — была полуоткрыта, из-за нее доносились приглушенные голоса.

Дмитрий Алексеевич не придал этому значения, тем более, что его гораздо больше беспокоил голос, доносившийся из-за его собственной двери, голос его обожаемого кота Василия.

Старыгин торопливо открыл дверь и вошел в свою квартиру.

Василий с громким, возбужденным мяуканьем бросился навстречу хозяину.

— Ну что такое, — растроганно проговорил Дмитрий Алексеевич, наклонившись, чтобы почесать кота между ушами. — Ты соскучился? Ну все, я пришел и больше никуда не уйду! По крайней мере, сегодня, — уточнил он, чтобы не вводить Василия в заблуждение.

Однако кот все не мог успокоиться, он терся о ноги хозяина, громко мяукал и заглядывал в глаза, словно хотел ему рассказать что-то очень важное.

— Ну, в чем дело? — Старыгин взял кота на руки, что было не так-то просто, учитывая внушительные размеры Василия, и отправился на кухню, чтобы накормить своего любимца.

Однако даже после того, как он достал из холодильника банку кошачьих консервов и выложил в мисочку добрую половину, Василий не успокоился. Вместо того чтобы немедленно приняться за еду, он вспрыгнул на стул, поднял пушистый хвост трубой и испустил длинный трагический вопль.

– Да что с тобой сегодня? – удивленно проговорил Дмитрий Алексеевич. – У тебя что – пропал аппетит? Может быть, ты заболел?

Действительно, что-что, а аппетит у его кота всю жизнь был отменный.

И в это мгновение в дверь его квартиры позвонили.

Василий еще раз мяукнул и взглянул на хозяина с таким выражением, как будто хотел ему сказать – я же тебя предупреждал! – и стремглав бросился к двери.

Старыгин вернулся в прихожую и, не задавая никаких вопросов, распахнул дверь.

Перед ним стояла невысокая девушка в сером брючном костюме. Свет падал на нее сзади, с лестницы, и Дмитрий Алексеевич не сразу разглядел ее лицо. В первую секунду ему показалось, что это – та самая утренняя незнакомка, точнее – сестра соседки Лены, которой он помог открыть дверь. Но тут же он понял, что это не она. Эта девушка была чуть полнее, с круглым приятным личиком первой ученицы.

– Старыгин? – спросила она неожиданно строгим и официальным голосом, – Дмитрий Алексеевич?

– Да, – растерянно отозвался тот. – А в чем дело? Мне нужно где-то расписаться?

Ему пришло в голову, что кругленькая девушка принесла ему телеграмму или какой-нибудь счет.

Кот Василий вел себя странно — он спрятался за хозяина и боязливо мяукал, посматривая на гостью.

— Расписаться? — переспросила девушка недобрительно. — Нет, расписываться пока нигде не нужно. Нужно пройти вместе со мной в соседнюю квартиру.

— Ничего не понимаю! — пробормотал Старыгин. — Чего вы от меня хотите? Я только что пришел с работы, еще даже не поел... зачем мне идти к соседям?

— Не будем препираться! — строго проговорила девушка и отступила в сторону, словно приглашая Старыгина на лестничную площадку. — Я вам сказала — пройдемте со мной!

— Да не пойду я никуда! — в душе Дмитрия Алексеевича внезапно поднялось глухое раздражение. — Что у вас — телеграмма? Извещение? Повестка? Давайте ее, и оставьте меня в покое!

Василий подмяукнул, явно одобряя решительную и твердую позицию хозяина.

— Мне с вами некогда выяснять отношения! — девушка повысила голос и протянула открытую книжечку. — Капитан Журавлева!

Старыгин нервно хмыкнул: долговязая фамилия совершенно не подходила невысокой пухленькой девушке. Кроме того, он почувствовал неловкость оттого, что принял ее за почтальона. Девушка смотрела очень серьезно и даже строго, глаза у нее были серые, радужка обведена черным ободком.

— Пройдемте в соседнюю квартиру! — повторила Журавлева и пошла вперед, не дожидаясь Старыгина.

Дмитрий Алексеевич тяжело вздохнул, повернулся к Василию и проговорил:

— Да, ты же меня хотел предупредить о неприятностях... ну, побудь еще немножко один! Надеюсь, это ненадолго!

Он закрыл дверь своей квартиры на ключ и устремился вслед за девушкой, окликнув ее:

— А что случилось-то?

Подходя к полуоткрытой соседской двери, та обернулась и странным голосом проговорила:

— Может быть, именно вы мне это расскажете?

Голос ее при этом звучал холодно и строго, что совершенно не вязалось с юным и привлекательным лицом.

— Что? — удивленно протянул Старыгин, вслед за ней входя в Ленину квартиру. — Почему это я?

И тут же слова застряли у него в горле.

На полу в прихожей лежала мертвая женщина. На этот раз никакой ошибки быть не могло — это была та самая девушка, которой он минувшим утром помог открыть дверь, сестра его соседки Лены. Только утром она была живой и привлекательной. А сейчас...

Она лежала на полу в странной и неудобной позе, привалившись боком к стене. Глаза ее были открыты и смотрели на что-то, расположенное в другом конце прихожей.

На что-то или на кого-то.

И на груди у нее темнело большое багровое пятно.

Такие же багровые пятна расползлись у нее за спиной по серебристым обоям. И на полу тоже была подсохшая темная лужица.

– Господи! – выдохнул Старыгин. – Что с ней?

Мимоходом он поразился глупости своего вопроса – как будто неясно, что девушка не просто умерла, а, выражаясь языком милицейских протоколов, убита насильственной смертью.

– Вы ее знаете? – быстро спросил его мужской голос.

Старыгин обернулся и только теперь увидел, что в прихожей, кроме него самого и капитана Журавлевой, было еще полно народу – двое или трое озабоченных мужчин однозначно милицейской внешности и пожилая соседка Вера Кузьминична, сидевшая на табуретке с руками, сложенными на коленях, и скорбным выражением лица.

– Это... это Ленина сестра... – с трудом выдавил Старыгин. – Она сегодня утром приехала из Воронежа...

– Нет, не сестра она! – поспешно проговорила Вера Кузьминична. – Сестру Ленину я видала, приличная женщина!

— Совершенно верно, — поддержала ее капитан Журавлева. — Мы связались с Воронежем. У гражданки Боровиковой действительно есть там родная сестра, но она, во-первых, жива и здорова, во-вторых, никуда из Воронежа не выезжала, и в-третьих, ей пятьдесят три года... так что это явно не она!

— Ну, я не знаю... — протянул Старыгин. — Она мне так сказала... и у нее были ключи от квартиры...

Он пытался не смотреть на мертвую девушку, но взгляд то и дело невольно возвращался к ней, мертвое лицо с широко открытыми глазами притягивало его, как змея притягивает взгляд кролика. Против своей воли Старыгин вспоминал утреннюю встречу с этой девушкой, их короткий разговор.

— Значит, вы с ней разговаривали, — удовлетворенно проговорила Журавлева.

— Ну да... она попросила помочь ей открыть дверь...

— Что-то у вас не вяжется, — прервала его Журавлева. — Только что вы сказали, что у нее были ключи...

— Ну да, ключи у нее были, но она не могла открыть дверь. Так иногда бывает...

— А вы сразу смогли! — ехидно вставила молодая капитанша.

— Ну... смог... — отозвался Старыгин, чувствуя себя удивительно глупо. — А что такого?

— Вопросы здесь задаем мы! — подал голос один из мужчин, суетившихся в прихожей.

— Вот именно! — поддержала его Журавлева. — Открыв дверь, вы тут же ушли?

— Конечно, — Старыгин кивнул. — Я спешил на работу...

— И не заходили в квартиру Боровиковых?

— Н-нет... — неуверенно протянул Дмитрий Алексеевич.

— Тогда объясните мне, как в прихожей Боровиковых оказался вот этот предмет? — Журавлева, не скрывая торжества, протянула ему прозрачный пластиковый пакетик, внутри которого Старыгин разглядел свою собственную ручку. — Надеюсь, вы не будете утверждать, что эта вещь вам незнакома?

— Ну да, это моя ручка. — Дмитрий Алексеевич потянулся за ручкой, но Журавлева спрятала ее за спину.

— Впрочем, даже если бы вы это не признали, это вам нисколько бы не помогло, потому что на ручке выгравировано ваше имя... и даже фамилия! Так что вы, можно сказать, оставили на месте преступления свою визитную карточку!

— Ну да, — кивнул Старыгин. — Эту ручку мне подарили коллеги на день рождения...

— Так как же она попала в эту квартиру?

— Ах, ну да... когда мы открыли дверь, зазвонил телефон... эта девушка сняла трубку... звонила Лена... кстати, как же вы говорите, что это не сестра, если она с ней разговаривала...

— Это только вы так считаете! — оборвала его Журавлева. — Вы же не говорили с Леной по телефону?

— Н-нет... — до Старыгина медленно доходило, какого же он свалял утром дурака, когда поверил незнакомой женщине только потому, что она пыталась открыть дверь соседской квартиры.

— Но причем здесь ручка? — не отставала от него Журавлева.

— Она попросила у меня ручку, чтобы что-то записать... кажется, какой-то телефон...

— Значит, вы все же заходили в квартиру! — удовлетворенно произнесла Журавлева. — А только что вы озвучили совершенно другую версию! Как-то вы путаетесь в показаниях!

— Ну да... но я заглянул сюда буквально на секунду... только отдал ей ручку, даже не стал ждать, пока она запишет и вернет ее... я очень спешил на работу...

— Вы говорите, что она хотела вашей ручкой записать телефон? — продолжила девушка с коварным блеском глаз.

— Так мне показалось... — протянул Старыгин. — Может быть, не телефон, а что-то другое...

— Вот именно — что-то другое! Однако она записала его совсем другим предметом!

С этими словами Журавлева приблизилась к трупу и драматическим жестом показала на стену рядом. Старыгин сделал два шага в ту сторону и увидел на серебристых обоях над мертвой девушкой коряво выведенную темно-красным надпись:

Б 41 2 3

— Как видите, она сделала эту надпись не вашей ручкой, а собственной кровью! Значит, это было очень важно для убитой! Настолько важно, что она написала это в последние секунды своей жизни! Скажите правду, Старыгин! Что здесь произошло?

— Я сказал вам все, что знал, — отозвался Дмитрий Алексеевич с глубоким вздохом. — Неужели вы думаете, что если бы я... был к этому как-то причастен...

Ему показалось, что он стал участником какой-то пьесы абсурда. Эта агрессивная девица с бульдожьей хваткой, совершенно не сочетающейся с привлекательным юным лицом, ее подчиненные с пустыми глазами и невыразительными лицами, чужая квартира, и главное — мертвая девушка, которую только утром он видел живой и веселой. Она улыбалась ему, слегка кокетничала, представилась не той, кто есть на самом деле.

Какая ужасная история!

— Во всяком случае, вы были последним, кто видел эту девушку живой, — напомнила о себе капитан Журавлева. — Вы разговаривали с ней... у нее найден принадлежащий вам предмет... так что на вас падают определенные подозрения. Хотя я пока не вижу мотива... Во всяком случае, я рассчитывала, что вы хотя бы поможете нам установить ее личность. А так... мы снова оказались в самом начале пути, и никаких зацепок!

«Зануда, — подумал Старыгин, — и дура, дальше своего носа не видит. Прямо как носорог — кого первого увидит, на того и нападает...»

Он представил себе пухленькую невысокую милицейскую капитаншу в виде миниатюрного носорога и подивился, что за чушь лезет в голову. Ведь она и вправду его подозревает в преступлении, и даже может посадить в камеру. Кажется, они имеют право задержать любого человека на двадцать четыре часа без объяснения причин... Или, кажется, это не в нашей стране...

Знания о законах Дмитрий Алексеевич почерпнул из детективных фильмов, которые изредка смотрел по телевизору. Сейчас от стресса в голове его все перемешалось.

— Послушайте, — сказал он, — но ведь можно же наверное установить когда она умерла, хотя бы примерно... А я, между прочим, целый день на работе был, в Эрмитаже.

— Кто-нибудь может это подтвердить? — сухо поинтересовалась капитан Журавлева.

— И очень многие, — злорадно ответил Дмитрий Алексеевич, действительно, он сегодня целый день был на людях.

С другой стороны, тут же подумал он, если рассказывать милиции, что его мастерскую вскрыли именно сегодня, это наведет их на еще большие подозрения.

Мужчина в очках, возившийся с телом, поднял голову, вслушиваясь в разговор. Очки его насмешливо блеснули. Старыгин правильно уловил его мысль – мол, не лезь, куда не просят, не давай неквалифицированных советов, в своих делах мы как-нибудь сами разберемся. Он не мог не признать правоту эксперта – сам терпеть не мог, когда говорили под руку и мешали работать.

Старыгин вздохнул и встретился глазами с соседкой Верой Кузьминичной – той было скучно сидеть, она глядела недовольно на милиционеров, топчущихся по лакированному паркету, и тяжко вздыхала. На Старыгина она тоже глянула осуждающе – мог ведь утром забить тревогу, а он проявил легкомыслие, и вот чем это закончилось. Еще и соседей теперь затаскают...

Старыгин снова вздохнул и отвернулся, старательно отводя глаза от трупа блондинки. Смотреть было решительно не на что, и тогда на глаза ему попалась надпись на стене. Он изучал ее долго и пристально, пока наконец не сообразил, что она означает. Мысль была настолько неожиданной, что он хмыкнул.

– Нравится картинка? – тут же спросила капитан Журавлева, оказалось, она пристально за ним наблюдала все это время, не выпуская из поля зрения, как опытная кошка следит за мышью. — Интересуетесь, что женщина перед смертью написала?

— Это не она написала, — вступил в разговор эксперт, — она при всем желании этого написать не могла. Для этого ей пришлось бы встать на колени и повернуться, а она этого не делала, иначе остались бы следы вот тут и вот тут. Да и вообще, с такой тяжелой раной она едва рукой пошевелить могла, да и то вряд ли, похоже, что умерла на месте...

— Вот как? — Журавлева подняла брови и повернулась к Старыгину. — А вы что скажете?

— Эта надпись... — протянул Старыгин. — Вы поняли, что это такое? Может быть, она поможет вам установить личность убитой?

— Мы над этим работаем! — недовольным тоном отозвалась Журавлева. — Скорее всего, это код банковской ячейки...

— Нет, — Старыгин покачал головой. — Это совсем не то! — он развернулся и устремился прочь из квартиры.

Один из мужчин шагнул вслед за ним, но Журавлева придержала его за локоть.

Через минуту Старыгин снова ворвался в соседскую прихожую, потрясая над головой толстым томом в черной обложке.

— Вот это что такое! — выпалил он в возбуждении.

– Нельзя ли пояснить? – Журавлева смотрела на Дмитрия Алексеевича требовательно и строго.

– Именно в такой форме делают ссылки на фрагменты библии. Буква – это название книги, цифры – номер главы и фрагмента внутри нее... Вот, смотрите – «Б. 41, 2-3» – это значит книга Бытия, сорок первая глава, стих второй и третий.

Он раскрыл массивный том и прочитал:

«И снилось фараону: вот, он стоит у реки. И вот, вышли из реки семь коров, хороших видом и тучных плотью, и паслись в тростнике.

Но вот, после них вышли из реки семь коров других, худых видом и тощих плотью, и стали подле тех коров, на берегу реки.

И съели коровы худые видом и тощие плотью семь коров хороших видом и тучных.

И проснулся фараон. И понял, что это сон».

– И что вся эта белиберда значит? – с явно выраженным недоверием осведомилась капитан Журавлева.

– Сон фараона... – протянул Старыгин. – Который потом удачно растолковал Иосиф... впрочем, вам это ничего не говорит... боже мой! Гадание Иосифа перед фараоном!

– Почему это вас так удивило? – наступала милицейская девица. – Это вам о чем-то говорит?

– Может быть... – Старыгин опустил глаза, задумавшись. – Очень может быть!

— Наталья Игоревна! — проговорил сотрудник Журавлевой. — По-моему, он вам дурит голову! Прижать его как следует... мы с вами и не таких раскалывали!

Не следовало ему вступать в разговор, да еще таким пренебрежительным тоном. Старыгин тотчас разозлился. За время допроса он малость пришел в себя, оправился от первого шока и теперь, расшифровав кровавую надпись, почувствовал себя в своей стихии. Теперь у него было над чем подумать. Он прислонился к стене и сложил руки на груди, зажав библию под мышкой. Весь вид его говорил: не хотите меня слушать — не надо. Я свое слово сказал, а вы можете до умопомрачения искать несуществующую банковскую ячейку или что там еще придет в голову бравой капитанше.

Все присутствующие занимались своим делом, только капитан Журавлева следила за Старыгиным и правильно поняла его взгляд. Еще она поняла, что сейчас он больше ничего не скажет — смотрит свысока на них, сиволапых, мол, где уж вам догадаться, только умеете, что убийства в пьяной драке расследовать...

— Пока вы можете идти, — сказала она.

— И на том спасибо! — буркнул Старыгин. — До свидания, Вера Кузьминична! — и вышел, не простившись с остальными.

Закрыв дверь своей квартиры, он сказал коту Василию, смирно сидевшему в прихожей:

— Похоже, что у нас с тобой крупные неприятности!

Кот ничего не ответил, зато капитан Журавлева, подслушивающая под дверью, возликовала — слова Старыгина подтверждали ее подозрения. Она думала, что он звонит кому-то по телефону.

Наутро выяснилось, что неприятности притягиваются друг другу, как магниты, потому что машина не завелась. Собственно, в этом не было ничего неожиданного, старые «Жигули» давно уже просились на свалку и отказывались ездить примерно раз в неделю, поэтому Старыгин махнул рукой и направился к троллейбусной остановке. Нужный ему троллейбус как раз закрывал двери, но Дмитрий Алексеевич в последнюю секунду успел вскочить на подножку.

Протиснувшись в салон, он остановился возле девочки-старшеклассницы с разноцветными прядями волос. Вдруг она вскочила, скороговоркой проговорив:

— Садитесь, пожалуйста!

Старыгин ужасно расстроился: неужели он так плохо выглядит, что девушки уступают ему место? Пожалуй, нужно заняться спортом, больше ходить пешком и вообще вести более здоровый образ жизни... Он хотел уже раздраженно сообщить девчонке, что ему еще далеко до пенсии, когда с облегчением убедился, что она уступила место вовсе не ему: на освободившееся сиденье тяжело плюхнулся лысый толстяк лет шестидесяти с вечно недовольной красной как перезрелый помидор физиономией. Даже не подумав поблагодарить девушку, он уткнулся в развернутую газету.

Это была одна из многочисленных бульварных газет, перепечатывающих одни и те же дешевые сенсации. Старыгин машинально скользнул взглядом по заголовкам. Из его положения они читались с трудом, задом наперед, как в зеркале, но один заголовок он все же кое-как прочел:

«Снова – проклятие фараонов».

«Везде эти фараоны! – подумал он. – Древний Египет преследует меня на каждом шагу!»

Газета была у него прямо перед глазами, но прочесть содержание статьи в его положении не удавалось. Поэтому он разочарованно отвернулся и перевел взгляд на невысокого щуплого старичка в светлом поношенном плаще, стоявшего рядом с ним, ухватившись левой рукой за поручень. В правой руке старичок держал ту же самую бульварную газету.

«Снова – проклятие фараонов, – прочитал Дмитрий Алексеевич, невежливо заглянув через плечо старичка. – У известного английского археолога, крупного специалиста по цивилизациям далекого прошлого и особенно по Древнему Египту, обнаружены симптомы загадочной болезни...»

В это время старичок дочитал страницу и попытался перевернуть ее. Сделать это одной рукой ему никак не удавалось, непослушная газета шуршала и складывалась самым неудобным образом, но дочитать статью Старыгину так и не удалось. Впрочем, она его не слишком заинтересовала: очередная газетная утка, не более того. Гораздо больше его взволновала другая мысль.

«Вот почему каменного писца вытащили из витрины! — взволнованно думал Старыгин. — Ведь только так, заглянув ему через плечо, как я заглянул в газету этому старику, можно прочесть то, что написано на каменной табличке! Если смотреть спереди, со стороны витринного стекла, надпись будет зеркально перевернутой, и прочесть ее гораздо труднее!»

Троллейбус съехал с Дворцового моста и затормозил на остановке. Старыгин протиснулся к выходу, перебежал площадь, взбежал по крыльцу Зимнего дворца.

Обычно он пользовался служебным входом Эрмитажа, но сегодня он хотел первым делом заглянуть в египетский отдел и прошел в главный холл вместе с оживленной группой иностранных туристов. Махнув перед охранником служебным удостоверением, стремительно пробежал по коридору первого этажа и вскоре влетел в большой зал египетского отдела.

— Зал закрыт! — попыталась остановить его подслеповатая служительница, но Старыгин осторожно отодвинул ее и устремился на середину зала.

Двое рабочих тащили каменную статую к витрине, ремонт которой уже закончили, чтобы установить ее на прежнее место. Дмитрий Алексеевич машинально отметил, с каким трудом они несут каменного писца. Мария Антоновна, в своем неизменном синем костюме, стояла поодаль, наблюдая за работой.

— Подождите! — окликнул Старыгин рабочих. — Поставьте его!

Рабочие с готовностью подчинились, грохнув тяжеленную статую на каменный пол, и распрямились, вытирая пот.

— В чем дело, Дмитрий Алексеевич? — недовольно проговорила Мария Антоновна, повернувшись к Старыгину. — Мы и так опаздываем с открытием экспозиции! Михаил Борисович будет недоволен...

— Постойте, Мария Антоновна! — Старыгин взял хранительницу под локоть и подвел ее к писцу. — Что написано на его табличке?

— Не понимаю... — она удивленно взглянула на реставратора. — О чем вы говорите? И вообще, какое отношение вы имеете...

— На табличке, которую держит писец, что-то написано, так? — терпеливо произнес Старыгин. — Я думаю, что его вытащили из витрины, чтобы прочесть эту надпись! Поэтому хочу спросить у вас — что здесь написано?

– Ерунда какая! – пробормотала хранительница. – Ведь это – всего лишь статуя! То есть произведение искусства, а не содержательный текст! То, что написано на табличке, вряд ли имеет какой-то смысл... это – просто художественный элемент декора...

– А вот злоумышленник так не считал! – воскликнул Старыгин. – Он не поленился вскрыть витрину, вытащил тяжеленную каменную статую, чтобы прочесть эту, как вы считаете, бессмысленную надпись... Мария Антоновна, дорогая, скажите, что там написано – и я больше не буду к вам приставать!

– Ну хорошо... – хранительница вздохнула и склонилась над статуей, заглядывая через плечо писцу, как Старыгин заглядывал через плечо пассажиру с газетой.

– Ну, во-первых, сразу могу сказать, что это раннее иероглифическое письмо.

– Что? – переспросил Старыгин, – Мария Антоновна, помилосердствуйте! Не забывайте, я – не специалист по Древнему Египту и ваши термины для меня – китайская грамота... извините, по китайской культуре я тоже не специалист!

– Ну, если хотите, чтобы я вам что-то объяснила – не перебивайте меня! – строго проговорила хранительница. – Египетская письменность в своем развитии прошла три основных этапа: на раннем, примерно за полторы тысячи лет до начала нашей эры, использовалось традиционное иероглифическое письмо, позднее, начиная примерно с тысяча трехсотого года...

— До нашей эры? — уточнил Старыгин.

— Разумеется! — Мария Антоновна строго взглянула на него. — Приблизительно с тысяча трехсотого года применялось так называемое иератическое письмо. Прежние иероглифы значительно изменились, в них очень трудно узнать характерные рисунки жителей Древнего царства. И, наконец, в четырехсотые годы до нашей эры на смену иератическому письму пришло письмо демотическое, знаки которого гораздо больше похожи на привычные нам буквы... в общем, эта лекция вряд ли принесет вам большую пользу, но я еще раз повторяю, что надпись на табличке сделана древними иероглифами, что вполне соответствует датировке этой статуи.

— Но все же, скажите мне, что именно здесь написано? — взмолился Старыгин.

— Уверяю вас, ничего особенно интересного! — ответила Мария Антоновна, вглядываясь в линии, высеченные на табличке. — Это просто несколько цифр!

— Цифр? — разочарованно переспросил Старыгин.

— Именно! — подтвердила хранительница. — А вы чего ждали? Что здесь будет начертано имя вашего злоумышленника? Или секрет превращения свинца в золото? Нет, дорогой мой! Ничего особенного, всего несколько цифр!

— Но почему именно цифры? — задумчиво произнес Дмитрий Алексеевич.

— Как раз это вполне объяснимо! — Мария Антоновна повернулась к нему. — Большая часть дошедших до нас египетских надписей — это всевозможные отчеты, сведения об урожае пшеницы и других культур, сообщения о количестве захваченных в битве пленных, о том, сколько каменных блоков отправлено на строительство пирамид или царских гробниц, сколько собрано налогов и таможенных пошлин, то есть цифры, цифры, цифры! Ну что — теперь вы удовлетворены и мы, наконец, можем заняться своей работой?

— Мария Антоновна! — не сдавался Старыгин, — Но все-таки, какие именно цифры здесь написаны?

— Минутку... — хранительница тяжело вздохнула и снова склонилась над статуей. Дмитрий Алексеевич достал блокнот, ручку и приготовился записывать.

— Один... восемь... шесть... четыре... — медленно диктовала Мария Антоновна. — Странно... семь... два... восемь... три... девять... пять... и снова четыре. Это все.

— А что вам показалось странным? — осведомился Старыгин, закрывая блокнот.

— Ну... как вам сказать? Это как-то нехарактерно для египетских записей. Ведь все записи такого рода, о которых я говорила — урожаи, налоги, количество товаров — бывают обычно круглыми... то есть собрано двести тысяч мер зерна, отправлено на строительство сто пятьдесят тысяч каменных блоков, в крайнем случае — сто сорок пять тысяч. Никто не записывает такие вещи с точностью до одной штуки. Всегда немного округляют, просто для удобства подсчетов. А здесь — какое-то странное число, сколько там — восемьсот шестьдесят четыре тысячи семьсот двадцать восемь, и еще что-то... в общем, если хотите знать мое мнение, эти цифры не имеют ровным счетом никакого смысла, они нарисованы просто для красоты, как я вам и говорила!

— Но тогда почему это именно цифры, и только цифры, а не беспорядочный ряд разных иероглифов? — задумчиво протянул Дмитрий Алексеевич.

— Ну, уж это вопрос не ко мне! — отмахнулась хранительница. — Хочу напомнить вам, что я — не детектив, а серьезный ученый! Да и вы тоже работаете не в милиции, а в музее! Так что давайте заниматься своим собственным делом!

— Хорошо, Мария Антоновна, но только один последний вопрос! — взмолился Старыгин.

— Ну, что еще?

— Вот этот значок, — он снова раскрыл свой блокнот и показал ей значок, аккуратно срисованный с задней стороны французской картины — эллипс и палочка, фигура, похожая на сильно вытянутый к виску глаз. — Это вам ничего не говорит?

— Отчего же? — Мария Антоновна уверенно кивнула. — Это тоже значок раннего иероглифического письма, тхе, иначе называемый «око фараона»... а откуда у вас такой интерес к египетским иероглифам?

— Око фараона! — повторил Старыгин. — Вот оно что! Большое спасибо, Мария Антоновна! Вы мне очень помогли!

— Ну что — теперь мы можем заниматься своей работой? — язвительно осведомилась хранительница.

— Да, конечно... — пробормотал Старыгин, не расслышав иронии в ее словах и направляясь к выходу из зала.

— Весьма признательна! — насмешливо бросила ему вслед Мария Антоновна и повернулась к рабочим:

— Перекур закончен! Ставьте писца на место.

Поднимаясь в свой кабинет, Старыгин напряженно думал.

Таинственный человек, проникший ночью в Эрмитаж, приложил немало усилий, чтобы прочесть надпись на табличке египетского писца. Он испортил телекамеру, оглушил охранника, да и такелажника, судя по всему, тоже он огрел. Значит, эта надпись была для него почему-то очень важна. Но что может содержать в себе эта цепочка цифр?

Старыгин на ходу раскрыл блокнот и пробежал глазами по своим записям. Мария Антоновна права: слишком сложное число, не похожее ни на величину урожая, ни на размер собранного налога, ни на цифру торговой отчетности...

Заглядевшись в блокнот, он едва не сбил с ног шедшего навстречу сотрудника. Извинившись, спрятал блокнот в карман.

— Смотреть надо, куда идете! — пробормотал тот, потирая ушибленный бок.

Придя в свой кабинет и убедившись, что на этот раз без него здесь никто не хозяйничал, Дмитрий Алексеевич переписал цифры из своего блокнота на чистый лист одиннадцатого формата и пришпилил к стене, чтобы они находились у него перед глазами, и над ними можно было на досуге размышлять. Однако за целый день не выдалось ни минуты свободной.

Едва дождавшись заката, едва дождавшись, когда смолкнут торжественные звуки вечернего гимна, которым жрецы из храма Ра провожали вечное светило, молодой жрец Ат Сефор устремился к воротам Дома Чисел. Знакомый стражник принял из его рук серебряное кольцо и сделал вид, что не замечает служителя богов, в неурочное время покидающего храм.

Ат Сефор вышел из врат обители и устремился по знакомой тропинке вслед за скрывшимся солнцем на запад, к надгробиям, разбросанным среди первых отрогов гор.

Он спешил пройти как можно большую часть пути, пока последние отсветы солнца еще окрашивали небо багряными разводами и лиловеющие хребты Западных гор были вполне различимы. Потом, когда на Город Мертвых опустится глубокая тьма, куда труднее будет найти дорогу к месту встречи со старой знахаркой.

Куда труднее и куда опаснее.

Мимо прошел отряд стражников Некрополя. Начальник стражи покосился на позднего путника, но не посмел остановить его, различив в сумерках бритую голову и белые одежды жреца. Ат Сефор придал своему лицу выражение привычного высокомерия и миновал стражников. Только когда последнего из них скрыло от него высокое надгробие какого-то знатного вельможи, молодой жрец сменил направление, повернув к видневшейся на фоне угасающего неба темно-серой скале в форме головы шакала. Именно у этой приметной скалы назначила ему встречу старая Фетх.

Приблизившись к скале, жрец беспокойно огляделся.

Старухи не было видно.

Неужели она обманула его, взяла серебро и золото, но ничего не даст взамен?

Неужели Ат Сефор напрасно подвергал опасности свою жизнь, разгуливая по ночам среди скал и надгробий Города Мертвых, напрасно рисковал навлечь на себя гнев главного жреца Дома Чисел?

Из щели между камней донеслось угрожающее шипение, показалась треугольная головка песчаной змеи. Жрец попятился — он знал, что укус этой змеи смертелен — и тут же из тени под скалой вынырнул сгорбленный силуэт.

— Это ты, старуха? — встревожено проговорил Ат Сефор, вглядываясь в сгущающуюся темноту.

— Я, благородный господин! — прошептала Фетх и поспешно добавила:

— Не говори так громко, нас могут услышать!

Она пригнулась к земле, с неожиданной ловкостью скользнула мимо жреца к расщелине, возле которой он только что стоял, и молниеносным движением выхватила из камней змею.

Змея угрожающе шипела, извивалась, пытаясь укусить старуху, но та, не обращая на эти попытки никакого внимания, хладнокровно отхватила змеиную голову острым кремневым ножом и бросила ее в привязанный к поясу холщовый мешочек.

Обезглавленная змея еще несколько секунд извивалась на камнях и наконец застыла.

— Змеиная голова была мне нужна для одного зелья, — пояснила старуха, бросив на испуганного жреца насмешливый взгляд. — Для зелья, которое заказал мне другой благородный господин.

— Ну что, старая, ты отведешь меня, куда обещала? — спросил ее Ат Сефор, преодолев испуг и отвращение.

— Конечно, благородный господин! — прошептала знахарка, еще больше согнувшись в угодливом поклоне. — Старая Фетх всегда держит свое слово, особенно если за это ей платят серебром... и золотом!

— Пока довольно с тебя серебра! — жрец протянул старухе еще одно тускло блеснувшее кольцо. — Золото будет тогда, когда ты приведешь меня в нужное место!

— Не беспокойся, благородный господин! Следуй за мной! — и Фетх скользнула в темноту.

Ат Сефор едва поспевал за старухой, стараясь не потерять ее из виду и в то же время не сломать себе шею на крутой тропинке, по которой они шли. Тропинка понемногу поднималась, углубляясь в отроги Западных гор. Вокруг больше не было надгробий, не было и жалких хижин парахитов и кладбищенских прислужников — только скалы темнели по обе стороны тропинки, да юркие силуэты шакалов шныряли то тут, то там.

— Скоро ли мы придем? — недовольно окликнул жрец старуху. — Мне кажется, мы уже углубились во владения мертвых!

— Тише! — шикнула Фетх, оглянувшись. — Тише, если и правда не хочешь раньше срока попасть к предкам!

И в ту же секунду из темноты выскочило что-то еще более темное, словно сгусток мрака, и набросилось на молодого жреца.

Ат Сефор попытался сопротивляться, но его уже повалили на камни, руки скрутили за спиной и связали кожаным ремнем.

— Во имя Анубиса! — взвыла из темноты старая Фетх. — Не троньте нас! Мы с этим благородным господином идем к Габд-а-Батху! Шейх ждет нас, он сам назначил встречу!

Резким рывком молодого жреца подняли на ноги, толкнули в спину, чтобы он шел вперед, но и не подумали развязать руки. Старая знахарка шла впереди, что-то вполголоса бормоча.

Ат Сефор двигался вперед, стараясь не сорваться с тропы, которая сделалась еще круче. Со связанными руками это было гораздо труднее, но на все его жалобы ответом было молчание.

Тропа сделала резкий поворот, и впереди показался свет.

Еще несколько минут, показавшиеся жрецу бесконечными, и путники оказались перед входом в пещеру, внутри которой полыхал яркий костер.

Вход в пещеру был завешен бычьей шкурой. Провожатый, или скорее стражник, шагавший за спиной Ат Сефора, выкрикнул какое-то непонятное слово, и шкуру откинули в сторону. Старуха проскользнула вперед, жреца толкнули в спину, он пригнулся и вошел в пещеру.

Здесь, вокруг огромного костра, над которым на вертеле жарилась газель, сидело с десяток человеческих существ. Впрочем, отнести их к роду человеческому можно было только с некоторым усилием — так свирепы и уродливы были их лица. Они были изуродованы страшными шрамами, следами ран, пыток и болезней, но еще больше уродовал их отпечаток всевозможных пороков.

Ат Сефор заметил одно лицо с вырванными ноздрями, и другое, с черным провалом вместо глаза. Но больше других его взгляд привлекало свирепое смуглое лицо с маленькими глубоко посаженными глазками и кривым шрамом, пересекающим щеку. Этот грабитель сидел на почетном месте и держался с кичливым видом главаря.

— Ты — Габд-а-Батх? — обратился к нему жрец. — Я шел, чтобы поговорить с тобой, а твои люди напали на меня, как на заблудившегося барана, связали руки и приволокли сюда! Вели развязать меня, и пусть твои люди удалятся, чтобы мы могли поговорить без помех!

В ответ на его слова грянули раскаты хохота, от которых едва не обрушились своды пещеры. Не смеялся только смуглый злодей, к которому обратился Ат Сефор.

— Он принял тебя за Шейха! — проговорил, задыхаясь от смеха, одноглазый, хлопнув молчаливого грабителя по спине, и сделал руками несколько жестов. Тот наконец понял его и тоже зашелся сухим лающим смехом.

— Он глухой, — пояснил одноглазый, отсмеявшись и взглянув на пленника. — Стервятник — глухой, поэтому он не смеялся! Остальные смеялись, потому что это очень смешно — принять Стервятника за Шейха Ночи!

— Но где же сам Габд-а-Батх? — высокомерно осведомился молодой жрец. — Я хочу говорить с ним!

— Вот только захочет ли Шейх говорить с тобой? — с сомнением произнес одноглазый. — Может быть, он велит выкинуть тебя в пустыню, на корм шакалам и стервятникам!

— Угомонись, Кривой Шакал! — раздался из глубины пещеры негромкий властный голос. — Может быть, не его, а тебя я прикажу выкинуть в пустыню! Может быть, так будет мне угодно!

В круг света вышел невысокий мужчина с красивым гладко выбритым лицом, в короткой светло-коричневой накидке. Встретив этого человека днем на улице Города Мертвых Ат Сефор принял бы его за торговца или богатого мастерового, но никак не за главаря шайки грабителей могил.

Тем не менее это был именно он, знаменитый Габд-а-Батх, Шейх Ночи. При его появлении остальные грабители замолкли, как замолкают мелкие хищники при появлении льва.

— Что привело тебя в мои владения, жрец? — проговорил он, подойдя к пленнику и внимательно оглядев его.

— Прикажи развязать мне руки! — потребовал Ат Сефор.

— Может быть, прикажу, а может быть, нет, — отозвался Шейх. — Может быть, мне будет угодно изжарить тебя на вертеле вместо этой газели. Когда я спрашиваю, что привело тебя к нам — следует отвечать, если ты не хочешь вызвать мой гнев.

— У меня есть дело к тебе, Шейх, — проговорил молодой жрец, опустив глаза. — Но все же... если ты не хочешь развязать мне руки — вели своим людям оставить нас, ибо мое дело не предназначено для посторонних ушей.

Габд-а-Батх двинул бровью, и тут же вся его шайка покинула пещеру, словно унесенная порывом ветра. Только старая Фетх скорчилась в углу, словно груда тряпья.

— Говори! — приказал главарь грабителей.

— Мне нужна одна вещь, спрятанная в гробнице... — вполголоса начал Ат Сефор.

— Все, что спрятано в гробницах Города Мертвых, принадлежит мне! — высокомерно проговорил грабитель.

— Но это не золото, не драгоценный камень, не слоновая кость, не красивый наряд...

— Что же это? — перебил его Шейх Ночи. — Оружие?

— Нет, это папирус!

— Всего лишь папирус! — главарь шайки явно был разочарован.

— Да, но за этот папирус я заплачу тебе золотом! Щедро заплачу!

— Что же это за папирус, ради которого ты готов не только раскошелиться, но и прийти ночью в мою пещеру, покинув свой безопасный и роскошный храм?

— Его называют папирусом Тота, или Мудростью Мудрых, — ответил жрец. — Он содержит одно число... впрочем, тебе, Шейх, это не интересно. Тебе должно быть интересно только одно — что я за него заплачу, и заплачу очень щедро.

— Ты прав, жрец! — кивнул грабитель могил. — Мне неинтересно, что там, в этом папирусе. Это — ваши дела, дела людей из храмов. Мне интересно золото, и слоновая кость, и украшенное оружие. Так и быть, я найду для тебя этот папирус.

— Когда ты пойдешь за ним, я хочу, чтобы ты взял меня с собой, — проговорил Ат Сефор, понизив голос.

— Не ослышался ли я? — переспросил Шейх Ночи. — Жрец, человек в белом одеянии, намерен осквернить это жреческое одеяние, во мраке ночи проникнув в гробницу? Куда катится наш мир!

— Я боюсь, что твои люди своими грубыми руками испортят бесценный папирус Тота, повредят его. Поэтому я хочу сам, своими руками взять его оттуда.

— Это глупо, — поморщился Габд-а-Батх. — Не к добру брать с собой на дело постороннего человека, тем более — жреца... но мне сегодня угодно быть к тебе милостивым. Так и быть, ты можешь вместе с нами спуститься в гробницу... только не забудь взять с собой золото!

— Ты считаешь, если я жрец, то я глуп, как новорожденная газель? — сквозь зубы проговорил Ат Сефор. — Если я спущусь с тобой в гробницу, взяв с собой золото, ты оставишь меня в этой гробнице навеки! Нет, так не будет! Я заберу из могилы папирус Тота, а после отдам тебе золото. Оно будет спрятано в надежном месте.

— Могу ли я верить жрецу? — с сомнением проговорил Габд-а-Батх.

— А могу ли я верить грабителю? — в тон ему отозвался Ат Сефор.

— Ну что ж, сегодня мне угодно быть доверчивым! — промолвил наконец Шейх Ночи. — Будь завтра на закате у той же скалы, где встречался сегодня со старой Фетх! Оттуда мы пойдем за твоим папирусом!

— А что — ты уже знаешь, в какой гробнице он лежит? — с сомнением спросил жрец.

— Я знаю обо всем, что творится в Городе Мертвых! — высокомерно ответил грабитель.

Впрочем, он ошибался.

Он не знал, что неподалеку от входа в его пещеру среди камней прятался человек в таком же, как у Ат Сефора, жреческом одеянии.

Старыгин вошел в свой подъезд, открыл почтовый ящик. Там лежал белый удлиненный конверт без марки. Дмитрий Алексеевич шагнул ближе к свету, чтобы прочесть надпись на конверте.

В правом нижнем углу было написано его имя – Д. А. Старыгину, и больше ничего – ни адреса, ни прочих координат. В верхнем левом углу значилось имя отправителя.

Старыгин прочел его... и не поверил своим глазам.

Косым торопливым почерком на конверте было написано:

«Луи Жироде-Триозон».

– Полковнику никто не пишет? – раздался вдруг рядом с ним молодой насмешливый голос.

Дмитрий Алексеевич вздрогнул от неожиданности и выронил конверт.

Белый прямоугольник спланировал на каменный пол подъезда, прямо к ногам невысокой пухленькой девушки с круглым безобидным личиком первой ученицы.

– А, полковник как раз получил письмо! – проговорила она, подняв конверт и с интересом разглядывая его. — И какое интересное! Ни марки, ни обратного адреса!

— Что вы здесь делаете, гм... товарищ капитан? Или как вас следует называть — господин капитан? Вы за мной следите? — с этими словами Старыгин протянул руку и попытался забрать конверт у Журавлевой.

— Можете называть меня просто Натальей... Игоревной! — отозвалась она, придерживая конверт. — От кого это вам приходят такие письма? Надо же, какое звучное имя! Кто это — Луи Жироде-Триозон? Ваш французский коллега?

— А вам-то что? И вообще — я вас, кажется, спросил: что вы делаете в моем подъезде?

Журавлева с явной неохотой отдала ему конверт и ответила:

— Вы не забыли — я служу в милиции, а в вашем подъезде произошло убийство. Так что я здесь нахожусь по долгу службы, а вовсе не из праздного интереса к вашей особе!

— Да? Почему же тогда вас интересует моя корреспонденция? Или я — ваш единственный подозреваемый?

— Вовсе нет! — капитан была невозмутима. — Как раз у нас появились кое-какие подвижки в вашем деле! Кстати, мне говорили, что вы замечательно варите кофе. Не пригласите девушку на чашечку?

«Это что-то новенькое, — подумал Старыгин, — вчера чуть не арестовывать собиралась, а сегодня на кофе напрашивается! Да еще так нахально!»

Очень хотелось послать настырную девицу куда подальше, можно сделать это в вежливой форме, так что она не посмеет настаивать, однако милиционерша поглядела на него весьма кокетливо и улыбнулась. Как ни странно, улыбка ей шла. Глаза оживились, и вся она стала как-то человечнее.

— Вы же только что сказали, что находитесь здесь по службе? — ворчливо спросил Старыгин. — И кто это, интересно, вам говорил, как я варю кофе?

— Есть такое выражение — тайна следствия! — Журавлева откровенно потешалась над его недовольным видом. — Так как — пригласите меня на кофе?

Снова она улыбнулась и состроила ему глазки по всем правилам — в угол, на нос, на предмет.

«Наверное, этому теперь тоже учат в школе милиции, — ехидно подумал Старыгин, — а капитан, небось, на отлично ее закончила, недаром в таком юном возрасте командует целой толпой взрослых мужчин...»

Впрочем, сегодня трудно было принять ее за капитана милиции — так, обычная девица самой заурядной внешности — губки бантиком, нос пуговкой, в ушах — сережки дешевенькие...

И одета она была сегодня не в официальный серый костюм, а в темно-синюю юбку и голубую курточку. И смотрит призывно, отчего-то очень хочется ей к нему в квартиру попасть.

Вдруг его пронзило воспоминание – этакое дежа вю. Все это уже было вчера – также призывно заглядывала ему в глаза молодая женщина, только вчерашняя блондинка была, пожалуй, покрасивее. И похитрее этой – прикинулась беспомощной, дверь ей, видите ли, не открыть было. Старыгин еще вчера мимолетом удивился, что ключ-то легко повернулся, и подумал, что есть такие женщины – сами ничего не могут сделать, норовят по всякому пустяку других напрягать. И ручку она у него наверняка нарочно забрала, чтобы предлог был – вечером в гости заявиться. На кофе. Для чего-то он был ей нужен... Ее убили, а вот кто это сделал – пускай капитанша выясняет.

– Так что – так и будем стоять? Или все-таки пригласите? – напомнила о себе капитан Журавлева.

– Вас попробуй не пригласи, – проворчал Старыгин, поднимаясь по лестнице. – Следующий раз с ордером придете!

Войдя в его квартиру, Журавлева с явным любопытством огляделась. Впрочем, неторопливо выплывший навстречу хозяину Василий тут же отвлек ее внимание от старомодной обстановки.

– Кажется, сегодня он не так враждебно настроен ко мне, как вчера! – проговорила она, наклоняясь к коту и пытаясь его погладить. — Какой красавец!

Словно для того, чтобы поставить ее на место, кот зашипел и угрожающе поднял когтистую лапу.

— Ну вот, он берет с вас пример! — обиженно проговорила девушка. — Никакого гостеприимства!

— У Василия сильно развито чувство собственного достоинства, — отозвался Старыгин. — Если хотите добиться его расположения — не посягайте на его независимость. Когда захочет, он к вам подойдет. Но он сам должен сделать первый шаг.

Старыгин провел гостью в комнату и указал ей на диван:

— Посидите здесь пару минут, сейчас я сварю обещанный кофе.

Этим он хотел подчеркнуть, чтобы гостья ни на что большее не рассчитывала — выпей кофе и ступай себе, нечего занятых людей беспокоить...

Однако когда он вернулся в комнату с серебряным подносом, на котором стояла дымящаяся турка, чашечка тонкого костяного фарфора и большая кружка с чаем, гостья стояла возле книжной полки и перелистывала толстый глянцевый альбом.

— Как интересно! — проговорила она, поворачиваясь к хозяину. — Этот ваш коллега... тот, кто прислал вам письмо, оказывается, был малоизвестным французским художником и, что особенно удивительно, современником Наполеона! Неужели во Франции такая большая продолжительность жизни?

— Экология у них хорошая, — отозвался Старыгин, расставляя посуду на низеньком столике. — Вы, кажется, хотели кофе? Я уж, извините, вечером не пью.

— Сердце? — сочувственно спросила она, а у самой глаза насмешливо блеснули.

— Бессонница, — буркнул Старыгин, — возраст, знаете ли, дает о себе знать... Кстати, кофе нужно пить горячим.

Он страшно рассердился на настырную девицу, потому что терпеть не мог, когда кто-то рылся в его книгах без спроса. Еще он не любил насмешек, а она только и делала, что язвила, будучи у него в доме.

— Тем самым вы мне даете понять, чтобы я пила кофе и выматывалась? — Журавлева опустилась в кресло и подняла чашечку.

— Да нет, отчего же... будьте как дома, — Старыгин сел во второе кресло, усилием воли заставив себя успокоиться. — Но все же скажите, какова настоящая причина вашего визита?

— Знаете, почему я пошла в милицию? — спросила Журавлева вместо ответа, пригубив кофе и поставив чашку на поднос.

— Откуда мне знать! Впрочем, как я понимаю, это риторический вопрос...

— Потому что я ужасно любопытна! И моя работа дает возможность это любопытство удовлетворять. Причем на совершенно законных основаниях.

— Ну, и какое отношение ваше любопытство имеет ко мне?

— Мне ужасно интересно, — девушка наклонилась через стол и понизила голос. — Мне ужасно интересно, что пишет вам французский художник девятнадцатого века Жироде-Триозон.

— Хорошо вас готовили в школе милиции! — усмехнулся Старыгин.

— У вас на видном месте стоит альбом, в котором есть его репродукции! — отбила удар первая ученица.

В самом деле, готовясь к реставрации картины, Старыгин раздобыл альбом Триозона, и глазастая девица тут же его обнаружила.

— Но вы же только что сказали, что удовлетворяете свое любопытство только на законных основаниях! А тайну переписки, кажется, еще никто не отменял! Или я ошибаюсь, Наталья...

— Игоревна, — с готовностью подсказала Журавлева, — кстати, разговор у нас с вами неофициальный, так что можете называть меня просто Натальей.

Старыгин подумал, что, будь его воля, он бы с этой девицей и двух слов не сказал, но постарался, чтобы эта криминальная мысль не отразилась на его лице.

— А давайте, поиграем в такую игру – я расскажу вам то, что интересно вам, а вы – то, что занимает меня.

— Вот еще! – фыркнул Дмитрий Алексеевич. – Откуда вы знаете, что мне интересно?

— А я попробую! Ведь вам наверняка интересно, остались ли вы подозреваемым по делу об убийстве вашей соседки, или у нас появился на примете кто-то другой?

— Допустим! – Старыгин отставил чашку и поднял глаза на Журавлеву. – Допустим, это меня действительно интересует. Но вы же сами говорили о тайне следствия!

— Но наш разговор останется между нами – правда ведь? Так как – согласны на такой обмен информацией?

— Пожалуй, – Дмитрий Алексеевич сложил руки на коленях. – Ну что же, ваш ход!

— Вы, конечно, помните кровавую надпись на стене вашей соседки?

— Еще бы, – Старыгин зябко передернул плечами. – Это зрелище долго будет стоять у меня перед глазами!

— Так вот, эта надпись была сделана пальцем. И нам удалось получить вполне отчетливый отпечаток этого пальца.

— Как интересно! – насмешливо проговорил Старыгин. – Прямо как в детективном романе!

— Не нужно иронизировать! — прервала его Журавлева. — Это очень серьезно, и вас тоже касается. Во-первых, отпечаток — не ваш...

— Рад слышать! — Старыгин развел руками. — Впрочем, я-то в этом не сомневался... кстати, — он уставился на свою собеседницу. — А где вы взяли мой отпечаток?

— Мы же все-таки профессионалы, — усмехнулась на этот раз Наталья. — Когда вы вошли в квартиру соседки — вы прикоснулись к дверной ручке, а ручку перед этим тщательно протерли, предварительно сняв с нее все прочие отпечатки!

— Ну-ну! — недовольно проворчал Старыгин. — С вами нужно держать ухо востро!

— Но это еще не все! — продолжила Наталья, блестя глазами. — Мы проверили отпечаток по своей базе данных... и ничего не нашли!

— Весьма сочувствую, — подал голос Старыгин.

— Но мы на этом не остановились, и проверили этот отпечаток по международной картотеке Интерпола.

— И каковы результаты? — заинтересованно спросил Старыгин, которому невольно передалось возбуждение собеседницы.

— И там владелец пальца обнаружился. Им оказался некий Фолькер Месснер из Мюнхена. Колоритный персонаж! Его досье занимает несколько страниц мелкого текста! Чего только за ним не числится — и торговля наркотиками, и подделка документов, и незаконное хранение оружия, но больше всего в его послужном списке эпизодов, связанных с произведениями искусства — кражи, торговля подделками и многое другое...

— Так что — можно сказать, что ваше дело закрыто? Убийца обнаружен, осталось его задержать?

— Если бы так! — Наталья перешла почти на шепот и пригнулась к Старыгину. — В этом досье есть одна удивительная фраза.

— Какая же?

— Фолькер Месснер в прошлом году был убит при попытке задержания в Порт-о-Пренс, это, если не знаете, столица республики Гаити.

— Что? — Старыгин решил, что ослышался. — Наверное, это какая-то ошибка?

— Никакой ошибки, — Наталья развела руками. — Мы связались с тамошней полицией. Его тело было вне всяких сомнений опознано несколькими независимыми свидетелями. Плюс совпавшая зубная карта.

— И как же тогда все это понимать? — Старыгин невольно оглянулся, как будто почувствовал чье-то невидимое присутствие. — Что же — этот немецкий плохиш восстал из мертвых, чтобы приехать в наш город и убить сестру моей соседки Лены?

— Кстати, я вам уже говорила, что убитая девушка вовсе не является сестрой вашей соседки! – перебила его Журавлева. – Мы до сих пор не знаем, кто она такая на самом деле. И для чего она проникла в квартиру ваших соседей. Если бы она хотела их обворовать, она не стала бы показываться вам. И вряд ли квартирная воровка не смогла бы открыть дверь ключом.

Старыгин тут же подумал, что он-то знает, зачем – чтобы познакомиться с ним. Но ни за что не скажет, потому что ему не поверят. И вообще, лучше поменьше болтать с этой ушлой девицей, как бы самому себе хуже не сделать.

– Что вы от меня хотите, Наталья... Игоревна? – прямо спросил он.

– Просто Наталья. Меня очень интересуют любые необычные происшествия в окрестностях места преступления. В частности, странные письма от французских художников девятнадцатого века. Кстати, ваша очередь поделиться со мной информацией. Мы же, кажется, так договаривались? Впрочем, думаю, вам и самому интересно ознакомиться с содержимым этого конверта... – и она указала глазами на белый прямоугольник, краешек которого высовывался из-под серебряного подноса.

– Что ж... вы не оставляете мне выбора... – Старыгин разорвал конверт. На стол выпал листок с ксерокопированной газетной статьей. Он расправил этот листок и начал читать:

«Скептики (те, кто признают источником познания только один разум и научный опыт), не верящие в то, что у библейских повествований есть историческая основа, относятся к истории Иосифа Прекрасного, как к красивой легенде. Однако этот эпизод Библии – вовсе не легенда, а действительное событие, имевшее место в истории Древнего Египта. Автор этих строк берется утверждать это, больше того, мне удалось доказать, что это событие записано самою природой, и записано совершенно неожиданным способом. В тридцатых годах двадцатого столетия автор занимался исследованием зависимости прироста древесины деревьев от различных природных явлений: от засухи, от осадков, от изменения климата, пожаров, всевозможных вредителей и других естественных или искусственных причин. В этом направлении работали многие ученые в России, в Америке и в Швеции. Тогда же было проведено тщательное обследование различных деревянных предметов, сохранившихся в палеонтологических и археологических коллекциях многих музеев. Особенно остановили наше внимание коллекции деревянных изделий, сохранившихся от времен Древнего Египта. Значительное число подобных экспонатов обнаружилось в египетском отделе петербургского Эрмитажа. Все они были в отличной сохранности, позволявшей вполне достоверно установить, какое именно дерево было использовано для того или другого изделия».

Старыгин остановился, оттого что пересохло в горле.

— Что это? — Наталья протянула руку. — Что это за статья? Дайте мне посмотреть!

— Не дам! — рассердился Старыгин. — Я понимаю, что в школе милиции не учат хорошим манерам, но по долгу службы вы должны знать, что нельзя брать чужое! Или на милицию это не распространяется? Врачу — исцелися сам!

— Вы не имеете право скрывать от следствия вещественные доказательства! — она вскочила с дивана и повысила голос.

— Да? — вкрадчиво спросил Старыгин. — А позвольте спросить, где вы тут видите вещественное доказательство? Обычное письмо, про убийство тут не сказано ни слова. Может, оно вообще к делу не относится! Так что если хотите перевести наш разговор на язык милицейского протокола, то пожалуйте на выход! Как у вас говорят — с вещами! И приходите завтра с ордером на обыск, на арест, на конфискацию! Или вызывайте меня повесткой!

С необъяснимым удовлетворением Старыгин видел, что ей хочется его убить. Или наподдать как следует и запереть в камеру.

— Так как, мне продолжать, Наталья... Игоревна?

— Просто Наталья, — ответила она, усевшись на место, — продолжайте, я слушаю.

«Таким образом, мы смогли достоверно установить, что часть вещей была сделана из древесины пород, произрастающих до наших дней в Эфиопии и в областях великих африканских озер, откуда берет свое начало Голубой и Белый Нил. Эти породы были, конечно, в Египте привозными. Но довольно большое количество находившихся в коллекции предметов было сделано из пород деревьев, до сих пор растущих в долине Нила. Среди этих видов египетскими столярами наиболее часто были использованы два вида: нильская акация и сикомора. Путем тщательного изучения строения древесины этих видов нам удалось установить, что имеется прямая зависимость ширины годичных древесных колец от разливов Нила».

Кот Василий, успокоенный монотонным чтением, явился в гостиную для инспекции его законного места проживания. Увидев, что гостья не ушла, а на столе нет ничего интересного, только две пустые чашки, он недовольно фыркнул и устроился на коленях у хозяина, посматривая с презрением на пришлую девицу. Он-то сразу ее разгадал. С одной стороны, пришла она по делу, так что коту совершенно не стоило беспокоиться. С другой стороны, хозяину она очень не нравилась, так что неплохо было бы расцарапать ее как следует, чтобы дорогу в их дом позабыла навсегда.

Старыгин закашлялся от сухости в горле, прервал чтение, положил вырезку на журнальный столик рядом с пустыми чашками, встал, а кота ссадил на свое насиженное место. Василий тут же положил лапу на письмо и застыл, как каменный лев у Академии художеств.

— Он что у вас — сторожевой кот? — поинтересовалась Наталья.

Старыгин не слышал, он пил воду на кухне. Когда он возвратился в комнату, кот Василий без слова дал вытащить из-под себя загадочное письмо и неторопливо перескочил на диван.

«Как известно, от величины этих ежегодных разливов напрямую зависело благополучие египтян и вообще вся жизнь Древнего Египта: когда разлив был обильным, в долине Нила все растения бурно произрастали, на полях собирали обильный урожай, и население страны благоденствовало. Так вот, нам удалось выяснить, что в такие годы и деревья, растущие по берегам Нила, образуют более широкие годовые кольца. В годы же слабых разливов — в стране неурожай и голод, а годовые кольца деревьев становятся узкими, так как вся растительность страдает от недостатка влаги. Когда связь между ежегодными разливами Нила и шириной годичных колец была установлена, мы пришли к следующему выводу: если библейское повествование передает действительно имевшее место в истории Египта событие, то семь лет необычайно высоких урожаев и семь лет сильных неурожаев должны были запечатлеться в годичных кольцах произраставших в то время на берегах Нила деревьев.

Тогда я обратился к помощнице главного хранителя египетского отдела Эрмитажа госпоже Флитнер с просьбой указать мне, какие именно деревянные предметы эрмитажной коллекции могут быть отнесены ко времени XIII—XVIII династий? Именно к этой эпохе исследователи библейской истории относят переселение евреев в Египет и эпизод, описываемый в Книге Бытия».

Не прекращая чтения, Старыгин краем глаза посматривал на свою визави. Она уселась на диване, удобно положив руку на спинку, и слушала очень внимательно, машинально выстукивая пальцами какую-то только ей слышную мелодию. Кот Василий лежал с другой стороны в подушках и усиленно делал вид, что дремлет.

Дмитрий Алексеевич прекрасно знал характер своего кота. Кот, как и почти все особи из его семейства, был своенравен и упрям. Василий же по природе был охотник, то есть обожал подстерегать что-то движущее, например, осеннюю муху или солнечный зайчик, и бросаться на этот предмет из-за угла. Старыгин был уверен, что кот вовсе и не думает спать, он исподтишка наблюдает за движущимися пальцами и выбирает момент. Тут он перевел глаза на Наталью и заметил на лице ее признаки решительного не-доверия к его словам.

Все ясно, пока речь шла о научных открыти-ях, она прислушивалась, как только дело косну-лось библии, то победило недоверие. Ему пока-залось, что она едва заметно вздохнула и зевну-ла, не раскрывая рта.

Старыгин собирался приструнить кота, но теперь мстительно решил этого не делать — пус-кай сами разбираются.

— Осталось немного, — сказал он и снова при-нялся читать.

«Г-жа Флитнер указала мне несколько таких экспонатов. В числе их оказались: ящичек для хранения благовоний, сделанный из дерева нильской акации, саркофаг одной из царевен, выдолбленный из ствола сикоморы и некоторые другие предметы. Я произвел тщательное обсле-дование этих изделий, начав с ящичка для бла-говоний. Это небольшая вещичка, приблизи-тельно десять сантиметров длиной, семь санти-метров ширины и также семь глубиной. Сделан был этот ящичек из одного и того же куска ниль-ской акации. Обрубок был мастером расколот на тонкие дощечки, из которых при помощи рас-тительной смолы и был склеен ящичек. Тож-дественность рисунка древесных слоев была вид-на на всех стенках ящичка, причем рисунок этот оказался исключительным: на всех дощечках бросалось в глаза наличие очень широких и очень узких слоев. Это чередование шло таким образом: сначала шла группа из шести необычайно широких слоев; а за ней непосредственно следовала группа, состоявшая из семи слоев очень узких.

Выше мы сказали, что ширина древесных слоев на берегах Нила соответствует его разливам и связанными с этим урожаями или неурожаями. Таким образом, природа сама записала, что во время, соответствующее эпохе жизни Иосифа в Египте, в этой стране несколько лет подряд имели место чрезвычайно обильные урожаи. В эти годы и деревья образовывали необычайно широкие кольца. Таких годичных колец на ящичке, нами обследованном, оказалось – шесть. Но и перед этими кольца не были узкими, так что заметного расхождения с библейским рассказом о семи годах изобилия здесь нет. Относительно же следовавших за этими годами обильных урожаев семи годов катастрофического неурожая, строение древесины, нами обследованной, свидетельствует с неопровержимой точностью.

Остается добавить, что, если бы у нас была возможность тщательно обследовать богатейшие коллекции египетских древностей, хранящиеся в Британском и Каирском музеях, мы без сомнения нашли бы множество деревянных предметов соответствующего периода, строение древесины которых неопровержимо доказало бы несомненную историческую достоверность рассказа об Иосифе, содержащегося в последних главах книги Бытия».

Хоп! – кот Василий наконец прыгнул, чтобы как следует цапнуть провоцирующие его пальцы. Но промахнулся, потому что Наталья за долю секунды раньше убрала руку. Кот без толку закогтил спинку дивана, а это было непрофессионально и унизительно.

– Что – прозевал? – усмехнулась Наталья. – Тренироваться надо больше, совсем форму спортивную потерял, все время на диване лежишь...

Кот оторопел от такой фамильярности, но быстро пришел в себя, прокатился по темно-синей юбке гостьи, стараясь оставить на ней как можно больше шерсти, и вышел, выражая высоко поднятым хвостом полнейшее негодование.

– Вы удовлетворены сегодняшней беседой? – сухо спросил Старыгин, он очень не любил, когда обижали его кота.

– Не слишком, – протянула Наталья, глаза ее смеялись, и ободок вокруг радужки сделался еще заметнее.

– Вы по-прежнему не хотите сказать, кто прислал вам это письмо? – она стала серьезной.

– Понятия не имею! – честно ответил Старыгин. – И у меня к вам деловое предложение, Наталья... Игоревна.

— Просто Наталья, — вставила она, но Старыгин досадливо двинул бровями, чтобы не мешала.

— Давайте-ка каждый из нас будет заниматься своим делом, — продолжал он, — вы будете ловить убийцу, а я — реставрировать картины. Не скрою, у меня сегодня был тяжелый день, так что хотелось бы отдохнуть, поразмышлять в тишине и покое. Так что если у вас ко мне больше нет вопросов...

— У меня к вам куча вопросов, только не знаю пока, как их сформулировать поточнее, — сказала она поднимаясь и безуспешно пытаясь отчистить с юбки рыжую шерсть. — Но вы не волнуйтесь, я вам обязательно их задам со временем...

— Всего хорошего, — буркнул Старыгин, закрывая дверь за гостьей, — желаю успехов в работе!

Кот Василий выглянул из кухни и дал понять, что он присоединяется к предыдущему оратору.

Ночь прошла без всяких происшествий, не стучались в дверь неизвестные блондинки, не снились темные подземелья с каменными саркофагами и мумиями, разгуливающими под низкими сводами, и не подкарауливали на лестнице ехидные милиционерши с погонами капитана на плечах.

Добравшись до Эрмитажа, Старыгин снова свернул не к себе, в связи с получением загадочного письма, он чувствовал настоятельную потребность снова навестить Марию Антоновну.

— Входите! — донесся из кабинета приглушенный голос, когда он осторожно постучал в дверь.

Дмитрий Алексеевич толкнул дверь и вошел в кабинет.

По сравнению с тем, что творилось в этом помещении, его собственную мастерскую после погрома можно было назвать образцом порядка.

Несколько столов, занимавших все пространство возле стен, было завалено раскрытыми фолиантами, рулонами пожелтевшей бумаги, выцветшими гравюрами, кальками с перерисованными на них древними изображениями, бесчисленными разрозненными листами научных статей и ксерокопий и, разумеется, книгами, книгами, книгами. Здесь были тома на английском и немецком, на французском и голландском, на шведском и португальском языках, попадались книги с арабской вязью на обложках и с клинописными строчками иврита. Среди всего этого бескрайнего моря информации, а проще говоря — среди этого беспорядка, главная хранительница египетского отдела Мария Антоновна в своем неизменном аккуратном темно-синем костюме с белоснежной блузкой казалась инородным телом, воплощением чистоты и порядка. Впрочем, можно было не сомневаться, что она чувствует себя здесь как рыба в воде. Она восседала за громоздким письменным столом черного дерева, на котором был расчищен крошечный пятачок свободного места, и просматривала немецкий том девятнадцатого века, делая из него выписки в толстый линованный блокнот.

При виде Старыгина Мария Антоновна приподнялась. На ее лице появилось выражение плохо скрытой досады – видимо, она очень не любила, когда ее отрывают от работы. Впрочем, она очень быстро справилась со своим лицом и, с привычной вежливостью поздоровавшись, осведомилась, что привело на этот раз реставратора в ее отдел.

Вместо ответа Дмитрий Алексеевич положил перед ней полученную накануне статью.

– Вы что-нибудь знаете об этом исследовании?

Мария Антоновна надела очки, быстро проглядела текст и подняла глаза на Старыгина.

– Ну, исследование – это слишком громко сказано, – проговорила она после короткой паузы. – Скорее, это материал для научно-популярной статьи, никаких серьезных исторических выводов из столь ограниченного материала на мой взгляд сделать нельзя. Как я понимаю, автор статьи и не ставил перед собой такой задачи. На-

111

сколько я знаю, он — священник, богослов, поэтому его интересовала не столько научная сторона вопроса, сколько возможность получить дополнительное доказательство подлинности библейских текстов. Вот упомянутая здесь Надежда Дмитриевна Флитнер действительно была серьезным ученым, первоклассным египтологом. Я застала ее в Эрмитаже, и какое-то время мне довелось проработать под ее руководством. Я очень многим ей обязана и вспоминаю ее с огромной благодарностью...

Старыгин понял, что сейчас Мария Антоновна углубится в воспоминания, и ее невозможно будет остановить. Поэтому он вежливо кашлянул и проговорил:

— Не могли бы вы показать мне те предметы, о которых говорится в статье? Ящичек для благовоний и деревянный саркофаг египетской царевны...

— Дорогой мой! — Мария Антоновна удивленно уставилась на него поверх очков. — Для чего это вам? Мне казалось, что египтология лежит вне сферы ваших интересов!

— Ну, во-первых, я хотел убедиться в том, что эта статья — не выдумка, что приводимые в ней факты действительно имеют место, а во-вторых... вы ведь знаете, есть такая вещь, как интуиция?

— Да, — подхватила Мария Антоновна. — Без научной интуиции не было бы совершено ни одно настоящее открытие... именно интуиция отличает подлинного ученого от аккуратного, но бездарного систематизатора...

— Так как насчет этих египетских деревяшек? — прервал ее Дмитрий Алексеевич.

— Хорошо, — Мария Антоновна сняла трубку с телефонного аппарата. — Я сама не смогу вас проводить, я очень занята, но я попрошу заняться вами одного толкового молодого человека...

Набрав местный номер, она предупредила некоего Вадима, что сейчас к нему придет Дмитрий Алексеевич Старыгин, и попросила оказать ему всяческое содействие.

Следующий день был для молодого жреца Ат Сефора необычайно трудным. Он устал после минувшей ночи, проведенной без сна, да к тому же в волнении ожидал того, что произойдет следующей ночью. Виданное ли дело — он, жрец, обитатель священного Дома Чисел, собирается нарушить покой мертвых, вместе с ночными грабителями проникнуть в гробницу! За такое прегрешение всемогущие боги могут обрушить на него свой гнев! А если его проступок откроется — молодого жреца ждет неминуемая и позорная казнь!

Но Ат Сефор верил, что не попадет в руки стражников: он надеялся на свою удачу, да еще на ловкость Габд-а-Батха: не зря же того прозвали Шейхом Ночи. А с гневом богов он как-нибудь разберется. Тем более, если найдет в гробнице то, что ищет.

Папирус Тота. Мудрость мудрых. Рукопись, содержащую величайшее из всех чисел.

Занятый этими мыслями, Ат Сефор был невнимателен, он вполуха слушал ответы своих учеников и не заметил, как в зал учения вошел старший жрец Шаамер.

Толстый старик постоял несколько минут, прислушиваясь к тому, как ученик, непрестанно сбиваясь и путая слова, повторяет утреннее моление Пта, и разразился гневной тирадой:

— К чему придет наш храм, если ученики будут так ленивы, а учителя так невнимательны? К чему придет вся наша страна, если порча затронет самое ее сердце — священные храмы? Во времена моей юности такого не бывало! А почему? Потому что жрецы никогда не забывали про свою палку! Уши ученика находятся на его спине, и чем ближе его спина знакома с палкой учителя, тем лучше он слышит его поучения! Понял ли ты меня, Ат Сефор?

— Я понял тебя, о мудрый! — молодой жрец почтительно склонился перед Шаамером.

— А если понял, так изволь поступать так, как велит тебе священный долг учителя!

Ат Сефор низко поклонился, поднял свою учебную палку и ударил по спине нерадивого ученика.

— Больше, больше рвения! — потребовал суровый старик. — Я не слышу воплей этого лентяя!

Ат Сефор вспомнил, сколько побоев доставалось ему самому в дни учения, и удвоил рвение. В конце концов, старший жрец прав: если в юности не вложить при помощи палки знания в сердце ученика, нечего потом ожидать, что он станет мудрым!

Наконец, дневные занятия завершились. Ат Сефор распустил учеников и удалился в свою скромную келью, где немного вздремнул.

Проснулся он, как от толчка. Ему показалось, что кто-то произнес прямо над ухом его имя. Сон не освежил жреца, он чувствовал себя разбитым, на лбу выступила испарина.

Судя по красноватым отсветам на стенах кельи, солнце уже клонилось к закату. Издалека, со стороны величественного храма Ра, уже доносились звуки вечернего гимна.

Ат Сефор вскочил, как будто за ним гнались тысячи демонов Западной пустыни: еще немного, и он опоздает на встречу с Габд-а-Батхом, а ночной грабитель подозрителен и своенравен, как женщина, и может передумать!

Стражник у ворот безмолвно принял от молодого жреца ежедневную мзду и отвернулся. Должно быть, он думал, что Ат Сефор закрутил интрижку с одной из гетер, нашедших приют в домиках возле переправы на правый берег.

Солнце уже скатилось за вершины Западных гор, и дорога была плохо различима в сумерках. Ат Сефор смотрел под ноги, чтобы не угодить в расщелину или не наступить на змею или скорпиона, и время от времени вглядывался в разбросанные по сторонам от тропы надгробия, опасаясь потерять верное направление.

Небо быстро темнело. Скоро на нем проступили мерцающие звезды. Воздух стал более свеж, в нем замелькали охотящиеся летучие мыши, раздались едва слышные шорохи ночных созданий.

Наконец, впереди на фоне лилового неба проступил темный силуэт скалы, напоминающий голову шакала. Ат Сефор пошел медленнее, пристально вглядываясь в сгусток тьмы у подножия скалы, и все же вздрогнул от неожиданности, когда рядом с ним возникла человеческая фигура.

— Во имя Анубиса! — воскликнул жрец, различив черты Габд-а-Батха. — Ты испугал меня, Шейх! Ты движешься бесшумно, как будто на ногах у тебя не сандалии, а мягкие кошачьи лапы!

— Мое ремесло не любит шума! — проговорил грабитель, блеснув в темноте белками глаз. — Ты припозднился, жрец. Я уж думал, что ты испугался и не придешь.

— Я не мог уйти раньше из своего храма.

— Что ж, твое счастье: сегодня мне было угодно подождать.

Габд-а-Батх скользнул в темноту, и молодой жрец устремился за ним, боясь потерять своего провожатого из виду.

Вскоре к ним присоединилось еще несколько человек. Их почти невозможно было различить в темноте, и только по хриплому дыханию и запаху давно немытых тел Ат Сефор почувствовал присутствие ночных грабителей.

— Жрец, накинь это! — проговорил Шейх Ночи, приостановившись, и протянул своему спутнику темную накидку. — Твои белые жреческие одежды чересчур чисты для той грязной работы, которой мы сегодня намерены заняться, а самое главное — они чересчур заметны в ночном сумраке!

Накидка была рваной и грязной, но молодой жрец не стал спорить: грабитель, безусловно, был прав.

Теперь они двигались на восток, в обратную сторону, к Городу Мертвых. Впереди, ближе к берегу Нила, на фоне ночного неба выступали величественные очертания храмов, а ближе виднелись вдоль тропы бесчисленные надгробия. Между ними мелькали блуждающие огоньки: то ли порхающие светляки, то ли глаза шакалов, то ли призраки не находящих покоя грешных душ.

Вдруг Шейх Ночи схватил жреца за плечо и дернул в сторону от тропы. В то же время свободной рукой он зажал ему рот, не дав сорваться с губ удивленному восклицанию.

Ат Сефор замер, прижавшись к каменной стене и унимая сердцебиение. Ничего не происходило, и тогда он спросил раздраженным шепотом:

— Что случилось?

— Тсс! — прошипел Габд-а-Батх. — Скоро и ты услышишь!

Действительно, впереди, там, куда они только что направлялись, послышался шорох скатившегося с тропы камня, потом донеслись шаги множества ног, негромкое бряканье металла.

Ат Сефор напряг глаза, вглядываясь в темноту, и наконец разглядел небольшой отряд стражников Некрополя, крадущийся по тропе среди могил.

— Никого не видно! — проговорил приглушенный голос. — Начальник, позволь снова зажечь факелы, а то мы переломаем ноги в этой проклятой темноте!

— Клянусь головой Осириса, они только что были здесь! — отозвался хриплый голос начальника стражи. — Я чую запах их подлых сердец! Чую запах их страха!

Кто-то из грабителей неловко переступил, и на тропинку скатился камешек. Стражники замолкли, вслушиваясь в звуки ночи.

— Слышите? — вполголоса проговорил начальник стражи. — Они где-то рядом!

Габд-а-Батх поднес ладонь ко рту и вдруг издал хриплый лающий смех. Ат Сефор замер, кожа его покрылась мурашками.

– Шакал! – разочарованно проговорил начальник стражи. – Священный зверь Анубиса! Ладно, можете зажигать факелы, проклятые дети Сета снова ускользнули! Ну, ничего, рано или поздно я их непременно поймаю!

В десятке локтей от затаившихся грабителей вспыхнул дымный факел, потом еще один, и из темноты проступили фигуры стражников. Ат Сефор в страхе вглядывался в них. Суровые лица, кожаные панцири, короткие бронзовые мечи. Еще немного – и он мог попасть в руки стражи, а потом – позор и смерть... Но в то же время он чувствовал необычное возбуждение и странную радость оттого, что смерть находится так близко, он буквально дергает ее за хвост, как критские танцовщицы с далекого северного острова дергают за хвост разъяренного быка...

Стражники построились в цепочку и двинулись вперед, привычным маршрутом обходя Город Мертвых. Вскоре отсвет факелов пропал за темными надгробиями, и Шейх Ночи, не говоря ни слова, вернулся на тропу.

Они шли еще несколько минут и вдруг остановились возле невысокого, ничем не примечательного надгробия.

– Это здесь, – едва слышно проговорил Габд-а-Батх.

— Ты уверен? — прошептал Ат Сефор. Ему казалось, что это надгробие ничем не отличается от остальных, и отличить его во мраке от других таких же не под силу обычному человеку.

— Кажется, я говорил тебе, жрец, что знаю все в Городе Мертвых! — высокомерно отозвался Шейх Ночи. — А если ты не веришь мне — поищи другого проводника!

— Не обижайся на меня, Шейх! — примирительно произнес Ат Сефор. — Меня просто удивляет, как хорошо видишь ты в темноте!

— Я научился этому у шакалов! — отозвался грабитель и повернулся к своим подручным:

— Эй, Кривой Шакал, Стервятник! Откройте нам вход в жилище мертвеца!

Двое грабителей беззвучно выступили из темноты, ухватили с двух сторон каменную плиту и навалились на нее всем весом. Плита казалась такой тяжелой, что и десяти мускулистым нубийским рабам не под силу было сдвинуть ее. Но, видно, у нее был какой-то секрет, потому что с негромким скрипом плита отъехала в сторону, открыв черный проем могилы.

— Стервятник, иди первым! — произнес Шейх Ночи и коснулся руки глухого, чтобы тот понял его приказ.

Смуглый грабитель мрачно покосился на главаря, но послушно перелез через край надгробия и начал спускаться по каменным ступеням, уходящим в таинственную глубину. Габд-а-Батх полез следом за ним, жестом показав жрецу, чтобы тот не отставал. Ат Сефор ловко взобрался на каменное возвышение и двинулся по ступеням вниз за грабителями. Кривой Шакал и еще несколько человек последовали за ним, еще двое людей из шайки остались наверху караулить выход. Кто-то из замыкающих задвинул за собой могильную плиту, и мрак стал непроницаемым. Ат Сефор попытался двигаться на ощупь, но едва не сорвался со ступеней. Почти тут же перед ним сухо ударил кремень, посыпались искры и вспыхнул факел в руке Габд-а-Батха.

В дымном свете смолистого факела жрец увидел спускающиеся вниз ступени и далеко внизу глухую каменную стену, в которую упиралась лестница.

Как это часто бывает с могилами в Городе Мертвых, внутри это захоронение было куда больше, чем казалось снаружи, и это притом, что пока осквернители могилы видели только ее часть.

Спустившись к подножию лестницы, передние остановились перед стеной.

Габд-а-Батх внимательно оглядел каменную кладку, провел по ней рукой и вдруг уверенно надавил на один из камней. Раздался глухой скрип, и стена отъехала в сторону. Видимо, строители этой гробницы устроили под землей сложную систему противовесов, которая приводила стену в движение.

Перед пришельцами открылась прямоугольная камера. Если они надеялись увидеть здесь несметные сокровища, или многочисленные амулеты, или хотя бы мумию обитателя гробницы, их ожидания были обмануты, камера была абсолютно пуста. Но Габд-а-Батх, похоже, нисколько не был обескуражен. Он повернулся к одному из своих подручных и кивнул:

— Выпускай толстяка!

Тот вытащил из-под своей накидки мешок из небеленого холста. Мешок дергался и извивался, из него доносились странные приглушенные звуки. Грабитель развязал завязки, и на пол выкатилась небольшая черная свинья, покрытая короткой жесткой шерстью. Ат Сефор испуганно попятился, чтобы не прикоснуться к нечистому животному. Грабители рассмеялись, один из них наклонился и ловко перерезал веревки, которыми были попарно связаны ноги свиньи и перехвачена ее морда — чтобы громким хрюканьем она не выдала присутствие шайки.

Свинья отчаянно завизжала и забегала по тесному пространству под лестницей. Грабители, хохоча, встали плотной стеной, так что перед ней осталась только одна дорога — в пустую могильную камеру. Свинья на мгновение замешкалась, словно этот путь казался ей опасным, но все же бросилась вперед.

И едва она выбежала на середину помещения, пол камеры пришел в движение, накренился и перевернулся, как крышка кувшина с молоком, на которую вскочила мышь. Несчастное животное истошно взвизгнуло и соскользнуло в чёрную тьму подземелья.

Каменный пол повернулся до конца и замер в новом положении.

– Спасибо, толстяк! – проговорил Шейх Ночи и сделал правой рукой благодарственный жест, какой делают жрецы после жертвоприношений, угодных божеству.

Затем он решительно прошёл через камеру, сделав остальным знак идти следом.

Ат Сефор на мгновение замешкался: перед его глазами всё ещё стояла чёрная свинья, соскальзывающая в темноту. Он знал, что строители подземных гробниц устраивают множество хитрых ловушек, чтобы уберечь могилы от грабителей, и боялся, что ловушка снова сработает, но она, видимо, была рассчитана лишь на один раз, и теперь каменный пол стал устойчив.

Вся шайка собралась в первой камере, перед следующей стеной, которая казалась столь же глухой, как и первая.

Габд-а-Батх снова выступил вперёд, осмотрел стену и покачал головой: видимо, на этот раз он не увидел тайную пружину, приводящую стену в движение. Он прижался к стене ухом и принялся простукивать её камень за камнем. Все остальные затихли, боясь даже дыханием помешать своему главарю.

123

Шейх опустился на колени, тщательно простукивая нижнюю часть стены.

Наконец, один из камней показался ему подозрительным. Шейх вытащил из-под плаща короткий бронзовый кинжал, вставил его в едва заметную щель между камнями и слегка надавил.

Камень выскользнул из паза и упал в его руки. В открывшемся углублении показалось что-то вроде рукояти меча. Габд-а-Батх схватил эту рукоять и с силой повернул ее. Тут же стена медленно поехала вниз, Шейх едва успел убрать руку из углубления. Еще мгновение – и двигающейся стеной ему оторвало бы кисть.

Грабители оживленно загалдели: за опустившейся стеной виднелся короткий темный коридор, а в конце его – помещение основной погребальной камеры, в котором виднелся расписанный яркими красками саркофаг.

Однако Габд-а-Батх не спешил вперед. Он внимательно вгляделся в стены коридора и повернулся к своим подручным:

– Стервятник, пойдешь первым!

Недвусмысленный жест сделал его приказ понятным глухому. Смуглый грабитель помрачнел и попятился, но Шейх смотрел на него сурово, а остальные члены шайки вытолкнули его вперед, как перед тем свинью.

Наконец глухой вскинул голову и решительно двинулся по коридору в сторону погребальной камеры.

— Если он первым дойдет до саркофага, четверть сокровищ достанется ему! — завистливо проговорил Кривой Шакал.

И Стервятник, кажется, был близок к заветной цели. До входа в главную камеру оставалось не больше пяти локтей, когда раздался резкий свист, и из левой стены вылетела короткая неоперенная стрела. Видимо, грабитель наступил на скрытую в полу пружину, и от этого сработал замаскированный в стене самострел. Стрела вонзилась в левый бок Стервятника и пронзила его насквозь. Неудачливый грабитель глухо вскрикнул и рухнул на пол, насаженный на стрелу, как цыпленок на вертел. Он еще был жив, даже попытался приподняться. Это не удалось, но он перевернулся на спину и уставился на Габд-а-Батха полным муки и обиды взглядом. По его сильному телу пробежала короткая судорога, и неудачливый грабитель затих навсегда.

Остальные в страхе попятились.

— Он слишком занесся! — проговорил Шейх Ночи, повернувшись к своей шайке. — Он слишком занесся и прогневил великих богов! А самое главное, он прогневил меня! Мне было угодно наказать его за заносчивость!

В подземелье наступила тишина.

Тогда Габд-а-Батх смело шагнул в смертоносный коридор. Он прошел по нему легкой уверенной поступью. Поравнявшись с мертвым

Стервятником, пнул его ногой, так чтобы тело грабителя перевернулось и его безжизненные глаза уставились в каменный пол.

Следующие несколько локтей Шейх прошел не так уверенно, проверяя каждый камень, на который собирался поставить ногу. Но больше никаких ловушек в этом подземелье, видимо, не было приготовлено, и главарь шайки благополучно добрался до погребальной камеры.

Войдя в нее, он повернулся к своим замешкавшимся спутникам и горделиво произнес:

— Чего же вы ждете, трусливые собаки? Правильно сказал о вас начальник стражи: вы — жалкое отродье Сета! Ну, идите же сюда, мне угодно разделить с вами добычу!

Грабители, галдя и отталкивая друг друга, бросились вперед по коридору. Ат Сефор не хотел толкаться среди них, но ему пришло в голову, что кто-то из этой шайки может схватить священный папирус, осквернив его своими грязными руками, или, хуже того, разорвав по неосторожности. Тогда молодой жрец тоже бросился вперед и вбежал в погребальную камеру вместе с грабителями.

Это погребение было не таким богатым, как могилы знатных вельмож и крупных чиновников, не говоря уж о членах семьи фараона или самом Величайшем. Здесь не было ни золоченой мебели, ни алебастровых сосудов, ни драгоценных статуй. Конечно, сам саркофаг был красив: вырубленный из песчаника и украшенный изображением покойного, он несомненно содержал в себе амулеты и похоронные украшения.

Ат Сефор понял, что попал именно туда, куда намеревался: это была могила ученого, жреца из Дома Чисел.

Об этом говорили орудия его труда, сложенные на столике черного дерева, установленном в ногах саркофага: серебряный треугольник, мерная линейка в локоть длиной и удивительное устройство – циркуль с удлиняющейся ногой, при помощи которого можно было не только чертить круги различного радиуса, но и решать многие сложнейшие задачи при расчетах путей звезд. Здесь же, на этом столике, были сложены фаянсовые и каменные фигурки ушебти – отвечающих, которые должны будут в Царстве Мертвых отвечать на вопросы, адресованные покойному, и выполнять за него тяжелую работу.

Ат Сефор не сомневался: перед ним был саркофаг с мумией великого Семосу, многомудрого жреца из Дома Чисел, о котором рассказывали истинные чудеса.

– Серебро! – воскликнул Кривой Шакал, увидев драгоценные инструменты покойного жреца. – Шейх, ты поделишь добычу по справедливости!

— По справедливости, — усмехнулся главарь. — Не забывайте, я — ваш глава, ваш фараон, верховный жрец и вся прочая власть! Значит, четверть добычи причитается мне в любом случае. Кроме того, я первым вошел в погребальную камеру, значит, мне полагается еще одна четверть добычи. Ну, а все остальное можете поделить между собой, сегодня мне угодно быть щедрым!

Ат Сефор не прислушивался к разговорам грабителей, не следил за тем, как они делят добычу, его не интересовали серебро и слоновая кость: он осматривал погребальную камеру в поисках того единственного сокровища, которое его интересовало — в поисках легендарного папируса Тота.

Но все его поиски были напрасными — ничего похожего на папирус в погребальной камере не было.

Молодой жрец сжал руки в отчаянии — неужели напрасно он нарушил все существующие законы, неужели напрасно связался с шайкой могильных воров, осквернил гробницу жреца, рискуя навлечь на себя гнев богов и кару властей?

Ему стало страшно от такой мысли. Сердце его мучительно сжалось, и дыхание затруднилось, как будто горло уже сдавила веревка палача.

Впрочем, возможно, ему просто не хватало воздуха в тесном подземном помещении.

Грабители тоже обшаривали погребальную камеру в поисках сокровищ. Правда, их интересовали вещи более земные – золото, серебро, дорогие каменья, слоновая кость...

Только Габд-а-Батх не участвовал в этих поисках: он стоял посреди помещения, сложив руки на груди, и свысока, с выражением надменной скуки наблюдал за царящей вокруг жадной суетой.

Убедившись, что все сколько-нибудь ценное находится на ритуальном столе, грабители приступили, наконец, к самому важному: они решились открыть саркофаг.

Неудивительно, что они откладывали это до последнего, и сейчас, столпившись вокруг саркофага, все не решались поднять его крышку: именно там, под этой тяжелой крышкой из песчаника, находилось тело мертвого человека, его мумия, вместилище его вечной души – Ка, и тот, кто нарушит покой мумии, совершит страшный грех. Ведь умерший только тогда может предстать перед светлым ликом Владыки Умерших, Господина Подземного Мира, Хозяина Вечности, Осириса Правдоречивого, восседающего в Зале двух истин в окружении сорока двух мудрых советников, если его мумия, не поврежденная и нетронутая, будет погребена по всем правилам похоронного ритуала. Только в этом случае сердце умершего будет взвешено Анубисом на золотых весах справедливости, и ему будет дарована вечная жизнь в награду за добродетель или кара за его грехи. Грешника пожрет страшное чудовище Амт, огромный лев с головой крокодила, того же, кто был в земной жизни чист душой, не осквернил себя кражей, хулой на фараона или посягательством на храмовое имущество, оживят для счастливой жизни на блаженных полях иару.

Тем не менее, грабители могил не первый раз вскрывали саркофаги, и сейчас боязнь греха не остановила их. Все равно их бессмертные души давно уже были погублены многочисленными злодеяниями.

Кривой Шакал подал знак своим соратникам. Вчетвером дюжие грабители схватили тяжелую крышку саркофага и с дружным криком подняли ее.

Под каменной крышкой находилась вторая, из ярко разрисованного дерева сикоморы. Роспись на этой верхней части крышки изображала самого покойника – с благостным умиротворенным лицом, со сложенными на груди руками, в аккуратном парике, с узкой накладной бородкой. На нижней части крышки яркими красками была изображена сцена суда в Царстве Мертвых – Осирис, восседающий на троне в окружении советников, Анубис с головой шакала, взвешивающий душу на золотых весах справедливости.

Рисунки на саркофаге не интересовали грабителей.

Отставив в сторону тяжелую каменную крышку, они склонились над деревянным футляром. Именно в нем находилась мумия, и там должны были лежать самые ценные предметы — погребальные амулеты и драгоценные украшения, в которых мертвый должен был предстать перед Владыкой Мертвых.

Ат Сефор шагнул ближе к саркофагу. Он боялся упустить момент, когда последнее вместилище сокровищ покойного откроется свету факелов и жадным глазам грабителей.

Но вдруг молодой жрец случайно взглянул на Габд-а-Батха.

Шейх Ночи стоял позади своих людей, и в его глазах была затаенная опаска и расчетливая настороженность. Он словно чего-то ждал и явно опасался.

Ат Сефор немного отступил, глядя на содержимое саркофага поверх голов грабителей.

Вот они взялись с двух сторон за расписную деревянную крышку и подняли ее — безо всякого усилия, ведь эта крышка весила во много раз меньше, чем первая, каменная.

Отставив крышку к стене, грабители, отталкивая друг друга, кинулись к открытому саркофагу. Они склонились над его содержимым, издавая односложные возбужденные восклицания, в которых звучали жадность и недоверие.

Молодой жрец привстал на цыпочки, чтобы разглядеть то, что вызвало у воров такое оживление.

В открытом саркофаге покоилась мумия, спеленатая узкими полотняными бинтами. На груди мумии лежали амулеты из оникса и алебастра, на лоб ее был возложен золотой обруч, руки украшали тяжелые браслеты из яркого лазурита, халцедона и слоновой кости. Но больше всего взволновало Ат Сефора не это драгоценное убранство. Больше всего привлек его внимание узкий деревянный футляр, который мумия держала в мертвой руке, как царский скипетр.

Если это было именно то, на что надеялся жрец – этот футляр содержал в себе власть большую, чем царский скипетр, большую, чем та, что сосредоточена в могучих руках фараона.

В такие футляры в хранилищах храмовых библиотек помещали ценные папирусы, чтобы предохранить их от разрушительного влияния света и горячего воздуха пустыни, а главное – от небрежных рук непосвященных.

Грабители, спеша завладеть драгоценностями покойного, склонились над мумией и принялись торопливо расхватывать золото и драгоценные камни. Ат Сефор шагнул вперед, чтобы спасти от их ненасытной жадности футляр с папирусом...

И вдруг замер, остановленный криком, в котором соединились боль, растерянность и недоумение.

Один из грабителей покачнулся, поднял над головой руку и отскочил от саркофага. Его правая рука на глазах распухла и покраснела, лицо же, наоборот, побледнело как мел и покрылось каплями пота. Ат Сефор удивленно взглянул на несчастного, а потом перевел взгляд на открытый саркофаг, и многое стало ему понятно.

Из-под полотняных бинтов, пеленавших мумию, выползли десятки огромных черных скорпионов. Привлеченные светом факелов и шумом, который издавали грабители, они ползали по телу покойника, угрожающе подняв свои грозные жала, и поражали своим смертоносным оружием обезумевших от жадности грабителей. Последние стражи могилы, они стремились отомстить святотатцам, покусившимся на вечный покой мертвого жреца.

Не случайно расчетливый Габд-а-Батх держался позади своих подручных: он подозревал, что гробница мертвого жреца открыла им не все свои страшные тайны...

К воплям первого грабителя присоединились крики второго, третьего... последним отскочил от саркофага Кривой Шакал. Он с ужасом смотрел на свою ужаленную руку, на которой вспухала багровая язва. Оглядевшись по сторонам, грабитель схватил левой рукой пылающий факел и поднес его к пораженной руке.

В воздухе резко и отвратительно запахло паленым мясом.

Кривой Шакал сжал зубы, так что раздался громкий хруст, и в углах рта выступила кровь. Но, превозмогая невыносимую боль, он не отдергивал руку от пламени, чтобы прижечь смертоносный укус.

Трое других грабителей уже корчились на полу, яд черных скорпионов делал свое дело. Их глаза вылезали из орбит от боли и ужаса, кожа чернела, как у нубийских рабов.

Ат Сефор случайно бросил взгляд на Шейха Ночи.

Главарь шайки стоял в прежней позе, со сложенными на груди руками, и равнодушно глядел на своих умирающих подручных.

Через несколько минут все было кончено: трое мертвых грабителей валялись на полу, почерневшие, с искаженными предсмертной мукой лицами. Кривой Шакал сидел, привалившись спиной к каменной стене камеры, поддерживал на весу свою обугленную руку и негромко стонал. Однако яд скорпиона прекратил свое смертоносное действие, побежденный пламенем.

Только тогда Габд-а-Батх шагнул вперед, повернулся к жрецу и проговорил с прежней горделивой интонацией:

— Нашел ли ты то, что искал?

— Вот тот папирус, о котором я говорил тебе, Шейх! — и Ат Сефор опасливо указал на деревянный футляр в руке мумии.

— Но у него есть верные стражи, не так ли? — насмешливо произнес Шейх, указывая на ползающих по мумии скорпионов. — Я сделал то, о чем ты просил, нашел для тебя этот папирус, привел тебя в гробницу — чего еще ты хочешь, жрец?

— Я хочу, чтобы ты довел дело до конца, грабитель! — отозвался Ат Сефор с таким же высокомерием.

— Тогда плата за работу будет вдвое большей! — отрезал Габд-а-Батх. — Я потерял из-за тебя почти всех своих людей, рисковал своей собственной головой, так что тебе придется раскошелиться, жрец!

— Пусть так, — ответил Ат Сефор, не сводя глаз с заветного футляра. — Пусть так, но я должен получить папирус из твоих рук!

Ни слова не говоря в ответ, Шейх Ночи шагнул к саркофагу, выхватил из руки скорчившегося на полу Кривого Шакала факел и ткнул им прямо в бинты, оплетавшие мумию. Полотно, пропитанное ароматическими смолами, задымилось, скорпионы бросились врассыпную. В воздухе подземелья, и без того спертом, стало нечем дышать от зловония, которое испускала тлеющая мумия.

Ат Сефор в ужасе бросился к саркофагу:

— Что ты делаешь, Шейх? Ты погубишь этот бесценный папирус, сожжешь его!

— Не беспокойся, жрец! — грабитель протянул руку вперед и выхватил из саркофага деревянный футляр. — Ему ничего не сделалось. Но я не ослышался, ты сейчас назвал этот папирус бесценным? Так что, может быть, я продешевил, и мне не стоит отдавать его тебе?

Ат Сефор побледнел. Он уставился на футляр в руках грабителя остановившимся взором, готовый наброситься на Шейха и убить его голыми руками.

— Шучу, шучу! — рассмеялся Габд-а-Батх. — Я обещал тебе этот папирус, и мне угодно сдержать слово! Только будь осторожен, жрец, убедись, что внутри этой трубки нет больше скорпионов!

С этими словами он протянул футляр Ат Сефору.

Молодой жрец прижал добычу к груди, не думая о последствиях, не думая о том, что Шейх может быть прав и футляр может содержать еще одну смертоносную ловушку.

Успокоившись, выровняв дыхание, он вытянул руки с футляром перед собой и осторожно, бережно раскрыл его, готовый в случае опасности отбросить деревянную трубку в сторону, но боясь при этом повредить хрупкое содержимое.

К счастью, это не понадобилось.

Внутри не было ничего, кроме самого папируса — аккуратно свернутого, намотанного на палочку драгоценного нубийского дерева.

Впрочем, задним числом Ат Сефор понял, что его опасения были напрасны: тот, кто устроил все смертельные сюрпризы в этом захоронении, не посмел бы поместить один из них в футляр, побоялся бы повредить священный папирус.

Жрец опустился на колени, вполголоса произнес благодарственную молитву великому Осирису и благоговейно развернул папирус.

Он знал, что сейчас перед ним находится одна из величайших святынь и сокровеннейших тайн подлунного мира. Жрецы Дома Чисел только вполголоса упоминали этот папирус. Говорили, что многомудрый Семос, составив его и записав собственноручно священными иероглифами, сам настолько испугался могущества этой надписи и власти, таящийся в ней, что повелел своим ученикам похоронить папирус в своей могиле.

Ат Сефору не терпелось увидеть великую святыню, не терпелось своими глазами прочесть то, что в ней написано, и он, забыв о находящемся рядом грабителе, склонился над папирусом.

«Когда из вод предвечного моря вышел золотой холм, на нем распустился цветок лотоса, а оттуда появилось дитя, осветившее землю, пребывавшую во мраке. О светлое дитя, Амон Ра, рожденный небом и вечностью! Ты создал все прочее своим языком и сердцем, то есть мыслью и словом, и в основу творения положил ты Великое Число, праматерь всех прочих чисел. Это число породило все прочие числа — и те, которые пасут на небесных лугах неисчислимые стада звезд, и те, которые управляют разливами Нила, и те, которые указывают сроки жизни и смерти каждого человека.

Ты создал это число, и оно создало тебя, ибо ты и есть это число, лежащее в основе всего сущего.

Это число есть истинное и тайное имя великого Осириса, Правдоречивого, Первого на Западе, Господина Подземного Мира, и тот, кто знает это число, обладает великой властью. Он знает, как течет Нил и как движутся звезды по своим путям, знает, как умножить урожай и как оживить того, кто уже отправился на Запад, в Царство Мертвых. Для того, кто знает это число, нет замков и стен, нет тайн и вопросов, ибо это число — ключ к любому замку и ответ на каждый вопрос...»

— Жрец, получил ли ты то, чего желал? — раздался вдруг в тесном помещении гробницы голос Шейха Ночи.

Ат Сефор неохотно оторвался от священного папируса и поднял взгляд на грабителя могил:

— Да, Шейх, я получил желаемое.

— Тогда покинем поскорее это место, и ты отдашь мне положенную награду.

Ат Сефор удивленно взглянул на главаря грабителей: в голосе его впервые за время их знакомства прозвучал плохо скрытый страх. Габд-а-Батх к чему-то прислушивался и зябко поводил плечами, будто ему стало холодно в душной тесноте подземелья.

— Что ты так смотришь на меня, жрец? — проговорил Шейх Ночи, перехватив взгляд своего спутника. — Это дурное место, и я хочу скорее покинуть его! Если ты возомнил, что я испуган — ты ошибаешься, жрец: нет ничего такого ни в Царстве Живых, ни в Царстве Мертвых, что могло бы испугать Шейха Ночи! Ничего и никого — ни зверя, ни человека, ни бесплотного призрака, лишенного души Ка! Меня самого боятся даже злые духи западной пустыни!

Он горделиво вскинул голову и закончил:

— Мне угодно поспешить прочь из этого места и получить свою награду!

Ат Сефор свернул бесценный папирус, убрал его в деревянный футляр и спрятал на груди, возле тревожно бьющегося сердца. Ему не терпелось прочесть священный свиток, но Габд-а-Батх был прав: не следовало задерживаться в гробнице, это действительно скверное место. Особенно теперь, когда на полу погребальной камеры, возле оскверненного саркофага мертвого жреца, валялись бездыханные тела грабителей с искаженными болью и ужасом лицами.

— Я тоже хочу получить свою часть добычи, — подал голос Кривой Шакал, поднявшись на ноги и придерживая левой рукой обожженную и распухшую правую. — Не забывай, Шейх, ты обещал поделить добычу по справедливости!

— Обещал, — подтвердил главарь. — И мне угодно сдержать свое слово. А ты, Шакал, — будешь ли ты справедлив? Отдашь ли Пятнистому Коту и Песчаной Змее, и Черному Ибису их долю? — и он ткнул носком сандалии валяющихся на полу мертвецов.

— Им ни к чему серебро! — раздраженно выкрикнул Кривой Шакал. — Все равно они будут признаны виновными на Последнем Суде, им не суждено блаженствовать на полях иару, их души пожрет чудовище Амт... а я еще поживу, и потрачу это серебро в харчевнях на правом берегу, в веселых домах возле переправы!

— Как знаешь, — равнодушно проговорил Шейх Ночи. — Поступай как знаешь, Шакал. Только не забывай — отнять долю у мертвого — это плохой знак!

— Нарушить покой могилы — это тоже плохой знак, однако мы делаем это всю жизнь! — отозвался Кривой Шакал, здоровой рукой собирая драгоценности и амулеты покойного жреца.

Дав ему несколько минут на сборы, Габд-а-Батх тронулся в обратный путь.

Коридор, отделявший главную погребальную камеру от первой, пустой камеры, они преодолели без опасений. Только на середине его перешагнули мертвое тело Стервятника, и Ат Сефор негромко произнес охранное заклинание, которое должно было защитить его от бесприютной души непогребенного мертвеца.

Все трое вошли в первую камеру – ту, под опрокидывающимся полом которой нашла свой преждевременный конец черная свинья. Габд-а-Батх выглядел настороженным и неуверенным. Он отчего-то замедлил шаги. Глядя на него, Ат Сефор тоже приостановился. Кривой Шакал вырвался вперед, придерживая на плече тяжелый мешок со своей добычей и негромко бормоча себе под нос:

– Пусть меня ждет суд Осириса и зубастая пасть чудовища Амт, но остаток своей жизни я хочу провести в радости и веселье! Я буду кутить в прибрежных харчевнях, буду веселиться с красивыми женщинами из веселых домов...

Вдруг над головой у осквернителей могилы раздался глухой нарастающий грохот, словно разом загремели десятки огромных храмовых барабанов.

Габд-а-Батх отскочил назад, и жрец, не сводивший с него глаз, последовал его примеру. Только Кривой Шакал, занятый своими приятными мыслями, сделал еще один шаг вперед... и тут же на него обрушился град камней и комьев сырой глины.

Казалось, сама земля, грохоча и содрогаясь, обрушила на могильных воров свой гнев.

Жрец и главарь разбойников отступили в дальний конец первой камеры, до которого долетели только отдельные камни.

Через несколько минут обвал прекратился, в подземелье наступила мертвая тишина.

Кривой Шакал вместе со своей добычей был похоронен заживо, и вместе с ним была похоронена надежда на веселые кутежи в прибрежных харчевнях.

Но и двое оставшихся в живых были не в лучшем положении: единственный выход из гробницы был завален чудовищным грузом земли и каменных обломков.

Факел, который нес в руке Габд-а-Батх, упал на пол и едва теплился. В подземелье стало почти темно. Ат Сефор понял, что очень скоро и этот последний свет погаснет, а затем и затхлый воздух подземелья кончится... тогда они с Шейхом Ночи в страшных мучениях умрут, завидуя Кривому Шакалу, смерть которого была, по крайней мере, быстрой и не слишком мучительной.

Нет, напрасны были все неисчислимые жертвы, которые принес молодой жрец, зря он осквернил свою вечную душу! Ни славы, ни могущества не принесет ему поход в обитель смерти! Многомудрый Семос сделал все, чтобы не выпустить священный папирус, средоточие мудрости, из своих мертвых рук!

Он представил мертвого жреца, который сейчас лежит в своем разоренном саркофаге и радуется, что неудачливый похититель его мудрости недалеко ушел...

— Я говорил этому сыну Сета, что отнимать долю у мертвых — это плохой знак! — по-прежнему надменно произнес Габд-а-Батх, нарушив гнетущую тишину подземелья. — Он не послушал меня, и вот какое наказание его постигло!

— Не знаю, лучше ли наша доля, Шейх, — отозвался Ат Сефор. — Мы останемся здесь навеки... точнее, до самой смерти, которая наступит очень скоро!

— Ты судишь чересчур поспешно, жрец! — прервал его Шейх Ночи. — Я намерен получить обещанную тобой награду. Я выполнил свою работу, теперь твоя очередь выполнить наш договор! Или ты собираешься отступиться от своего слова?

— Но для этого нам потребуется совсем немного, Шейх, — с горечью произнес Ат Сефор. — Для этого нам потребуется выбраться из этого подземелья!

— Значит, мы выберемся из него! — и Габд-а-Батх поднял с земли едва чадящий факел.

— Что же ты собираешься сделать, Шейх — ногтями прорыть ход в этой горе камней и глины, как слепой крот?

— Нет, жрец, я не намерен уподобляться кроту! — ответил Шейх Ночи, гордо вскинув голову. — Мне угодно подумать и найти выход из этой ловушки!

Ат Сефор опустился на каменный пол. Он не верил в возможность спасения, и решил провести последние минуты перед смертью за изучением бесценного папируса.

«...Это число — ключ к любому замку и ответ на любой вопрос... — читал он священные иероглифы. — Нет такой двери, которую не открыло бы его могущество...»

Если бы священное число помогло им выбраться из этого подземелья!

Ат Сефор оторвался от чтения, чтобы взглянуть, чем занимается Габд-а-Батх.

Шейх ночи обходил камеру, подняв факел над головой и глядя на то, куда отклоняется его коптящее пламя.

В полутьме глаза Шейха блестели, как драгоценные камни на изваянии фараона, и Ат Сефору на какое-то мгновение показалось, что перед ним — не человек, а бесплотный дух, выходец из Царства Мертвых, из великой Западной пустыни. Вдруг Габд-а-Батх издал гортанный возглас и опустился на колени, опустив факел почти к самому полу камеры.

Теперь и молодой жрец увидел, что дым от факела немного отклоняется книзу и втягивается в едва заметную щель, проходящую по нижнему краю стены.

Шейх Ночи вернулся в главную погребальную камеру, к саркофагу Семоса, и принес оттуда бронзовый ломик, брошенный там одним из его подручных. Вставив ломик в щель между полом и стеной, Габд-а-Батх навалился на него всем весом.

Стена не поддавалась, и Шейх повернулся к Ат Сефору:

— Помоги мне, жрец! Или ты не хочешь выйти на свет ночных звезд? Не хочешь отдать мне то, что должен?

Ат Сефор поспешно подошел к Шейху, навалился вместе с ним на ломик. Соединенных сил двух человек оказалось достаточно, и большая часть стены, словно тяжелая дверь, с глухим скрипом отъехала в сторону. За ней обнаружился темный лаз, больше напоминающий звериную нору, чем проделанный людьми подземный ход.

Молодой жрец вспомнил, что во многих гробницах предусматривают запасные выходы — на тот случай, если главный придется замуровать, чтобы спасти захоронение от воров.

Именно в таком запасном лазе они с Шейхом и оказались.

— Ну что, жрец, ты все еще спешишь на свидание с Анубисом, или твои планы изменились? —

насмешливо спросил Габд-а-Батх, и первым скользнул в темноту.

Несколько минут они, оскальзываясь и обдирая локти, карабкались по тесному и крутому проходу, и наконец лицо Ат Сефора почувствовало свежее дуновение ночного ветра.

Он прополз еще несколько локтей, и внезапно его щеку оцарапала ветка колючего кустарника. Молодой жрец сделал еще одно усилие и выкатился на каменистый склон. Заросли колючих кустов закрывали от посторонних глаз устье пещеры, которая служила вторым входом в гробницу многомудрого Семоса.

Ат Сефор растянулся на камнях, вдыхая благоуханный воздух ночи и созерцая россыпь бесчисленных звезд у себя над головой. Казалось, никогда он не видел ничего более прекрасного!

Тут он почувствовал у себя на груди деревянный футляр с папирусом, и его радость стала еще больше.

Он проник в Царство Мертвых, подобно Осирису — и подобно ему, вернулся оттуда, добыв величайшее сокровище! Мудрость мудрых, папирус Тота, содержащий в себе великую власть, великую тайну — величайшее из всех чисел!

— Ты собрался спать, жрец? — окликнул его Габд-а-Батх. — Еще не время. У нас есть еще коекакие дела, и есть еще время до рассвета. Я должен получить свою награду! А для начала найдем моих людей – тех, которых мы оставили снаружи сторожить вход в гробницу!

Ат Сефор легко вскочил – воздух ночи вернул ему силы.

Вслед за Габд-а-Батхом он спустился с пригорка и, пригибаясь, прячась за камнями и кустами, прошел к тому месту, где темнело надгробие жреца Семоса.

Шейх Ночи остановился, не доходя до надгробия, сделал предостерегающий знак и замер, вслушиваясь в едва слышные звуки, доносящиеся со всех сторон. Выждав несколько минут, он поднес к губам ладонь и издал тот лающий смех, который уже слышал Ат Сефор – тот леденящий душу лай, которым обмениваются в ночи шакалы, священные звери Анубиса.

Ответом на его лай была тишина.

Габд-а-Батх выждал еще минуту и повторил свой сигнал, но на него опять никто не ответил.

– Мне не нравится это, жрец! – едва слышно прошептал Шейх и крадучись, едва касаясь ногами земли, двинулся вперед.

Не доходя нескольких шагов до надгробия, он вдруг замер и склонился к чему-то, что темнело у его ног.

Ат Сефор приблизился к своему спутнику и наклонился, чтобы разглядеть этот темный предмет.

Это было человеческое тело, не подающее признаков жизни. Приглядевшись к мертвецу, жрец увидел, что горло его перерезано от уха до уха, а короткая темная накидка пропитана кровью.

— Это Ихневмон, предпоследний из моих людей! — бесстрастным шепотом сообщил Габд-а-Батх.

Он сделал еще несколько беззвучных шагов и снова остановился, склонившись над землей.

Ат Сефор ничуть не удивился, услышав свистящий шепот Шейха Ночи:

— А это — Рваная Ноздря, последний из моей шайки!

— Кто же их убил? — спросил Ат Сефор, почувствовав, как руки его холодеют от страха. Воздух ночи, который только что казался ему свежим и благоуханным, стал затхлым и сырым, как в склепе.

— Кто бы это ни был — он пожалеет о том, что родился на свет! — отозвался Габд-а-Батх. — Не будь я Шейх Ночи, он не доживет до завтрашнего утра!

Габд-а-Батх выпрямился и выкрикнул в окружающую темноту:

— Слышишь, ты, грязное отродье Сета? Это говорю я, Шейх Ночи! Еще не наступит утро, когда я пролью твою нечистую кровь!

Ат Сефор услышал эти надменные слова, но он услышал и скрытый страх, который звучал в голосе Шейха.

— А для начала, жрец, я намерен получить от тебя плату за свою работу, — проговорил грабитель, повернувшись к Ат Сефору. – Ты получил свой папирус и должен расплатиться.

– Идем, – кивнул молодой жрец. – Я получил то, что хотел, и сполна рассчитаюсь с тобой. Только ты должен привести меня к той скале, возле которой мы встретились на закате. К скале, напоминающей голову шакала. От нее я найду дорогу.

Габд-а-Батх уверенно двинулся вперед. Казалось, он видит в темноте не хуже, чем днем – недаром носит прозвище Шейх Ночи. Походка его была легкой и бесшумной, как у хищного зверя. Ат Сефор еле поспевал за ним, то и дело спотыкаясь и оскальзываясь на каменистом склоне. Жрецу казалось, что весь Город Мертвых слышит его тяжелые шаги.

И еще в какой-то момент ему показалось, что в темноте в стороне от тропы промелькнул едва заметный силуэт человека в белых жреческих одеждах.

Жрец отбросил это видение и сосредоточился на тропе.

Они спускались по пологому склону среди самых древних надгробий Некрополя, двигаясь на восток, к его более новой части. Тропа сделала крутой поворот, огибая высокую скалу. Справа, в десяти локтях от дороги, виднелись заросли колючих кустов. Габд-а-Батх на мгновение задержался, оглянувшись на своего спутника, и недовольно проговорил:

— Не отставай, жрец! Уже наступил час быка, немного времени осталось до рассвета, а у меня еще есть дела!

И вдруг он негромко вскрикнул и схватился за шею.

— Что с тобой, Шейх? — спросил Ат Сефор, нагоняя проводника.

— Меня укусило какое-то насекомое, — раздраженно отозвался Габд-а-Батх. — Поспеши, жрец!

Он снова двинулся вперед, но через несколько минут его шаги замедлились и стали неуверенными. Ат Сефор нагнал его и с удивлением заметил, что Шейх идет, как слепой, с трудом нащупывая перед собой дорогу.

— Что с тобой, Шейх? — осведомился он.

— Все в порядке, жрец! — отозвался Габд-а-Батх, но его голос был слабым и дрожащим. Даже в ночной тьме Ат Сефор увидел капли пота, стекающие по лицу грабителя.

Шейх поднес руку к глазам и процедил:

— Не насекомое это было... тот, кто убил моих людей, спрятался в кустах и выстрелил в меня ядовитым шипом растения сурук... я чувствую озноб во всем теле и жар в голове...

— Что же теперь делать? — растерянно спросил Ат Сефор. Он слышал о ядовитом растении сурук, произрастающем в стране Нуб, и знал, что от его яда нет спасения. Отравленные живут менее часа и умирают в страшных мучениях.

— Иди своей дорогой, жрец... — слабеющим голосом проговорил Габд-а-Батх. — Я же попробую добраться до жилища Фетх, колдуньи... у нее есть противоядие... она спасет меня...

— Я не брошу тебя, Шейх! — произнес Ат Сефор неожиданно для самого себя. Он не понимал, что движет им. Ведь человек рядом с ним — нечестивец, могильный вор, нарушитель самых страшных запретов, грешник и преступник. На глазах Ат Сефора Габд-а-Батх без колебания бросал собственных людей. Ат Сефор не сомневался, что Шейх и его бросил бы, если бы был на его месте. Почему же сейчас Ат Сефор собрался помочь ему? Тем более, что на груди молодого жреца, под одеждой, находилось бесценное сокровище, папирус Тота, который нужно как можно скорее принести в Дом Чисел и спрятать в надежное место!

Но какое-то непонятное чувство не позволяло ему бросить Шейха без помощи.

— Я помогу тебе, доведу тебя до жилища Фетх! — повторил Ат Сефор и подставил плечо раненому грабителю.

Дмитрий Алексеевич спустился по крутой узкой лестнице в обширный подвал, где размещались хранилища египетского отдела. Он спускался так долго, что ему показалось, что он, подобно героям древних мифов, сходит в Царство Мертвых. Это ощущение усиливалось оттого, что в подвале царила таинственная полутьма, и пахло какими-то восточными благовониями.

Навстречу ему вышел невысокий, невероятно худой молодой человек с выбритой наголо головой и удлиненными темными глазами. Он был одет в узкие черные джинсы и черный свитер, и выглядел как самый настоящий владыка загробного царства.

— Здравствуйте, моя фамилия Старыгин... — проговорил Дмитрий Алексеевич.

— Да, Мария Антоновна мне звонила, — отозвался Вадим тихим, шелестящим голосом, и протянул Старыгину руку. Эта рука оказалась легкой и сухой, как папирус, и Старыгин испугался, что повредит ее рукопожатием.

Вадим повернулся, пригласив гостя следовать за собой, и открыл тяжелую дверь, за которой размещались запасники египетского отдела Эрмитажа.

Дмитрий Алексеевич почувствовал себя примерно так, как знаменитый английский археолог Говард Картер, впервые заглянувший в погребальную камеру гробницы Тутанхамона и увидевший огромную комнату, до потолка забитую бесценными сокровищами фараонов. Разница была только в том, что в захоронении Тутанхамона ларцы и шкатулки, носилки и предметы мебели, светильники и амулеты, украшения и статуи были свалены в чудовищном беспорядке, здесь же египетские редкости в строжайшем порядке были разложены по многочисленным стеллажам и витринам, снабжены аккуратными этикетками с номерами хранения и кратким описанием.

Здесь были инструменты для бальзамирования и папирусные свитки, золоченые погребальные лодки и резные кресла, нефритовые светильники и алебастровые кубки, орудия для полевых работ, мумии и украшения, священные жуки-скарабеи самых разных типов и, конечно же, бесчисленные статуи и статуэтки самых разных размеров — каменные, керамические, деревянные...

— Какие единицы хранения вас интересуют? — спросил Вадим своим шелестящим голосом.

Дмитрий Алексеевич достал листок, на котором Мария Антоновна записала номера интересующих его экспонатов, и протянул его молодому хранителю.

Вадим взглянул на записку и быстрой, скользящей походкой устремился по проходу между стеллажами.

Теперь Старыгину казалось, что его проводник по этому Царству Мертвых — это ожившая мумия, настолько он казался невесомым, почти бесплотным, и настолько свободно чувствовал себя Вадим среди этих памятников седой древности.

Миновав несколько стеллажей, сделав несколько поворотов, он остановился перед очередной витриной и бережно открыл стеклянную крышку:

— Вот тот ларец для благовоний, который вы хотели увидеть. Саркофаг египетской царевны из целого ствола сикоморы, который также упомянут в вашей записке, находится чуть дальше — он относится к тому же периоду, но это ведь очень крупная вещь, поэтому под него отведен целый стеллаж...

Старыгин склонился над маленьким деревянным ящичком. Он знал, что к таким древним изделиям нельзя прикасаться руками, и только разглядывал ларчик во все глаза.

Маленький скромный ящичек был украшен сверху удивительно тонкой резьбой, подробно изображавшей процесс мумифицирования мертвого. Двое почтительно склоненных прислужников оборачивали покойника узкой льняной лентой, подготавливая его к переселению в потусторонний мир.

— Скорее всего, этот ларчик предназначался именно для благовоний, использовавшихся при мумифицировании, — уточнил Вадим. — Во всяком случае, об этом говорит резьба на крышке.

Резьба была такой тонкой, такой выразительной, а сам ящичек так хорошо сохранился, что трудно было поверить, что ему уже около четырех тысяч лет.

— Удивительно, что деревянные изделия так долго сохраняются! — проговорил Старыгин, разглядывая ларчик. – Другое дело – камень или керамика, но древесина кажется таким хрупким, недолговечным материалом...

– Наоборот, – возразил ему Вадим. – В сухом климате Египта древесина – едва ли не самый долговечный материал! Одна из самых древних египетских статуй, так называемая «Шейх эль Балад», относящаяся к пятой династии, одной из самых ранних династий Древнего царства, также сделана из дерева.

Старыгин, вглядевшись в боковые стенки ларца, действительно увидел на них хорошо заметные полосы разного оттенка – те самые годичные кольца, о которых писал автор статьи. Он начал считать их, но сбился – из его положения это было достаточно сложно. Тогда Дмитрий Алексеевич перевел взгляд на другие экспонаты, расположенные в той же витрине. Рядом с ящичком для благовоний лежало несколько погребальных статуэток – ушебти, сделанных из камня и фаянса, несколько скарабеев из разных видов камня и других небольших вещиц непонятного назначения. На видном месте располагался еще один деревянный ларец, чуть побольше, предназначавшийся, судя по всему, для хранения украшений. На крышке этого ларца был изображен скарабей, придерживающий лапками драгоценное ожерелье.

На боковых стенках этого ящичка тоже хорошо были видны годовые слои древесины.

Приглядевшись к этому рисунку, Дмитрий Алексеевич вдруг заметил в самом углу отчетливо написанный значок – удлиненный, широко открытый глаз, точно такой же, как на картине Жироде-Триозона «Гадание Иосифа». «Око фараона», как назвала Мария Антоновна этот иероглиф.

Старыгин почувствовал, как его сердце учащенно забилось от волнения.

Повернувшись к своему проводнику, он спросил с показным равнодушием:

– А вот этот ящичек со скарабеем... он примерно того же периода, что и первый?

– Да, это восемнадцатая династия! – прошелестел Вадим. – Потому мы и поместили их в одну витрину.

– Вот как! А я думал, что вы размещаете рядом предметы, поступившие к вам из одного источника!

– Вовсе нет! Видите, вот этот ларец со скарабеем, как указано в этикетке, попал в нашу коллекцию относительно недавно, примерно двадцать лет назад. Прежде он входил в знаменитое собрание генерала Парникова...

– Понятно... – негромко проговорил Старыгин. – Поэтому ящичек и не упомянут в той статье. Когда автор статьи про предсказания Иосифа проводил свои исследования, его еще просто не было в эрмитажной коллекции...

– Что, простите? – переспросил его Вадим.

— Нет, это я размышляю вслух... вы сказали, эта вещь – из коллекции генерала Парникова. А что это за коллекция и как она попала в собрание Эрмитажа?

— Об этом вам лучше расспросить Марию Антоновну. Она в то время уже работала в египетском отделе и, насколько я знаю, сама принимала эту коллекцию у наследников генерала.

— Как интересно... – Старыгин вглядывался в рисунок скарабея на крышке ларца.

В это время где-то далеко раздался телефонный звонок.

— Вот незадача! – Вадим недовольно поморщился. – Здесь, в подвале, сотовая связь не работает, так приходится бегать на каждый звонок. Я скоро вернусь.

Однако он вовсе не побежал, а пошел быстрым шагом, ступая неслышно, как тень.

Оставшись один, Старыгин поежился. В хранилище поддерживалась постоянная температура, ни о какой сырости не могло быть и речи, однако ему было отчего-то холодно и жутковато.

«Зачем я здесь? – думал он. – Что я хочу найти? То есть я-то сам ничего не хочу, но чего хотят те люди, которые упорно направляют меня сюда?»

Кто-то написал кровью убитой девушки номер главы из Библии, кто-то подсунул ему статью об исследованиях неизвестного ученого.

Очевидно, все это делалось для того, чтобы заманить его в хранилище, но для чего? Чтобы он что-то здесь нашел? На что-то обратил внимание? Например, чтобы он обратил внимание на этот ларец с изображением скарабея на крышке?

Скарабей, этот обыкновенный навозный жук, считался у египтян священным. Они считали, что он катит по земле шарик навоза так же, как боги катят по небосводу пылающий шар солнца. Иногда целые армии останавливались, чтобы пропустить священного жука...

Чувствуя себя преступником, Старыгин боязливо протянул руку к ларцу и коснулся рукой отполированного дерева. Ничего не случилось. Не грянул гром небесный, и молния не поразила нечестивца, который осмелился коснуться недрогнувшей рукой бесценного музейного экспоната. Старыгин снова прислушался. В помещении он был один, где-то далеко Вадим негромко разговаривал по телефону. Тогда Дмитрий Алексеевич решительно снял ларец с полки и поставил на пол. И снова ничего не случилось. Чувствуя себя не просто преступником, а государственным преступником и настоящим святотатцем, Старыгин дрожащими руками приподнял крышку ларца.

Внутри ничего не лежало. Если и был ларец выстелен какой-то тканью, то она конечно истлела за столько тысячелетий.

Своими чувствительными руками реставратора Старыгин провел по дну и боковым стенкам и с трудом нащупал едва заметный шпенечек. Он нажал на него сверху, потом справа, потом слева – никакого толку. Чувствуя, как по спине течет пот, он вытянул руки, несколько раз сжал кулаки и заставил себя успокоиться. Он закрыл глаза и представил, что идет по сосновому лесу вечерней порой. Лес прозрачный, сосны стоят ровно, как будто специально посаженные. Клонящееся к западу солнце окрасило стволы в золотой цвет. На небе ни облачка, ветки не колышет ни малейший ветерок. И от этого в лесу стоит сильнейший запах сосновой коры, нагретой на солнце...

Такая воображаемая прогулка всегда помогала ему сосредоточиться. Но не только сосредоточиться.

Не открывая глаз, Старыгин вдохнул полной грудью этот тягучий волнующий воздух и почувствовал, как его захватила Интуиция. Знаменитая старыгинская интуиция, которая сделала его едва ли не самым лучшим реставратором страны. Бывало, когда он только еще брал в руки какую-нибудь совершенно запущенную картину в очень плохом состоянии, интуиция подсказывала ему без всяких приборов, что под слоем потрескавшегося лака и выгоревших красок находится настоящий шедевр. Если вещь была в безнадежном состоянии, вызывали Старыгина, и интуиция безошибочно подсказывала ему, что картину можно спасти. Старыгин очень доверял своей интуиции, но рассказывал о ней немногим. Она всегда захватывала его внезапно, и он, стесняясь себе признаться в этом, считал интуицию чем-то мистическим.

Но сейчас он пытался вызвать ее сознательно. Представляя сосновый лес, он совершенно расслабился. Руки перестали дрожать, по-прежнему, не открывая глаз, он повернул крошечный шпенек против часовой стрелки, а потом серией быстрых нажимов выбил на нем несколько тактов неизвестной мелодии. Та же самая интуиция подсказала ему, когда нужно остановиться.

И тотчас дно ларца приподнялось с едва слышным скрипом, и Дмитрий Алексеевич, задерживая дыхание, вытащил на свет тонкую каменную пластинку, разрисованную отчетливо видными иероглифами.

Он застыл в волнении.

Может ли быть, что это – ключ ко всем странным событиям, случившимся с ним в последнее время?

Вряд ли, тут же понял он. Как может повлиять каменная пластинка, положенная в ларец, надо думать, уж не меньше четырех тысяч лет назад, повлиять на то, что случилось в нашем северном городе позавчера? Очевидно, до него никто не догадался тщательно обследовать дно ларца, а если и рассматривали его, то приняли едва выступающий шпенечек за обыкновенный сучок и не стали трогать. А если кто-то и тронул, то ничего у него не вышло.

Он повертел пластинку в руках. Обыкновенный картуш – так назывались каменные, глиняные, бронзовые пластинки, удлиненные, с немного закругленными углами, на которые древние египтяне наносили иероглифы с именами или титулами – собственными или своих усопших родственников. Теперь во всех египетских лавочках для туристов продают такие сувенирные картуши, и можно подобрать дощечку с собственным именем.

Этот был подлинным, кто-то написал на нем нечто очень важное, раз спрятал так тщательно. Старыгин тяжко вздохнул, чувствуя себя французским исследователем Франсуа Шампольоном. Тот, однако, посвятил изучению египетских иероглифов всю свою жизнь и преуспел в этом. Много лет он пытался разобраться в системе иероглифов древнейшей и совершенно чуждой ему цивилизации и только после того, как солдат Наполеона нашел в Египте Розеттский камень – каменную плиту, на которой была одна и та же надпись на трех языках, исследования Шампольона сделали огромный рывок вперед. Из греческого текста ясно было, что в надписи речь идет о воздании почестей царю Птолемею, и группа знаков, упоминающих имя царя, обведена была овальной рамкой, то есть тем самым картушем. Через некоторое время в Египте был найден еще один каменный обелиск, на котором также надписи шли на трех языках, там также были выделены в картуше имя царя Птолемея и еще одно. Шампольон предположил, что этот перечень иероглифов – имя царицы Клеопатры, и оказался прав. Дело пошло, первые несколько иероглифов были расшифрованы.

Однако понадобились многие годы, чтобы прочитать надписи на стенах храмов и на могильных камнях, расшифровать множество сохранившихся папирусов и глиняных табличек.

Все эти мысли проносились в голове Старыгина со скоростью света, руки его в это время машинально, но очень точно перерисовывали надпись в блокнот, потому что о том, чтобы просто унести картуш из запасника музея, не могло быть и речи – такое равносильно самому тяжкому преступлению.

Он не успел сунуть картуш обратно в углубление, а только повернул шпенек и поставил ларец на место, как появился Вадим. Закрыть тайник оказалось гораздо легче, чем его открыть.

– Вы ничего не трогали? – подозрительно спросил Вадим.

– Что вы, как можно! – Старыгин незаметно перевел дух, картуш жег ему карман.

Вадим придирчиво осматривал экспонаты, и Старыгин возблагодарил Бога, что умудрился поставить ларец со скарабеем точно на то же место, как было.

– У меня к вам будет еще одна просьба, – решился Старыгин, – вы ведь читаете иероглифы?

– Ну-у... – в глазах Вадима блеснул интерес, и он сразу стал похож на живого человека, а не на старый высохший папирус, – как вам сказать... Иероглифы ведь не читают, как обычные буквы, а разбирают или скорее расшифровывают. Это очень сложный процесс, а у вас есть какие-то неизвестные иероглифы?

При этих словах он сделал быстрый шаг ближе, так что Старыгин даже попятился от неожиданности.

– Осторожнее! – предупредил Вадим. – Не делайте резких движений, вы можете повредить экспонаты!

«А сам-то чего скачешь, как кролик?» – огрызнулся Старыгин мысленно, при этом очевидно что-то отразилось на его лице, потому что Вадим тоже сменил тон.

– Понимаете, долгое время считалось, что иероглифы – это не буквы, точнее не слоги, а рисуночное письмо, – вкрадчивым голосом заговорил он, – исходным пунктом при возникновении иероглифов действительно была самая простая символика – волнистая линия обозначала воду, очертания дома – дом и так далее. Трактуя таким образом ранние надписи, исследователи до Шампольона добивались кое-каких результатов, но переходя к поздним надписям впадали в совершенное заблуждение. Так, грек Горапполон считал, например, что иероглиф «гусь» передает понятие «сын», так как у гусей, как считали, очень развита сыновья любовь, и тому подобное...

Старыгин несколько удивился такому обилию в общем-то ненужных ему сведений и хотел уже прервать Вадима, однако решил, что это будет невежливо, и тот может обидеться, а ведь нужно все же добиться от него расшифровки иероглифов. Поэтому он сделал вид, что внимательно слушает.

— Всего иероглифов около семисот, среди них есть однобуквенные и представляющие собой целые слоги. Исследователей долгое время вводили в сомнения особые знаки-определители, они не читались, а служили для определения значения слова. Так, после иероглифа со значением «ходить», «бегать», «передвигаться» ставился иероглиф, изображающий ноги, а после иероглифа со значением «плыть» ставился иероглиф, изображающий корабль.

Говоря все это, Вадим медленно приближался к Старыгину и наконец подошел так близко, что тот почувствовал его возбужденное дыхание.

— Давайте ваши иероглифы, я расшифрую, — сказал он прежним скучным шелестящим голосом.

Старыгин поверил бы, что ему не слишком интересно, если бы не глаза. Глаза Вадима говорили обратное. Зрачки его были расширены, он облизывал сухие губы и протягивал руки.

Старыгину стало очень не по себе, однако он показал рисунки, которые сделал только что.

— Откуда это у вас? — высоким голосом вскричал Вадим. — Вы это взяли здесь?

— Да нет же, это один знакомый попросил расшифровать... — на всякий случай Старыгин решил не говорить правды, — а в чем дело? Вы некомпетентны?

— Я... я не могу... — Вадим пристально глядел на лист из блокнота, глаза его бегали по строчкам, — все же я не понимаю, откуда это у вас... нет, это какие-то незнакомые символы...

— Вижу, что вы ничем не можете мне помочь! — Старыгин решительно потянул листок к себе, — не буду отнимать у вас время, попытаю счастья в другом месте.

Вадим вцепился в листок, но Старыгин потянул сильнее, тогда Вадим уступил с явной неохотой.

— Благодарю вас за консультацию, — скороговоркой проговорил Старыгин, — а теперь извините, я спешу.

И в это время в соседнем помещении снова раздался телефонный звонок.

— Да что же это такое! — простонал Вадим. — Подождите здесь, все равно там дверь заперта!

Он бросился на звонок. Старыгин подождал немного, потом повернулся, чтобы положить картуш на место, в ларец со скарабеем. Но что-то его удержало. Он зажал картуш в руке и стал тихонько продвигаться в сторону, куда ушел Вадим, прикидывая, куда бы спрятать каменную пластинку, потому что о том, чтобы вынести единицу хранения за пределы запасника не могло быть и речи. Такого Старыгин, как старый музейный работник, никак не мог себе позволить. По неписанному кодексу это относится к разряду смертных грехов. Достаточно и того, что он прикасался руками к бесценным сокровищам, двигал их с места на место, стирал пыль. И за это нет ему прощения!

Он перешел в следующее помещение. Голос Вадима был слышен отлично.

— Да, — говорил он глухо, — да, конечно. Но я не могу... Сейчас момент очень неподходящий...

«Интересно для чего? — подумал Старыгин. — Странный какой этот Вадим...»

Он протиснулся между стеллажами и увидел, что в углу помещения стоит деревянный саркофаг, сильно попорченный временем. Цветные рисунки на крышке были едва видны, сама крышка сильно расцарапана как будто когтями огромного животного. Однако держалась она достаточно плотно, так что Дмитрий Алексеевич сумел приоткрыть ее с большим трудом. Он всунул в щель руку с картушем и разжал пальцы. Картуш свалился внутрь с глухим стуком, Старыгин понадеялся, что Вадим издалека ничего не услышал.

Простились они более чем холодно, Старыгин покинул запасник и по горячим следам снова отправился в кабинет хранительницы отдела Древнего Египта.

Опять-таки, Мария Антоновна встретила его не слишком любезно, он наверняка мешал ей работать, однако, несмотря на то, что Дмитрий Алексеевич был мягким интеллигентным человеком, если нужно, он умел выцарапать все интересующие его сведения. И через некоторое время он узнал, как возникла знаменитая коллекция генерала Парникова...

...Ранней весной тысяча восемьсот девяносто шестого года представительный немолодой господин в шинели с бобровым воротником прогуливался неподалеку от Гостиного двора. Стояла последняя неделя перед великим постом, и здесь, в самом центре Петербурга, раскинулись лотки и палатки вербного базара.

В эти весенние дни в центре города как обычно проходило широкое народное гулянье – люди стремились повеселиться перед долгим и строгим постом.

Крутил ручку расписной шарманки одноногий шарманщик с ярким попугаем на плече, предлагал прогуливающейся публике за несколько копеек предсказать судьбу, неподалеку от него раешник – хозяин деревянного ящика с устроенным внутри него подобием кукольного театра – зазывал прохожих на очередное представление, нараспев выкликая смешные немудреные стихи.

– Американские жители! – выкрикивал бойкий мещанин, протягивая прохожим стеклянную трубочку, из которой с визгом выскакивал бумажный чертик. – Я в Америке родился, на султана рассердился! Вот кому американского жителя!

– А вот шарики детские! – перебивал его другой, в драном армяке. – Купи, вашество! Купи своим деточкам! Вот синенький! Очень дешево! Цена – не цена, всего-то на пятачок пару! Твоим деткам шарик, а мне – пятак на шкалик!

– На что его деткам твои шарики? – вмешался еще один продавец. – Отстань ты от господина! Вот у меня игрушки так игрушки! – и он показал медведя с мужиком, которые по очереди били топором по деревянному пеньку.

– Ваше сковородие! – ухватил господина за локоть бородатый тип с густыми сросшимися бровями. – А вот купи безделки! Все за целковый отдам! Глянь, какая статуя!

Господин в шинели неожиданно заинтересовался. На лотке перед бородачом лежали маленькие глиняные и каменные вещицы, статуэтки, печатки, забавные фигурки, некоторые сильно поврежденные, но попадались среди них и вполне сохранившиеся. Одна фигурка особенно привлекла его внимание – с узкими вытянутыми к вискам глазами, с гладкой, намеченной несколькими линиями прической, со сложенными на груди руками...

– Неужели это ушебти? – пробормотал господин.

– Не, эту-то не ушибли! – отозвался бородач, старательно обтирая статуэтку рукавом. – Ты глянь, сковородие, какая смешная! И ручки сложены... Деткам поиграть! Я же, сковородие, много не прошу – всего целковый! Тебе же, сковородие, целковый – не деньги, ты ведь не иначе генерал!

Господин протянул бородачу деньги и осторожно собрал с лотка удивительные фигурки.

Звали этого господина Аристарх Иванович Парников, был он действительно генералом, точнее – генерал-лейтенантом, но в подчинении у него была не армия, даже не дивизия, а всего лишь приют для взрослых калек, как тогда называли богоугодное заведение для военных инвалидов.

Несколькими днями позже, уже великим постом, Аристарх Иванович посетил знакомого коллекционера, и тот подтвердил, что статуэтка со сложенными руками – это действительно «ушебти», или «отвечающий». Так древние египтяне называли погребальные фигурки, каменные, керамические или деревянные, которые клали в могилу со своими умершими родственниками. В Царстве Мертвых ушебти отвечали на вопросы, которые владыка загробного мира задавал прибывшему, а также работали вместо него на полях, для чего некоторым ушебти вкладывали в руки серп или мотыгу.

Среди купленных на вербном базаре вещей были еще две фаянсовые ушебти, правда, не такой хорошей сохранности, а также несколько интересных египетских печатей, несколько картушей – удлиненных пластинок с начертанными на них иероглифами, а также немало других редкостей.

С этой покупки и началась знаменитая египетская коллекция генерала Парникова.

Через десять лет эта коллекция была так велика и так знаменита, что ее упоминали в самых серьезных немецких и английских академических изданиях, а сам генерал Парников так хорошо разбирался в египетских редкостях, что с ним неоднократно советовался сам начальник египетского отдела Императорского Эрмитажа академик Василий Васильевич Струве.

Прошло еще одиннадцать лет, в стране разразилась революция. Царских генералов новая власть не любила, независимо от того, чем они командовали — пехотными дивизиями или богоугодными заведениями, и Аристарха Ивановича Парникова расстреляли, невзирая на его преклонный возраст.

Египетская же коллекция генерала попала в центральный музейный распределитель, откуда большую часть вещей отправили почему-то в Пермь. Значительная часть экспонатов до Перми благополучно добралась, составив основу городского музея, меньшая часть коллекции затерялась в пути и бесследно пропала, и совсем уже малая часть случайным образом избежала реквизиции и сохранилась у двоюродной сестры несчастного Аристарха Ивановича, Матильды Павловны Гревской. Возможно, проводившие реквизицию революционные матросы просто не подумали, что неказистые и невзрачные каменные и глиняные вещицы могут представлять собой какую-то ценность.

Матильда Павловна и ее близкие сохранили чудом уцелевшие остатки уникальной коллекции генерала Парникова в огне революции и Гражданской войны, сберегли их и в страшные тридцатые годы, и в тяжелые дни блокады. И только в восьмидесятые годы двадцатого века внучатая племянница генерала, к тому времени одинокая старушка, решила передать египетские редкости главному музею страны – Государственному Эрмитажу.

У нее не осталось никого из родных (по крайней мере, так она тогда считала), и старушка опасалась, что после ее смерти бесценные сокровища, на собирание которых ее двоюродный дед потратил многие годы своей жизни, будут просто выброшены на помойку теми, кто займет освободившиеся комнаты в коммунальной квартире.

Наследница генерала отправилась в египетский отдел Эрмитажа и сообщила о своем намерении передать эти вещи в дар.

Услышав, что речь идет об остатках легендарной египетской коллекции генерала Парникова, сотрудники отдела пришли в неописуемое волнение и без всяких возражений приняли условие, выдвинутое дарительницей.

Впрочем, это условие было вполне понятным и совершенно необременительным. Старушка просила, чтобы Эрмитаж принял в свою коллекцию не только древнеегипетские редкости, собранные покойным генералом, но также все то, что семья Парникова с огромным трудом сохранила на протяжении более чем полувека – картины, старинную мебель, кое-какие произведения прикладного искусства. В общем, все то, в чем для старушки воплощалась жизнь ее семьи.

– Интересная история, – задумчиво сказал Старыгин, – и вот еще, Мария Антоновна, последняя просьба.

С этими словами он протянул ей листок с иероглифами.

— Что это? Какие-то непонятные письмена?

— Да отчего ж! — она пожала плечами. — Это тоже числа. Если хотите, я расшифрую...

— Очень обяжете! — воскликнул Старыгин с такой горячностью, что Мария Антоновна поглядела с подозрением, но согласилась. На картуше тоже было записано число, чему Старыгин не удивился.

Старыгин уточнил еще, что все вещи из коллекции генерала Парникова были помечены одинаковым иероглифом, тем самым «оком фараона» и подумал, что ни сам генерал, ни его наследники разумеется не смогли открыть тайник в ларце со скарабеем, и картуш с таинственными иероглифами лежал в тайнике со времен Древнего царства.

Возвращаясь после беседы с Марьей Антоновной, Старыгин снова забежал в отдел Древнего Египта, ему хотелось еще раз поглядеть на писца. Каменный чиновник сидел на своем обычном законном месте в заново смонтированной витрине и писал на своей каменной дощечке. Теперь прочитать ничего было нельзя — не тот ракурс. Но каково же было удивление Дмитрия Алексеевича, когда он увидел перед витриной невысокую девушку в синих джинсах и темном свитере, с крошечным рюкзачком на плече. Студентка или даже старшеклассница... В фигуре девушки было что-то неуловимо знакомое, и Старыгин, зная уже в душе, кто это, заглянул ей в лицо.

Миловидное сосредоточенное лицо первой ученицы.

— Опять вы! — грустно констатировал он. — Вы что меня преследуете, Наталья... Игоревна?

— Просто Наталья, — поправила капитан Журавлева, потому что это была она собственной персоной, — не переоценивайте себя, Дмитрий Алексеевич, вовсе я вас не преследую.

— А что же вы тогда тут делаете в свое рабочее время?

— А у меня сегодня выходной! Отгул за прогул! Вот, решила в Эрмитаж сходить, повысить, так сказать, свой культурный уровень. А то живешь в большом городе, такой музей под боком, а выберешься раз в год по обещанию, да и того реже!

Наученный опытом Старыгин заглянул ей в глаза. Они не смеялись, однако что-то было в них такое... скрытное. Да причем тут глаза, он и сам знал, что девица эта себе на уме, палец в рот ей класть нельзя ни в коем случае — всю руку откусит!

Он отступил чуть в сторону и окинул взглядом всю ее ладную аккуратную фигурку. В джинсах она совсем не казалась пухленькой, так показалось при первой встрече из-за мешковатого официального костюма. Сейчас она выглядела вполне симпатичной и даже безобидной.

Это, конечно, если не смотреть в глаза. Но хитрющие глаза ее выдавали. Однако здесь Старыгин был на своей территории и чувствовал себя гораздо увереннее.

– Ну, – сказал он, – и улыбнулся как можно безмятежнее, – желаю вам хорошо провести ваш выходной день. Думаю, вы увидите много интересного и несомненно повысите свой культурный уровень. Это полезно для любого, даже для сотрудника милиции. А то живете в большом прекрасном городе, а все о работе, да о работе, некогда лишний раз в Эрмитаж пойти... – говоря так, он потихоньку отступал от капитана Журавлевой и преуспел бы в этом занятии, если бы она одним прыжком не оказалась рядом и самым недвусмысленным образом не схватила его за рукав.

– Так просто вы от меня не уйдете!

– Что это вы себе позволяете? – холодно осведомился Старыгин. – Вы, милая барышня, не у себя в отделении, я вот сейчас позову охрану – и вас с позором выведут! Тем более, они сейчас ужасно нервные после чрезвычайного происшествия.

– Я вам не барышня, а капитан милиции! – злым шепотом ответила она, но руку все же отпустила.

Старыгин тут же развернулся и едва не побежал от настырной девицы, которая сменила тактику.

— Ну, Дмитрий Алексеевич, — ныла она, поспешая следом. — Ну помогите мне пожалуйста! Я хочу поглядеть на картину Триозона! Я знаю, у вас есть возможность мне ее показать...

— Слушайте, я на работе! — рявкнул Старыгин. — У меня, между прочим, дел по горло!

На самом деле он хотел в тиши своей мастерской поразмыслить над загадочными числами, которые прочитала ему только что Мария Антоновна.

Капитан Журавлева вдруг часто-часто заморгала, на глазах ее показались слезы.

— Я в полном тупике, понимаете? Ну совершенно непонятно, зачем убили ту женщину в соседней с вами квартире! Никаких зацепок нету, кроме...

— Кроме меня? — догадался Дмитрий Алексеевич. — И вам попало от начальства?

— Не то чтобы попало... ай, ну да, в общем влетело, — она махнула рукой, — да это-то не так важно. Никто не знает, кто она такая, зачем вообще появилась в этом доме, и эта надпись на стене, и отпечаток пальца... Начальник говорит, что он в мистику не верит. А я уж не знаю, чему и верить...

— Ну хорошо, — Старыгин думал, что он решил помочь следствию, на самом деле просто не мог видеть плачущих женщин, — пойдемте, я покажу вам картину, хотя не знаю, чем это может вам помочь. Но, Наталья... Игоревна...

— Просто Наталья, — перебила она, слезы из глаз мгновенно исчезли, теперь глаза сияли, — пойдемте, не будем терять времени!

В глубине души ему стало ее жалко, потому что картина художника Триозона ничем ей помочь не могла. Вся эта возня с «Гаданием Иосифа» нужна была кому-то для того, чтобы заинтриговать Старыгина, чтобы он проник в запасник и отыскал там заветный картуш в ларце из коллекции генерала Парникова. Так что Иосиф Прекрасный как тот самый мавр уже сделал свое дело и может спокойно уходить.

Однако Старыгин тут же вспомнил, как не далее как позавчера милицейская барышня едва ли не прямо объявила его подозреваемым в убийстве неизвестной женщины. Вспомнил свои страхи и смятение, чувство беспомощности и незащищенности. Он ликвидировал в душе совершенно неуместное чувство жалости и решил, что не станет помогать капитану Журавлевой в расследовании убийства. Она — профессионал, во всяком случае упорно себя таковой считает, ей и карты в руки. А если выражаться обывательским языком, то ей за это деньги платят.

Старыгин тут же устыдился последней мысли, но решил, что ни за что не уступит.

— Согласно Библии, — начал он, когда Наталья вдоволь насмотрелась на картину, — Иосиф

177

был последним, самым младшим из одиннадцати сыновей патриарха Иакова. Отец любил его больше остальных своих сыновей, как это часто бывает с поздними детьми, и старшие братья, само собой, завидовали любимчику и недолюбливали его. Особенно разыгралась их зависть, когда отец подарил Иосифу красивый разноцветный хитон... это такая одежда, – пояснил он, покосившись на свою собеседницу.

– А я знаю, – отозвалась она. – Мы в школе проходили!

– Отец послал Иосифа проведать старших братьев, которые пасли стада вдали от дома. Он пришел к ним в том самом разноцветном хитоне, снова вызвав зависть и гнев братьев, которые решили воспользоваться удобным случаем и расправиться с ним.

– Сам их спровоцировал! – подала реплику Наталья. – Не нужно было хвастаться!

– Сначала они хотели убить его, но один из них заступился за младшего брата, и тогда братья продали Иосифа направлявшимся в Египет купцам-измаильтянам.

Старыгин покосился на свою слушательницу. Она смотрела на него внимательно, как первая ученица смотрит на любимого преподавателя. Неужели прониклась? И он продолжил лекцию:

– В Египте Иосифа перепродали знатному вельможе Потифару, начальнику телохранителей фараона. Он скоро становится любимцем своего господина. Потифар доверяет ему управление домом и все свои дела. Однако жена Потифара влюбляется в красивого прислужника и домогается его близости...

— Ну это надо же! — протянула Наталья, сразу же выпав из образа первой ученицы. — Просто какой-то мексиканский сериал с эротическим уклоном!

— Вы будете слушать меня или комментировать? — Старыгин слегка обиделся. — Иосиф отвечает ей твердым отказом, и тогда жена Потифара, завладев одеждой Иосифа, обвиняет его в покушении на свое целомудрие.

— Фальсификация вещественных доказательств! — поспешно вставила девушка.

— Это вам должно хорошо быть знакомо! — съязвил Старыгин, прежде чем продолжить. — Разгневанный Потифар отправляет Иосифа в темницу. Там Иосиф удачно толкует вещие сны знатных узников — впавших в немилость виночерпия и стольника фараона. Стольнику, который видит во сне три колоса, расклеванных птицами, он предсказывает, что его через три дня казнят, и это предсказание в точности исполняется. Напротив, виночерпию, который увидел во сне виноградную лозу с тремя ветвями, из гроздьев которой он выжал сок в чашу фараона, Иосиф предсказывает, что через три дня тот будет освобожден из темницы и возвращен на прежнюю должность. Иосиф просит не забыть его и сказать фараону о его невиновности. Предсказание также исполняется, но возвращенный ко двору фараона виночерпий забывает просьбу Иосифа. Такова человеческая неблагодарность!

Только через два года, когда фараон видит сон о семи тучных коровах, съеденных семью тощими коровами, тот самый, о котором я вам читал из Библии, и ни один из египетских мудрецов и гадателей не может истолковать это сновидение, только тогда виночерпий вспоминает об Иосифе.

Фараон посылает за Иосифом в темницу. Иосиф приходит ко двору и, в отличие от языческих гадателей, которые норовили все удачные предсказания приписать себе, сразу же заявил: «Это не мое; Бог даст ответ во благо фараону».

Выслушав сновидение, он утверждает, что ближайшие семь лет будут для Египта особенно плодородными, а за ними последуют семь лет страшного недорода. Поэтому фараону следует заблаговременно назначить «мужа разумного и мудрого» для того, чтобы он собирал по всей стране избытки хлеба в урожайные годы, которые помогут перенести семь неурожайных лет.

Фараон, потрясенный мудростью Иосифа, дарует ему необычайную власть в стране, поставив, как сказано в Библии, «над всею землею египетскою». Как знак этой власти, он надевает на его палец свой перстень, дает в жены знатную египтянку Асенеф...

— Мне кажется, вы слишком увлеклись подробностями, — прервала его Наталья, — нельзя ли покороче?

— Покороче? Пожалуйста! Иосиф прекрасно справился с поручением фараона, за семь урожайных лет собрав в царских хранилищах небывалые запасы зерна, и когда настали семь лет неурожая — причем не только в Египте, но и в окрестных странах — он продавал хлеб египтянам и чужеземцам. Иаков, которого тоже коснулся голод, послал своих сыновей за хлебом в Египет. Иосиф сразу же узнал своих братьев, они же, разумеется, не узнали его в могущественном египетском вельможе. Ну, подробности я упущу...

— Да уж, пожалуйста, а то мы проведем здесь те же семь лет!

— Короче, в итоге Иосиф примирился со своими близкими и пригласил их переселиться на прекрасные пастбища в восточной части Египта. Весь род с Иаковом во главе переселяется в Египет. Иосиф выходит навстречу своему престарелому отцу, и их встреча, разумеется, не обходится без обильных слез...

— Ладно, слезы — это опять в духе мексиканского сериала, но какое отношение вся эта слезливая допотопная история имеет к нашему конкретному делу?

— Слушайте, вы сами этого хотели! — возмутился Старыгин. — Вы прорвались ко мне в кабинет едва ли не обманом, а теперь еще и издеваетесь?

— Где вы были с утра? — быстро спросила Наталья, то есть нет, судя по жесткому стальному блеску в глазах теперь она снова стала капитаном Журавлевой. — Я звонила, вас не было на рабочем месте.

— Я что — уже под колпаком у милиции? — неприятно удивился Старыгин.

— Знаю, знаю, сейчас вы скажете, что не обязаны давать отчет и все такое, но я же вижу, что вы чего-то не договариваете!

Если бы Старыгину угрожали средневековой пыткой каленым железом или сожжением на костре, он и то не признался бы, где был и чем занимался все утро. Тогда пришлось бы рассказывать про каменного писца и про найденный картуш — да она просто поднимет его на смех!

К счастью, позвонил Легов и просил срочно зайти, принести докладную записку. Капитан Журавлева, снова превратившаяся в симпатичную девушку, ушла неохотно.

На фоне темно-лилового неба показалась скала в форме головы шакала. Ат Сефор вздохнул с облегчением – отсюда он уже знал дорогу до жилища Фетх.

Габд-а-Батх уже еле шел, с трудом переставляя ноги. То и дело по его телу пробегала судорога, дыхание стало частым и прерывистым. Даже в темноте была заметна смертельная бледность, постепенно покрывающая его лицо.

– Брось меня, жрец! – проговорил он прерывающимся от слабости голосом, в котором все еще звучала прежняя надменная интонация предводителя шайки. – Брось меня, дай мне умереть спокойно! Пришло мое время!

– Осталось пройти совсем немного! – отозвался жрец. – Никому не дано знать, когда придет время его смерти!

Действительно, впереди показался проход между камней, за которым притаилась жалкая хижина знахарки. Из полуоткрытой двери лачуги пробивался тусклый колеблющийся свет – даже в такой глухой предутренний час старая колдунья не спала, занимаясь своим тайным ремеслом.

Габд-а-Батх обвис на плече жреца. Видимо, сознание покинуло его, и смерть подошла совсем близко. Ат Сефор собрал последние силы, взвалил грабителя на плечо и, как мешок с зерном, дотащил его до порога ведьминой хижины.

– Эй, старая! – окликнул он, остановившись на пороге и осторожно опустив на землю безжизненное тело Шейха Ночи.

— Кого это принесли ко мне ночные демоны? — раздался скрипучий старческий голос, и Фетх выбралась на порог своей жалкой лачуги, подняв над головой дымящийся факел. — А, это ты, благородный господин! Чего тебе нужно на этот раз?

Ее сгорбленная фигура, морщинистое, как древесная кора, лицо говорили о старости и беспомощности, и Ат Сефор подумал, что зря притащил сюда Шейха Ночи, вряд ли старуха чемто сможет ему помочь. Однако он обратился к знахарке:

— Старая, помощь нужна не мне, а этому человеку. В него выстрелили ядовитым шипом, пропитанным соком дерева сурук...

Только теперь старуха увидела лежащее на земле тело Габд-а-Батха. Она вскрикнула, упала на колени и обхватила Шейха, громко причитая:

— О сын мой, сынок, плоть моя, белый козленок! Кто посмел поразить твое тело ядовитой стрелой? Кто посмел ранить тебя, сынок мой единственный!

— Он — твой сын? — удивленно проговорил жрец. — Тогда поспеши, старая, может быть, еще не поздно помочь ему!

— Да, благородный господин! — старуха поднялась с колен и засуетилась. — Не время сейчас для слез, нужно поспешить, пока бессмертная душа Ка еще не покинула его телесную оболочку! Сейчас я приготовлю снадобье, которое поможет ему справиться с ядом, и прочту заклинание, пригодное для такого случая...

Она скрылась в хижине.

Ат Сефор схватил безжизненное тело Шейха Ночи под мышки и втащил его в лачугу знахарки, чтобы не оставлять под ночным небом.

Молодой жрец впервые попал в такое нищее жилище.

Тесная комната была заставлена какими-то склянками и горшками с колдовскими зельями, в углу ее теплилась жаровня с углями, на веревке под потолком сушились пучки трав, коренья и какие-то странные вещи — дохлая летучая мышь, змеиная кожа, сморщенное тельце песчаной крысы и серой жабы.

Фетх размешивала какое-то снадобье в глиняном горшке. Варево распространяло ужасающий смрад, так что Ат Сефору захотелось немедленно выйти на свежий воздух.

— Вот и понадобилась змеиная голова... — пробормотала колдунья, что-то бросая в горшок. — А еще жабьи глаза и когти ихневмона...

Наконец она повернулась к умирающему, приподняла его голову и попыталась влить немного зелья в полуоткрытый рот.

Шейх не подавал никаких признаков жизни, однако немного пахучего зелья все же попало ему в рот.

Тогда старуха забормотала какие-то заклинания на незнакомом языке. Ат Сефор узнал несколько слов из того языка, на котором разговаривали черные нубийские рабы, работающие на каменоломнях, но смысла их он не знал.

Продолжая повторять заклинания, знахарка снова поднесла к губам Шейха Ночи свое ужасное варево.

Губы умирающего пошевелились, открылись чуть шире, и он проглотил немного лекарства. Тут же он закашлялся, глубоко вздохнул и приоткрыл глаза.

— Где я? — проговорил Габд-а-Батх слабым прерывающимся голосом.

— Ты у меня, сыночек! — проворковала старуха. — Ты у своей старой матери, которая никогда не оставит тебя в беде!

— В беде... — как эхо повторил Шейх, и снова прикрыл глаза, едва слышно пробормотав. — Мы все в большой беде, старая... в очень большой беде... будь осторожна...

После этого лицо его разгладилось и порозовело, дыхание стало ровнее, и он заснул.

— Он поспит немного и станет совсем здоров! — радостно проговорила знахарка, прикрывая спящего продранным одеялом.

— Я пойду прочь, старая, — отозвался Ат Сефор. — Ты выходишь своего сына... но я еще вернусь, чтобы принести золото, которое обещал ему за работу.

— Хорошо, что ты вовремя принес его ко мне, благородный господин! — знахарка уни-

женно склонилась и схватила жреца за край
одежды. – Теперь старая Фетх – твоя верная ра-
быня, она сделает для тебя все что угодно! Хочешь – я приготовлю тебе любовное зелье, перед которым не устоит ни одна красавица Города Живых?

– Спасибо, старая, ты мне это уже предлагала! – отмахнулся Ат Сефор. – Я не нуждаюсь в
твоем снадобье!

– Я действительно стара и не помню, что
предлагала и кому! – огорчилась знахарка. – Тогда я дам тебе другое зелье, которое придаст тебе
новые силы после утомительной и бессонной
ночи!

Молодой жрец не стал возражать: он действительно чувствовал себя очень усталым. Таким
усталым, будто за прошедшую ночь прожил це-
лую жизнь и состарился на многие годы.

Прошло всего несколько часов с тех пор, как
он покинул свою келью в Доме Чисел, но за это
время с ним столько всего произошло, он едва
не перенесся в Царство Мертвых и теперь просто валился с ног...

Старуха удалилась в дальний угол хижины и
вскоре появилась с выщербленной глиняной
плошкой, в которой плескался мутный зелено-
ватый настой.

– Выпей это – и твои силы удесятерятся! –
проговорила она, протягивая плошку своему
благородному гостю.

Настой издавал отвратительное зловоние, однако Ат Сефор поднес плошку к губам и выпил ее содержимое, стараясь при этом не дышать.

Действительно, едва молодой жрец выпил зловонный настой, кровь быстрее побежала по жилам, силы вернулись к нему, а усталость от бессонной ночи и перенесенных трудов прошла без следа.

— Спасибо, старая, твое снадобье и вправду творит чудеса! — поблагодарил он знахарку и поспешно покинул ее хижину.

Жадно вдохнув свежий ночной воздух, особенно ароматный после затхлой лачуги старой знахарки, он внимательно огляделся. После того, что случилось с часовыми, оставленными Габд-а-Батхом возле гробницы, и с самим Шейхом, Ат Сефор чувствовал в ночи чье-то незримое, но грозное присутствие.

Он заметил невдалеке среди камней какое-то движение и схватился за кинжал... но это оказался шакал, возвращавшийся после ночной охоты в свое логово в отрогах Западных гор.

Ат Сефор решительно двинулся вперед. Ведьмино зелье придало ему не только новые силы, но и смелость. Ему казалось, что никакая злая сила не сможет остановить его этой ночью.

А папирус, спрятанный под одеждой, внушал молодому жрецу сознание собственного могущества.

Он прошел по хорошо знакомой тропе.

Рассвет, должно быть, приближался, окружающие предметы понемногу начали выступать из тьмы, но вокруг наступила та особенная тишина, которая охватывает мир перед появлением солнца. Не пели птицы, не стрекотали цикады, и даже неустанно дующий ветер пустыни затих в настороженном ожидании.

Ат Сефор обошел знакомый камень и увидел скромное надгробие торговца скотом Тии-Шема. Именно здесь, в углублении стены, он устроил тайник, в котором спрятал золото, предназначенное для расплаты с могильным вором.

Прежде чем подойти к тайнику, Ат Сефор снова огляделся по сторонам.

Ничего подозрительного он не заметил, но какое-то смутное беспокойство шевельнулось в его груди. Он прочел охранительную молитву и вынул из стены надгробия камень.

Золото было на месте.

Жрец перевел дыхание, вернул на прежнее место вынутый камень и пустился в обратный путь.

Ему нужно было спешить – следовало вернуться в Дом Чисел до утренней молитвы, чтобы старший жрец, строгий Шаамер не заметил его отсутствия и не поднял тревогу.

К счастью, дорога теперь была гораздо лучше видна, и Ат Сефор прибавил шагу, больше не опасаясь сломать ногу на крутом каменистом склоне.

Вскоре впереди, за поворотом тропы, снова показалась жалкая лачуга старой знахарки.

Ат Сефор приблизился к ней, наклонился, чтобы не ушибиться о низкую притолоку и заглянул внутрь, громко проговорив:

— Ну, вот и я, старая! Видишь, я не обманул тебя и быстро возвратился. А все потому, что твое зелье творит настоящие чудеса! Я чувствую, что мог бы не спать еще две ночи и пройти пешком половину Западной пустыни.

Старуха ничего не ответила.

Она молча сидела перед жаровней, привалившись спиной к глинобитной стене своей хижины.

— Никак ты заснула, старая? — весело воскликнул жрец. — Тебе и самой не мешало бы выпить немного своего зелья!

Ат Сефор чувствовал, как кровь бурлит в его жилах, он и вправду готов был к новым подвигам. Он вынул из-за пазухи мешочек с золотом, потряс им в воздухе, заставив звенеть, и проговорил:

— Ну как, твой сын все еще спит? Я не стану дожидаться его пробуждения, мне пора возвращаться в храм. Передай ему это золото, когда проснется.

Однако и на этот раз старуха не пошевелилась.

В сердце Ат Сефора шевельнулось беспокойство: золото действовало на старую знахарку, как мед на диких пчел, и она не могла остаться спокойной, услышав заманчивый звон драгоценного металла.

Жрец шагнул вперед и наклонился, чтобы заглянуть в лицо старухи.

Она была мертва. На морщинистом, загорелом до черноты лице застыло выражение ужаса. Особенно страшными показались молодому жрецу широко открытые глаза, светившиеся в полумраке хижины как два черных камня.

На краткое мгновение Ат Сефор словно попал во власть каких-то темных чар. Он не мог пошевелиться, не мог ничего сделать, не мог вымолвить ни слова.

С трудом преодолев этот транс, он попятился и уронил на каменный пол хижины горшок с какой-то резко пахнущей жидкостью. Звон бьющейся посуды и резкий неприятный запах словно разбудили его. Схватив смолистую ветку, жрец зажег ее от углей, тлевших в жаровне, и поднес пылающий факел к лицу старухи, чтобы лучше рассмотреть его.

Он не ошибся, она была мертва.

Причем теперь, при свете факела, жрец разглядел страшную рану на ее горле и темную кровь, заливавшую бедную одежду старухи.

Ат Сефор вскрикнул и обернулся в поисках раненого Габд-а-Батха.

Могильный вор лежал на прежнем месте, но поза его показалась Ат Сефору странной. Шейх словно попытался приподняться и замер, не закончив это движение. Жрец повыше поднял свой факел, чтобы осветить раненого...

И увидел длинный кинжал, который был вонзен тому в грудь, пригвоздив его к стене лачуги, как овечьи шкуры пригвождают к стенам пастушеских хижин.

Ат Сефор схватился за голову.

Цена, заплаченная за папирус Тота, росла с каждой минутой.

Новые и новые смерти оставались на его пути, как всходы остаются на пути земледельца. Стоит ли вся мудрость жрецов стольких человеческих жизней? Стоит ли она даже одной человеческой жизни?

«Стоит! – попытался уверить себя Ат Сефор. – Мудрость, заключенная в этом папирусе, позволит спасти куда больше человеческих жизней, чем она унесла этой ночью... кроме того, кто сегодня погиб, заплатив своей кровью за поиски папируса? Нечестивцы, могильные воры, которым и так не было суждено вкусить блаженство вечной жизни на загробных полях иару! Старая знахарка, колдунья, ведьма, служительница темных сил, которой было больше лет, чем древней сикоморе, растущей на холме перед Домом Чисел! Она давно уже пережила собственную душу и жила только по привычке, не находя в себе силы умереть! А с помощью папируса Тота я смогу спасти жрецов, мудрых и чистых сердцем людей! Людей, чья жизнь угодна Осирису и его земному воплощению – великому фараону! А может быть, когда дни великого фараона будут сочтены – да случится это как можно позже – я смогу с помощью этого папируса продлить и его драгоценную жизнь!»

«И это принесет тебе его благодарность, – прозвучал где-то рядом негромкий насмешливый голос. – А вместе с благодарностью фараона это принесет много золота, и дорогих каменьев, и плодородных земель, и скота, и рабов... не так ли, Ат Сефор?»

– Пусть так, – воскликнул Ат Сефор в полный голос, и огляделся по сторонам в поисках того, кто говорил с ним так насмешливо.

В хижине никого не было, только мертвые глаза старой знахарки смотрели в закопченный потолок, да Габд-а-Батх, который когда-то был Шейхом Ночи, все пытался приподняться, должно быть, навстречу тому, кто пришел его убить.

И тогда Ат Сефор понял, что насмешливый голос, прозвучавший только что рядом с ним, был его собственный голос, голос его совести, голос его души – Ка. А значит, ему можно не отвечать.

И он поспешно покинул хижину, потому что больше не мог дышать ее зловонным воздухом, пронизанным запахом страха и смерти.

На этот раз воздух пустыни не показался ему таким свежим и ароматным, как полчаса назад. В нем ощущался запах тления и смерти, запах опасности и предательства. Хотя небо на востоке заметно посветлело, Ат Сефор видел окружающие предметы неотчетливо, словно их скрадывала какая-то дымка.

И неожиданно из этой дымки выступила неясная фигура.

Очертания ее были расплывчатыми, но Ат Сефор разглядел светлые жреческие одежды – такие же, как те, в которые был облачен он сам. И выбритую наголо голову жреца – такую же, как у него.

И длинный бронзовый кинжал, зажатый в правой руке – точно такой же, как тот, что сжимал в правой руке сам Ат Сефор.

В какой-то момент Ат Сефор подумал, что видит собственное отражение, собственный призрак.

Однако, когда он прочел короткое заклинание, отгоняющее призраков, фигура в белых одеждах не исчезла.

Больше того, она сделала шаг вперед, приблизившись к Ат Сефору, неподвижно застывшему на пороге ведьминой лачуги. Значит, это было и не отражение.

– Кто ты? – спросил Ат Сефор негромким, охрипшим от волнения голосом.

Всем известно, что Эрмитаж работает до шести, причем кассы закрываются в пять. В отличие от зарубежных музеев, где за полчаса деликатно объявляют по радио, что музей скоро закрывается, и чтобы посетители рассчитывали свое время, служители Эрмитажа действуют более решительно. Минут за сорок до окончания работы музея публику начинают ненавязчиво подталкивать к выходу. Сначала — из самых дальних залов, после чего их немедленно запирают, чтобы никто не просочился обратно, потом все ближе и ближе к выходу. С высоты птичьего полета действие напоминает процесс уборки мусора огромной метлой — да простят мне петербуржцы и гости нашего города такое сравнение!

За четверть часа до закрытия служительницы начинают подгонять сопротивляющихся посетителей звуковыми сигналами, то есть громко и сердито кричат, что музей закрывается. Про себя они добавляют, что у них рабочий день заканчивается в шесть, и что сверхурочные им никто не платит, так что сверх положенного времени они сидеть не нанимались. И хоть вслух они разумеется таких фраз не произносят, посетители их прекрасно понимают, тем более, что у некоторых служительниц все отчетливо написано на лицах.

Однако посетители Эрмитажа тоже не ангелы – нет чтобы войти в положение, так некоторые норовят нарочно задержаться у картин и витрин с экспонатами. Но все же в борьбе с посетителями служительницы всегда побеждают — у них все давно отработано. И ровно в шесть залы пустеют, а главный вход запирается.

Запасники музея закрываются немного раньше, хранители и научные сотрудники музея иногда задерживаются, запасники же нужно ставить на охрану.

Вадим запер все двери, передал охраннику ключи и, выходя через служебный вход, расписался в журнале.

На улице было сумрачно оттого, что лил дождь — совсем не осенний, мелкий и нудный, как семейная сцена на двадцатом году супружества, а сильный, как летом, с крупными пузырями на лужах. Как раз такая большая лужа образовалась недалеко от служебного входа. Вадим уставился на воду, отражающую свет фар проносящихся машин, в мучительном раздумье. Он забыл, к чему на воде пузыри — к тому, что дождь скоро кончится, или же наоборот, затянется надолго.

Поразмышляв немного над этим философским вопросом, Вадим пришел к выводу, что каков бы ни был ответ, идти домой все же надо, поскольку стоять у входа неудобно — выходящие сотрудники норовят задеть дверью. Люди выбегали, неустанно поражались силе дождя, кто-то рассаживался по машинам, кто-то рисковал открыть зонтик. Понемногу поток сотрудников обмелел, а потом и вовсе прекратился. Чего нельзя было сказать о дожде, он-то как раз припустил с новой силой. Вадим вздохнул и сделал шаг в лужу. Ноги сразу промокли.

И в это время тусклый серый сумеречный свет заслонила высокая фигура в темном плаще.

— Господин Коржиков! — сильная рука взяла его за локоть. — Позвольте вас на два слова!

Вадим замер на месте. Было такое впечатление, что холодная и грязная вода из лужи разом проникла в его тело до самой макушки. Стало холодно и жутко. Вежливое обращение его нисколько не обмануло. «Позвольте» — ну надо же! Интересно, как это Вадим мог этому человеку что-нибудь не позволить?

Незнакомец почувствовал его страх и усмехнулся.

— Садитесь в машину! — приказал он. — Поговорим без дождя!

Вадим был согласен идти многие мили под проливным дождем, да что там, он был согласен на ураган, на тайфун, на цунами, лишь бы не видеть перед собой высокую фигуру в темном плаще. Но в данном случае его мнения никто не спрашивал. С обреченным вздохом он проследовал к машине. На заднем сиденье кто-то был. Он сидел так тихо, что Вадим заметил его только когда его собеседник, севший на место водителя, включил свет в салоне.

Тот, сзади, не шевельнулся, не зажмурился от света, он продолжал сидеть неподвижно, уставившись на какую-то точку перед собой. Поскольку перед ним была спинка сиденья, в которой не было ничего интересного, Вадим понял, что тип сзади просто ушел в себя. Он пригляделся внимательнее и задрожал от озноба, несмотря на то, что в машине было тепло. Видимо, от этого человека исходил холод, как от камина или отопительной батареи исходит тепло. У мужчины были странные глаза – абсолютно неподвижные, они даже не моргали, зрачки так расширены, что глаза казались черными. Кожа на лице тусклая, серая, совершенно неживая, она лежала грубыми складками, как будто лицо это было чужое, не принадлежащее этому человеку, не лицо, а маска. Было такое впечатление, что он опоздал к разбору, все подходящие лица кончились, и ему пришлось взять, что осталось. Или это лицо ему нарочно навязали, а самому человеку было все равно.

Кожа свободно болталась на лице, и, казалось, только уши не дают ей свалиться. Они, наоборот, так плотно прилегали к голове, как будто и впрямь с их помощью кто-то прикрепил чужое лицо.

Вадим поймал себя на ненужных, совершенно пустых мыслях и понял, что думает сейчас совсем не о том, просто пытается спрятаться от действительности.

— Итак, — сказал, повернувшись к нему, водитель, — что вы можете мне рассказать?

— Он... он был у меня сегодня, — промямлил Вадим, — но я... Он ничего не нашел.

— Врете! — спокойно констатировал незнакомец.

— Нет, правда, — забормотал Вадим, — я следил за ним... он... ничего не мог вынести...

— Ох, Коржиков, до чего же вы лживый тип! — констатировал его собеседник.

И оттого, что сказал он это спокойно, без эмоций, Вадиму стало еще страшнее.

— Лживый и абсолютно бесполезный. Вы не можете выполнить ни одного поручения, ни одной задачи, какого бы рода она ни была, доброе это дело или злое.

— Не смейте так со мной разговаривать! — вдруг истерично закричал Вадим, от страха у него появились силы.

— Ох, мы обиделись! — насмешливо протянул незнакомец. — Еще, чего доброго, заявите, что задета ваша честь и вызовете меня на дуэль? Хотя что это я — вы никогда этого не сделаете, потому что вы, Коржиков — ничтожество и трус!

— Вы меня оскорбляете! — взвизгнул Вадим.

— Да ну? — незнакомец даже рассмеялся. — Раз уж вы так ставите вопрос, то не откажу себе в удовольствии напомнить вам некоторые детали вашей биографии.

Вадим хотел сказать, что он ничего не хочет слушать, но тут вдруг тот тип, что сидел на заднем сиденье, слегка пошевелился, и от него на Вадима хлынула волна чего-то такого ужасного, что биться перестало сердце и в глазах потемнело. Показалось на миг Вадиму, что лежит он в глубокой могиле, заваленный толстым слоем земли, и земля эта — мертвая и тяжелая глина, на которой ничего никогда не вырастет — ни цветочка, ни кустика, ни травинки, так что на палящем солнце холм будет покрываться грязно-желтой пылью, а в осенний дождь потоки грязи будут стекать на дно могилы. От такого видения на Вадима напала гнетущая тоска, но сердце, преодолев трудности, снова стало биться, хотя и неровно. Его собеседник как будто и не заметил, что творится с Вадимом, он продолжал невозмутимо:

— Итак, в одна тысяча девятьсот девяносто четвертом году вас, ничего не умеющего выпускника средней школы с весьма посредственным аттестатом, взяли работать в Эрмитаж. Взяли по рекомендации одной милой старушки, хранительницы, которая давно уже не работает по причине преклонного возраста и слабого зрения. Но тогда она была вполне уважаемым человеком, к ее мнению прислушались, и вас приняли на должность, которая по-простому называлась «подай-принеси». Хранительница сказала, что вы из весьма приличной семьи – очень милый честный мальчик, мухи не обидит и чужого в жизни не возьмет. Ну, тут она оказалась права только на одну четверть. То есть вы конечно из приличной семьи, хранительница в свое время хорошо знала вашу бабушку. Я с ней лично знаком не был, но думаю, что покойная бабушка ваша действительно была женщиной весьма достойной. Рискну предположить, что и родители ваши не грабили людей в подъезде и не таскали кошельки в набитом вагоне метро. Однако вы уродились не в бабушку. И не в родителей. Такая, знаете ли, получилась гнилая веточка на порядочном семейном дереве.

– Я не... – заикнулся Вадим.

– Точно, – миролюбиво согласился незнакомец, – вы не воруете кошельки в трамвае. Это, знаете ли, чревато крупными неприятностями. Могут поймать и в милицию сдать. А скорей всего граждане не станут устраивать мороку с милицией, а просто морду набьют. И сильно. Тут уж кому попадешься – могут и руки-ноги переломать. А вы – трус, и сдачи давать не умеете.

Тогда, в девяносто четвертом все и началось. Электрик Василенко (возможно, я путаю фамилию, но суть дела от этого не меняется) позвал вас с собой как-то в отдел хранения египетских экспонатов. Он чинил проводку, а вы должны были держать ему лестницу и подавать инструменты. Возились долго, электрик поцарапал руку и от злости решил стащить египетскую чашу времен Среднего царства. Вы это видели, но даже не пытались его остановить.

— Я... — от страха голос сел, и больше Вадим не смог ничего сказать.

— Вы элементарно струсили. И потом смолчали, потому что грубый Василенко пригрозил, что пустит через вас напряжение аж триста восемьдесят вольт.

Вадим терялся в догадках, откуда же незнакомец может знать такие интимные подробности.

— Чаши никто не хватился, — продолжал незнакомец, — но долгое время вы вздрагивали от каждого звонка в дверь — вам казалось, что за вами пришли из милиции. Электрик Василенко вскоре уволился, мотивируя это тем, что в Эрмитаже ему мало платили. Его очень быстро забыли. Но через два года он, сменивший множество мест работы, попался на краже микросхем с завода радиотехнических изделий. Ему кто-то сказал, что в микросхемах есть золото. Есть-то оно есть, но только в очень малых количествах, буквально миллиграммы, и извлечь его оттуда можно лишь промышленным способом. Однако кража драгоценных металлов — это очень серьезная статья. Египетскую чашу обнаружили, когда пришли к нему домой с обыском. Электрик сознался — что уж тут отпираться. Про вас он не упомянул только потому, что забыл. Вы, Коржиков, вообще отличаетесь тем, что, пообщавшись с вами, люди тотчас забывают о вашем существовании.

Вадим вспомнил свой страх тогда, в девяносто шестом, когда все узнали про чашу. Но все обошлось.

— Для вас тогда все обошлось, — как будто подслушав его мысли, говорил незнакомец, — и вы решили, что кража музейных единиц хранения — не такое уж трудное дело. Грех не взять то, что плохо лежит, рассуждали вы, а также если от многого отнять немножко, то это не кража, а дележка. В самом деле — вон их сколько, экспонатов-то. И вроде бы конкретного хозяина у них нету. Вот, не хватились же чаши... Только вы уж не такой дурак, как тот электрик, и не станете держать украденное на шкафу в собственной квартире. Для чего тогда и красть-то? Нужно продавать украденное, причем как можно хитрее, что называется по-тихому. То есть таким людям, которые с этими гадёными единицами хранения никак не смогут попасться, а значит, и вас выдать не смогут.

Незнакомец перевел дыхание, насмешливо взглянул на Вадима и продолжил:

— Вам требовалось таких людей отыскать, войти к ним в доверие, а для этого нужно было упрочить свое положение в Эрмитаже. Опять же и возможностей больше. И вы принялись усиленно создавать о себе лестное мнение у сотрудников Эрмитажа, одновременно осуществляя небольшое продвижение по карьерной лестнице. Поскольку никакой физической работы вы выполнить не в состоянии – по образному выражению того же электрика Василенко, у вас «руки растут не из того места», вас перевели в отдел учета примерно на ту же должность «подай-принеси», только теперь вы должны были перекладывать бумажки. Платили гроши, поэтому расписание было довольно свободное. Вы сделали все, чтобы понравиться пожилым хранительницам – вам, кстати, не слишком нужно было стараться, поскольку кое-что вы сумели почерпнуть из уроков бабушки. Вы могли быть церемонно вежливым, старомодно шаркать ножкой и даже подавать пальто, чего в наше время от молодых людей вряд ли дождутся интеллигентные старушки.

От звуков насмешливого голоса Вадим немного пришел в себя, он хотел выйти из машины и уйти, несмотря на дождь и ветер. Что этот человек ему может сделать? Не станет же он убивать его в центре города в собственной машине. Он повернулся к дверце машины и стал искать ручку. Но в это время сзади на его плечо опустилась рука. Рука была такая тяжелая, как будто каменная, да что там, если бы один из атлантов, стоящих у Эрмитажа со стороны Миллионной улицы, положил бы руку на плечо Вадима, ему и то не было бы так тяжело. Если бы он не сидел, то непременно упал бы, а так рука просто вдавила его в сиденье. И от этой руки к тому же веяло могильным холодом. Каменные атланты, исправно поддерживающие на своих плечах портик Нового Эрмитажа, все же нагреваются на солнце. У Вадима было такое впечатление, что эта рука не нагреется никогда. Он хотел крикнуть, но горло сдавило, и Вадим смог только пискнуть что-то нечленораздельное. Наконец рука убралась назад, но Вадим уже и не помышлял об уходе.

— И вот однажды, — продолжал насмешливый голос, — вас позвала одна немолодая сотрудница, которая должна была ежегодно проверять состояние царской парадной попоны. Попона эта была расшита драгоценными камнями в количестве четырехсот с чем-то штук. Сотрудница придирчиво осмотрела попону и начала пересчитывать камни. Получались все время разные цифры, потому что вы суетились рядом и трясли попону, делая вид, что очень хотите помочь. Получалось то меньше, то больше, в конце концов, сотрудница махнула рукой и написала в отчете ту же цифру, что в прошлом году, а вы в суматохе успели незаметно отковырять один камешек, который впоследствии оказался неплохим сапфиром. Попону убрали до следующего года, а вы после долгих колебаний решились продать камешек одному скользкому типу, который обманул вас, обвел вокруг пальца, заплатил ничтожно мало, да еще и припугнул, что сдаст соответствующим органам.

Снова Вадим вспомнил свой скользкий страх, когда сидел в полутемной каморке напротив низенького человека с бегающими глазами и золотой коронкой во рту. Цепкой рукой он захватил камень и больше его не выпускал.

— И тогда вы решили, что этот путь — не для вас. Вы заявили родным, что выбрали свою дорогу, что не мыслите себе жизни без искусства и музейной работы и хотите продолжать образование. И вам удалось даже поступить в Университет на вечернее отделение — снова помогли бабушкины старые связи. Вы вовсе не собирались учиться, для этого вы слишком ленивы, однако в Эрмитаже узнали, что вы повышаете свой образовательный уровень и перевели вас на более приличную должность.

Теперь вы получили доступ во многие комнаты хранения и кладовые, помогали оформлять выставки и все время высматривали, вынюхивали и выискивали где что плохо лежит, и как бы это прихватить, чтобы не поймали за руку. И вам это удалось. Понемногу вы обросли нужными связями и начали красть. Причем в египетском отделе, где подвизаетесь сейчас, вы не брали ничего. Вы руководствовались старым добрым правилом — не гадить там, где живешь.

А проще говоря – старались оградить себя от всяческих подозрений.

Незнакомец сделал паузу, как будто припоминая, и продолжил:

– За прошедшие годы вы в разное время при благоприятных обстоятельствах выкрали из Эрмитажа малахитовую пепельницу восемнадцатого века с бронзовыми ручками, серебряную табакерку вдовствующей императрицы Марии Федоровны с чернью, зернью и перегородчатой эмалью, серебряный подстаканник последнего императора Николая Второго, украшенный двуглавым орлом с изумрудными глазами и вензелем самодержца, овальную миниатюру на эмали, представляющую собой портрет императора Павла Первого в детстве, а также золотой портсигар великого князя Владимира Владимировича, с его монограммой на крышке, выложенной некрупными рубинами. Впечатляет? – насмешливо поинтересовался незнакомец.

– Откуда вы все знаете? – одними губами прошептал Вадим.

– Вы уже задавали мне этот вопрос, и не получили ответа, так что не стоит повторяться. Вы убедились, что я знаю про вас все, но скажу откровенно, знание это меня не радует. Список украденного не полный, есть еще множество мелких безделушек, милых пустячков типа фигурок мейсенского фарфора, маникюрного набора одной из дочерей царя Николая и золотой пуговицы с парадного матросского костюмчика невинноубиенного царевича Алексея.

Вадим молчал, с тоской ожидая, когда же кончится это кошмар.

— И после всего этого вы еще смеете возмущаться, когда вас называют отвратительным, бесполезным и трусливым типом? — в голосе незнакомца исчезли насмешливые нотки, теперь он был весьма раздражен. — Вам предложили дело, поставили перед вами вполне конкретную задачу — проследить за человеком, который придет к вам, и выяснить, что он вытащил и откуда. Добыть эту вещь и передать мне. Или хотя бы скопировать.

— Но там ничего не было! Ларец был пуст, я клянусь!

— Угу, памятью любимой бабушки, — протянул незнакомец. — Вот что, оставьте бедную старушку в покое, она вовремя умерла в полном неведении того, чем занимается ее любимый внук. А ну говори немедленно, что он нашел? — внезапно прошипел незнакомец и схватил Вадима за ворот куртки.

— Он... показал мне бумагу с иероглифами... я думал, он даст мне ее в руки, чтобы скопировать, но он забрал бумагу и ушел... — прохрипел Вадим.

— Откуда он ее взял? Где он нашел эти иероглифы? Ты же говорил, что в ларце ничего не было!

Вадим уже вовсе не мог говорить, потому что ему перехватило дыхание.

– Пошел вон! – незнакомец открыл дверь и выбросил Вадима прямо в лужу. – Ты мне больше не нужен!

Сзади послышался странный звук – не то скрип, не то скрежет.

– Потом, – отрывисто сказал незнакомец, не оборачиваясь, – не сейчас. Настанет время.

Машина уехала. Вадим поднялся из лужи и проводил ее глазами. Сердце понемногу начинало стучать в обычном ритме.

Шасу, черный лохматый пес, поднял голову и завыл.

– Уймись, отродье Сета! – прикрикнул на него старый парахит Хоту, вскрыватель трупов, приподнявшись на своей рваной подстилке.

Этой ночью старик не смог сомкнуть глаз, так донимала его боль в суставах. Чем только он ни пробовал лечить их – и жиром черного козла, и кошачьей мочой, и листьями шакальего куста, и таким старым проверенным средством, как настойка на когтях летучей мыши – все было напрасно, никакие снадобья не приносили ему облегчения.

Наступал рассвет, и парахит с тяжелым вздохом поднялся: он решил пойти на крайнюю меру, попросить лекарство от своей болезни у старой знахарки Фетх.

Конечно, о ней говорили дурное, она зналась с нечистыми духами западной пустыни, но сейчас Хоту готов был поклониться не то что пустынным духам, но самому Сету, отцу зла, лишь бы его отпустила мучительная ломота в суставах.

Он вооружился кривой суковатой палкой, чтобы отгонять шакалов, набросил ветхую накидку и поплелся к хижине Фетх.

В другие дни Шасу радостно бежал впереди хозяина, куда бы тот ни направлялся, но сегодня пес вел себя странно: он скулил, топорщил шерсть на загривке, жался к ноге хозяина и явно никуда не хотел идти.

— Что с тобой, шакалий корм? — прикрикнул парахит на пса. — Кого ты учуял? Грабители могил не бродят на рассвете, а от шакалов я отобьюсь палкой!

Однако Шасу все поскуливал и ни на шаг не отходил от хозяина.

Небо светлело, впереди проступали изломанные силуэты западных гор. Воздух свежел, и уже раздавались первые неуверенные птичьи голоса. Тропинка повернула влево, и Хоту увидел вдалеке два высоких камня, за которыми скрывалась хижина старой знахарки.

Пес тихо зарычал и встал, как вкопанный.

Хоту протер глаза.

Перед хижиной Фетх стоял высокий человек в белых одеждах жреца. Старый парахит почувствовал недоброе. Он свернул с тропинки, нырнул в заросли колючего кустарника, прокрался в обход тропинки и выбрался на склон чуть выше лачуги Фетх.

Отсюда была хорошо видна площадка перед хижиной, утоптанная ногами десятков посетителей старой знахарки.

На этой площадке стояли друг против друга два человека.

В первый момент старику показалось, что у него двоится в глазах: оба были облачены в длинные белые одежды жрецов, головы обоих были выбриты, и они были похожи, как родные братья, как два ушебти из одного захоронения. Только один из них, тот, который вышел из хижины Фетх, казался растерянным и испуганным, второй же, преградивший ему дорогу, был полон решимости и энергии.

— Кто ты? — проговорил вышедший из хижины жрец охрипшим от волнения голосом.

— Я — твой судья и палач, — ответил ему второй. — Я — исполнитель священной воли Осириса. Твое сердце взвешено на золотых весах справедливости и найдено тяжелым от наполняющего его греха! Молись, Ат Сефор, ибо твой час пробил!

— Я узнал тебя, — первый жрец шагнул вперед, распрямившись и гордо откинув бритую голову. — Ты — Пта-итс-Ти, прислужник старшего жреца Шаамера! Это он послал тебя за мной вынюхивать и выслеживать, как жалкий пес?

— Да, я — правая рука мудрого Шаамера, — с усмешкой ответствовал второй жрец. — Но сегодня я — рука бессмертных богов, и пришел за тобой, дабы исполнить их волю! Приготовься к смерти, нечестивец, осквернитель могил!

— Так это ты сначала убил людей, оставленных на страже возле надгробия, а потом зарезал беспомощную старуху и добил ее раненого сына? И после этого ты называешь меня нечестивцем и говоришь о грехе, отягчившем мое сердце?

— Людей? — перебил его второй жрец. — Кого ты называешь людьми? Жалких могильных воров? Грязную знахарку, к хижине которой тайными тропами пробираются такие же, как ты, нечестивцы, чтобы купить яд или колдовское зелье? Не смеши меня, Ат Сефор, ты и сам не веришь в свои слова! Лучше отдай мне то, что тебе не принадлежит, и облегчи этим свою участь!

— Так вот что! Тебе нужен папирус Тота? — молодой жрец прижал руку к груди, коснувшись спрятанного под одеждой футляра. — Вы с твоим хозяином Шаамером хотите завладеть скрытым в этом папирусе могуществом, хотите прибрать к рукам его силу и обрести с его помощью невиданную власть?

— Не говори глупостей, Ат Сефор! Мой мудрый учитель хочет помешать тебе и таким как ты выпустить на волю эту страшную силу! Ты даже не представляешь, к чему может привести обладание этим тайным знанием!

– Отчего же? Прекрасно представляю! – Ат Сефор прикрыл глаза и продекламировал взволнованным голосом:

«Это число есть истинное и тайное имя великого Осириса, Правдоречивого, Первого на Западе, Господина Подземного Мира, и тот, кто знает это число, обладает великой властью. Он знает, как течет Нил и как движутся звезды по своим путям, знает, как умножить урожай и как оживить того, кто уже отправился на Запад, в Царство Мертвых. Для того, кто знает это число, нет замков и стен, нет тайн и вопросов, ибо это число – ключ к любому замку и ответ на каждый вопрос...»

– Значит, ты прочел начальные строки папируса, – мрачно проговорил второй жрец. – Но ты не знаешь, что сказано в его конце. Не знаешь, каких страшных демонов можно выпустить на свободу, если открыть такому, как ты, священное число Осириса!

– Ты пытаешься запугать меня? – воскликнул Ат Сефор. – Не стоит! Я не поверю ни одному твоему слову! Ради этого папируса я рисковал своей бессмертной душой, и я не отдам его ни тебе, ни твоему хозяину.

– Что ж, я хотел поступить с тобой милосердно, – Пта-итс-Ти шагнул вперед и поднял бронзовый кинжал, – но ты не хочешь слышать слов разума, значит, ты недостоин милосердия! Если ты не хочешь отдать мне папирус – твой труп будет сговорчивее!

Жрецы сошлись на середине площадки, бронза ударила о бронзу, высекая искры. Мужчины наносили друг другу удары и отбивали их, тяжелое дыхание сражающихся заглушило голоса птиц, белые одежды жрецов окрасились кровью. Какое-то время Ат Сефор теснил своего противника, казалось, победа уже склоняется на его сторону. Он прижал служителя Шаамера к стене ведьминой хижины, занес над ним кинжал и проговорил срывающимся голосом:

– Видят боги, я не хотел проливать твою кровь, но ты не оставил мне другого выхода!

Но в этот момент из-за скалы безмолвно выступила еще одна фигура в белых одеждах жреца. Этот третий жрец был стар и медлителен, однако он воспользовался тем, что Ат Сефор в пылу поединка не заметил его появления. Старик бесшумно приблизился к молодому жрецу и вонзил ему под лопатку узкий короткий нож, похожий на те ножи, которыми старый парахит Хоту вскрывал тела мертвецов и извлекал их внутренности.

Ат Сефор вскрикнул, выпустил свой кинжал и бездыханным рухнул на утоптанную площадку.

– Спасибо, учитель! – воскликнул Пта-итс-Ти, склонившись перед старым жрецом. – Ты пришел вовремя... однако, как ты узнал, что мне понадобится твоя помощь?

— Я почувствовал это сердцем, — мягко, доброжелательно ответил своему прислужнику Шаамер. — Ведь мудрое сердце очень чутко, не правда ли?

— Спасибо, учитель! — повторил молодой жрец.

Он опустился на колени перед трупом Ат Сефора, приподнял окровавленную одежду на его груди и бережно достал деревянный футляр с папирусом.

— Вот эта святыня! — проговорил он с почтением и протянул футляр своему учителю.

— Слава Осирису! — воскликнул Шаамер и поцеловал футляр. — Слава Осирису правдоречивому, слава Первому на Западе, Владыке Царства Мертвых!

Пта-итс-Ти прикрыл глаза в молитвенном экстазе.

Поэтому он не заметил, как Шаамер занес над ним тот же узкий ритуальный нож и неуловимым движением вонзил его в затылок преданного ученика.

Молодой жрец вскрикнул и повалился на бок. Он ничего не успел сказать, и только в его широко открытых глазах появилось выражение удивления и разочарования.

— Прости меня, — проговорил Шаамер, вытирая ритуальный нож об одежду убитого. — Я должен был так поступить. Ты слишком много знал, слишком близко соприкоснулся с великой тайной. Пусть сейчас ты был послушен моей воле и делал все, что я прикажу, потом у тебя могли появиться опасные мысли. Человеку нельзя доверять излишнее могущество, он может не выдержать искушения. И потом – когда я умру, в твоем сердце мог появиться соблазн...

Старый парахит Хоту зажал пасть своего пса, чтобы тот не заскулил и не выдал их присутствия. Пятясь, старик отступил за скалы и припустил прочь от этого страшного места.

Перед его глазами все еще стояли лица убитых жрецов.

Что же такое хранится в деревянном футляре, если благородные господа убивают друг друга, как воры в прибрежных харчевнях?

Старик предпочитал не знать этого.

Он предпочитал быть как можно дальше от страшных храмовых тайн.

Капитан Журавлева была собой очень недовольна. И вовсе не потому, что получила нагоняй от начальства. Выговор – дело привычное, а начальство на то и начальство, чтобы всегда быть недовольным. Да и с чего радоваться-то, если убийство не только не раскрыто, но даже и подвижек никаких в этом деле нету, да что там – даже личности убитой установить не удалось!

Наталья недовольна была собой совершенно по другой причине. Вернее по двум причинам. Во-первых, у нее в голове не было никаких идей по поводу раскрытия преступления. Начальство, кстати, за идеи эти иногда Наталью поругивало – дескать, вечно ее заносит. Но все же прислушивалось в некоторых случаях, и пару раз даже похвалило, когда идеи действительно помогли раскрыть трудные дела.

Но в данном конкретном случае все идеи капитана Журавлевой благополучно провалились. Идея, собственно, была одна, и звали ее – Дмитрий Алексеевич Старыгин. У ее начальства Старыгин тоже вызывал большие подозрения, поскольку крутился вокруг убитой, но не сажать же в самом деле человека в камеру только из-за того, что он дал жертве преступления свою ручку. Особо ретивые подчиненные капитана Журавлевой предлагали Старыгина немножко попрессовать на допросе – тогда, дескать, дело быстро раскроем. Признается как миленький, потому что тип подозрительный, сразу видно – что-то скрывает. Наталье Старыгин тоже не слишком нравился – уж больно высокомерный да насмешливый, однако она навела о нем справки и представила начальству доклад – талантливый реставратор, признанный знаток искусства, специалист международного класса, много лет работает в Эрмитаже, часто бывает за границей. Вряд ли такой человек способен пригласить в гости женщину, а потом убить ее, да еще в чужой квартире. Эксперты однозначно утверждали, что убитая умерла тут же, на месте, и тело никуда не переносили.

И тогда Наталья решила, что дело это — особенное, раз уж всплыла библейская книга Бытия, а также картина французского художника Триозона, да еще странное письмо, присланное Старыгину. Она обхаживала этого типа, как могла, заявилась к нему на квартиру, кокетничала и заигрывала с его котом, но толку от этого не было никакого. Ну, пришло письмо, а в нем — отрывок из странной статьи, так его к делу не пришьешь! Это только она, Наталья, видела здесь несомненную связь с кровавой надписью на стене, а начальству-то попробуй, объясни! Она даже потащилась в Эрмитаж — это в рабочее-то время, наврав Старыгину, что у нее выходной. Выходной, как же, да кто ей его даст, когда убийство нераскрытое на шее висит!

И выходит, правильно мыслило начальство, когда призывало ее быть проще и мыслить тривиальнее, идти проторенным милицейским путем — опрос соседей, дворника и работников ближайшего магазина — может, кто что видел. Потому что Старыгин этот нахально втирал ей очки и вешал лапшу на уши — заливал что-то про Иосифа, хотя она понимала уже, что картина в общем-то не имеет к убийству отношения. В общем, Старыгин — вредный тип, начитался книжек и думает, что он умнее всех! Не понимает хорошего отношения!

Второй причиной недовольства капитана Журавлевой был неожиданный приезд сотрудника Интерпола Пауля Штольца. Очень не понравилось Интерполу, что отпечатки пальцев, найденные возле трупа неизвестной блондинки, принадлежали человеку, зарегистрированному у них как покойник, вот господин Штольц и приехал разобраться с этим беспокойным покойником на месте.

Немец был высоченный, рыжий и наглый, а может, так только казалось, потому что с высоты своего роста он на всех глядел свысока. Был он из бывших советских немцев, по-русски говорил без акцента и до отъезда из России звался Павлом Генриховичем. Начальство собралось было сунуть Наталью ему в помощники, но немец вежливо отказался — у него, дескать, свои методы, привык работать один.

«Не больно-то и хотелось», — подумала Наталья, и немец поглядел на нее так насмешливо, как будто прочитал ее мысли.

В общем, в это утро у капитана Журавлевой были причины для недовольства.

Никто ничего не видел, загадочная блондинка проскочила в подъезд так незаметно, как будто была в шапке-невидимке. Никто ее не подвозил на машине, никто не встречал на остановке автобуса. Наталья сразу же отмела мысль, что блондинка могла пройти в подъезд накануне вечером – на лестнице более людно, кто-то мог поинтересоваться, кто она такая и к кому пришла. Это только тюфяк Старыгин поверил, что она – сестра соседки и документов не спросил, а та же Вера Кузьминична, свидетельница Глухарева, по ее словам, прекрасно знала эту самую сестру. Однако неясен был один вопрос – откуда убитая взяла ключи от квартиры, поскольку Старыгин твердо стоял на том, что это были именно ключи, а не набор отмычек. И хотя капитан Журавлева, задавая наводящие вопросы, очень быстро выяснила, что отмычек Старыгин никогда не видел, все же он не полный болван, хоть и рассеянный, и сумел бы отличить их от связки ключей.

Вздохнув, Наталья поняла, что следует снова идти к Вере Кузьминичне Глухаревой, чтобы выяснить вопрос о ключах.

Во дворе нужного дома она подняла глаза, чтобы взглянуть на окна. В окне квартиры Старыгина был виден кот Василий, старательно дравший когтями занавеску. В окне соседки пламенела герань.

– Все ходишь? – вместо приветствия спросила Вера Кузьминична, открывая дверь.

– Хожу, – вздохнула Наталья, – куда же деться-то? Ведь убийство надо раскрыть.

Старуха подобрела и пригласила ее на кухню, где пила кофе из шикарной новой кофеварки.

— Это мне он подарил, — пояснила она, кивая на стенку, смежную с квартирой Старыгина, — на именины.

Наталья не уследила за своим лицом, на котором мгновенно отразилось все, что она думает о Старыгине, и Вера Кузьминична тут же рассердилась.

— Вот что я тебе скажу, — строго начала она, — даже и думать забудь, что он убийца! Если он говорит, что девушку ту первый раз видел — значит, так и есть! Я, почитай, с детства его знаю, еще когда мальчишкой во дворе бегал!

Наталья представила Старыгина мальчишкой — должно быть, был такой же охламон с книжкой под мышкой.

— А как у него с женским полом обстоит? — неожиданно для себя поинтересовалась она. — Что он все один да один?

— И вовсе нет! — возмутилась старуха. — Что не женится — так покой любит, работа его того требует, а так вовсе даже женщин не чурается! Ходила тут к нему одна... журналистка... Ох, я тебе доложу, красотка! — старуха оживилась и поглядела пренебрежительно на Наталью — не чета, мол, тебе, замухрышке.

Наталья тут же расстроилась, потому что сегодня надела простенькую курточку и кроссовки — оперативника, как известно, ноги кормят, а на высоких каблуках много не набегаешь.

— Я к вам, собственно, вот по какому вопросу, — довольно сухо сказала она, — откуда у жертвы убийства могли быть ключи от квартиры ваших соседей?

— А я-то откуда могу знать? — удивилась Вера Кузьминична. — Одно скажу точно — мне они ключи не оставляли. Вот он, Дмитрий-то — она кивнула на стенку — все время оставляет, как уезжает, потому что кота кормить требуется.

— А у кого они ключи оставляли? Ведь так не бывает — мало ли что понадобится, когда они в отъезде, или протечка...

— Так бы сразу и спросила! — старуха поджала губы. — Вот телефон тетки ее, Лениной, Леонидой Васильевной ее зовут.

Наталья Журавлева остановилась перед дверью квартиры номер семнадцать и прислушалась. Из-за двери доносилась приглушенная иностранная речь. Кто-то старательно спрягал французские глаголы. Девушка вспомнила собственное детство и приятеля Герку, жившего этажом выше, к которому по пятницам приходила старушка Жанна Ивановна, чтобы заниматься языком Мольера и Сименона. Жанна Ивановна носила старомодную шляпку с вуалью, говорила в нос и называла Герку Жоржем. Герка ее тихо ненавидел, во дворе его дразнили «французиком из Бордо».

Вспомнив о цели своего визита, Наталья решительно надавила на кнопку звонка.

Урок за дверью прервался, в коридоре послышались торопливые шаги, и высокий хорошо поставленный голос осведомился:

— Это вы, Евгений? Но ведь еще нет двенадцати!

— Это не Евгений, — громко ответила Наталья, — это милиция. Откройте, пожалуйста!

— Милиция? — переспросили за дверью. — Как интересно! — и тут же заскрежетали открывающиеся замки.

— Капитан Журавлева! — проговорила Наталья, протягивая удостоверение хозяйке квартиры. — Вообще-то лучше не открывать двери незнакомым людям.

Перед ней стояла аккуратная старушка в строгой черной юбке и шелковой блузке цвета слоновой кости или, как говорила когда-то Жанна Ивановна, цвета ивуар.

За спиной старушки виднелась довольно просторная прихожая, обставленная массивной старинной мебелью. Журавлева подумала, что эта старушка и занудный тип из Эрмитажа по фамилии Старыгин непременно нашли бы общий язык.

— Как интересно! — повторила старушка, разглядывая служебное удостоверение. — Обожаю смотреть сериалы про милицию! Но там в основном показывают мужественных широкоплечих юношей в черных кожаных куртках, немного... гм... пьющих, а вы такая милая девушка... никогда бы не подумала, что вы – капитан милиции! Но это только подтверждает мое глубокое убеждение: мы, женщины, способны на все! В смысле, можем делать любую, самую трудную работу. Проходите, пожалуйста, не будем же мы разговаривать на лестнице!

Старушка закрыла за Журавлевой дверь и крикнула в комнату:

– Машенька, подождите несколько минут, ко мне пришли! Пока можете прочитать следующий параграф!

Из комнаты выглянула девица лет восемнадцати в рваных джинсах и с разноцветными волосами.

– Может, я тогда пойду? – проговорила она с надеждой в голосе.

– Нет-нет, мы еще не завершили тему! – строго ответила старушка. – Подождите, пока мы с капитаном закончим!

– С кем? – изумленно переспросила разноцветная девица.

– Представьте себе, Машенька, эта славная девушка – капитан милиции!

– Не слабо! – девица хмыкнула и удалилась в комнату.

– Итак, чем могу быть вам полезной? – старушка повернулась к Наталье.

– Вы ведь – Леонида Васильевна Симагина? – осведомилась та.

– Да, – старушка кивнула, – а вас как по имени-отчеству? А то я не успела прочесть...

– Наталья Игоревна, – представилась Журавлева.

– Итак, Наташенька, что я совершила? Ограбила табачный ларек или угнала инвалидную коляску? Почему моей скромной персоной интересуются органы?

– Вы ничего не совершили, насколько я знаю! – усмехнулась Наталья. – А органы в моем лице интересуются вами только потому, что вы – родная тетя Елены Витальевны Боровиковой...

– Боже мой! – старушка схватилась за сердце. – С Леночкой что-то случилось? Я чувствовала это! Не стоило ей отправляться в эту поездку! Боже мой! Лучше бы она провела свой отпуск в средней полосе России! Она жива?

– Она жива и здорова, – поспешила Наталья успокоить старушку. – С ней все в порядке. Дело в том, что кто-то проник в ее квартиру. Причем взлома не было, воспользовались ключами. А нам сообщили, что ключи Лена оставила вам...

– Конечно, – подтвердила старушка. – Не думаете же вы, что я могла под покровом ночи проникнуть в квартиру собственной племянницы? Что я могла там похитить – герань или бегонию? Хотя кажется у нее одни кактусы...

– Ни в коем случае! Я только хотела убедиться, что ключи от Лениной квартиры находятся на месте.

— Конечно, на месте! — воскликнула Леонида Васильевна, — куда они денутся? Да я сейчас же проверю!

Она прошествовала на кухню, жестом пригласив Наталью следовать за собой.

На кухне у нее царил образцовый порядок. Стены были увешаны красивыми немецкими тарелками с изображениями пастушеских сцен. Кроме того, здесь было очень много цветов — настурции и герань на подоконнике, огромный фикус с глянцевыми листьями в кадке на полу. Однако большую часть помещения занимал старинный резной буфет, огромный и внушительный, как церковный алтарь.

Старушка, что-то негромко бормоча, выдвинула один из ящиков буфета и приподняла стопку квитанций.

— Вот здесь... здесь я их держу... — бормотала она.

Вдруг Леонида Васильевна повернулась к Наталье. На ее лице читалось недоумение.

— Представляете, деточка, они пропали! Ума не приложу, куда они могли подеваться? Все квитанции на месте, даже за позапрошлый год, а ключей нет! И что теперь я скажу Лене?

— Кто мог взять эти ключи? — осведомилась Наталья, придвинувшись к расстроенной старушке. — Кто у вас бывает?

— Никто, — Леонида Васильевна пожала плечами. — Я живу совершенно одна, как затворница...

— Но простите, ведь сейчас, например, у вас в комнате находится девушка? Эта Машенька с разноцветными волосами?

— Ну конечно, — старушка удивленно уставилась на Наталью, — но Машенька — это моя ученица. Она приходит ко мне дважды в неделю. Я даю уроки французского языка. Это ощутимая добавка к пенсии...

— Я ничего не имею против ваших уроков! — прервала ее Журавлева. — Просто вы только что сказали, что у вас никого не бывает... при этом вы явно не имели в виду эту... Машеньку? И кроме нее у вас, наверное, есть еще ученики?

— Ну разумеется! — подтвердила старушка. — У меня есть еще несколько постоянных учеников. Вы просто не представляете, как тяжело жить на одну пенсию...

Наталья выразительно промолчала.

— Не хотите ли вы сказать, что ключи мог взять кто-то из учеников? — Леонида Васильевна смерила Наталью осуждающим взглядом. — Это все очень приличные молодые люди!

— Однако факт остается фактом — ключи пропали!

— Да, действительно! — старушка погрустнела. — Но, может быть, они просто куда-то завалились... может быть, я найду их, когда буду делать уборку...

— Леонида Васильевна! — Наталья повысила голос. — Лучше припомните — в последнее время никто из ваших учеников не вел себя... странно?

— Странно? — старушка на минуту задумалась. — Разве что Мариночка...

— Мариночка? — повторила Журавлева и под влиянием интуиции протянула Леониде Васильевне фотографию девушки, убитой в квартире ее племянницы. — Случайно это не она?

— Да, это Мариночка... — растерянно подтвердила старушка. — Очень милая девушка... только она на этой фотографии плохо выглядит... видимо, неудачный снимок!

Девушка на фотографии действительно плохо выглядела, что было неудивительно: она была убита ударом ножа.

— Вы сказали, что она странно себя вела, — напомнила Журавлева старушке. — В чем это заключалось?

— Ну... понимаете, она так просила позаниматься со мной! Говорила, что это для нее очень важно, что ей нужно ехать в Канаду. Я пошла ей навстречу, отменила занятия с племянником Варвары Сергеевны... вы представляете?

Наталья, конечно, не представляла, однако кивнула, чтобы Леонида Васильевна не отвлекалась.

— Так вот, я пошла ей навстречу, а она... она посетила только два занятия и пропала! Представляете себе? А с французским у нее было не очень хорошо, и двух занятий, разумеется, было недостаточно! Как вам кажется — это странно?

— Да, действительно довольно странно... — согласилась Наталья. — А скажите, Леонида Васильевна, вы ведь не берете к себе в ученики случайных людей?

— Да как же можно! — воскликнула старушка. — В наше время нельзя пускать в дом случайного человека! Вы же работаете в милиции, должны знать, какой сейчас разгул преступности!

— Совершенно верно! — подтвердила Наталья.

— Так что я беру учеников исключительно по рекомендации! Вот, например, Машенька – внучатая племянница Зюки!

— Кого? — удивленно переспросила Журавлева. — Какой злюки?

— Не злюки, а Зюки! Зинаиды Аполлоновны Полуэктовой!

Леонида Васильевна ожидала, наверное, что ее гостья восхищенно ахнет, но та замешкалась.

— Вы не знаете, кто это такая? — предположила старушка.

— Честно говоря... — смущенно протянула Наталья.

— Зинаида Аполлоновна была когда-то очень известным концертмейстером! — сообщила Леонида Васильевна. — И мы с ней знакомы... я вам не скажу сколько лет, а то вы подумаете, что я – древняя окаменелость! Короче, я беру учеников только по очень приличной рекомендации.

— Понимаю, — кивнула Журавлева, — понимаю и одобряю. Но вот та... Мариночка, которая так странно себя вела — вы не помните, кто вам ее рекомендовал?

— Мариночку? — старушка задумалась, шевеля губами. — Минуточку... действительно, кто же ее рекомендовал... точно не Зюка, и не Варвара Сергеевна... может быть, Аристарх Платонович? Нет, не он... он в это время лежал в реанимации... что же это такое? Неужели у меня начинается склероз?

Леонида Васильевна глубоко задумалась, шевеля губами.

— Нет, никак не могу вспомнить!

— А вы попробуйте встать на то же самое место, где вы находились, когда это произошло. То есть когда вам рекомендовали эту девушку, Марину. Моя бабушка всегда так поступала, если хотела что-нибудь вспомнить.

— Да что вы говорите? — заинтересовалась Леонида Васильевна. — Надо попробовать!

— Но вы помните, где были в то время? — озабоченно спросила Наталья.

— Конечно, помню! — старушка засияла. — Разумеется, я была возле телефона!

Она опустилась на венский стул возле телефонного аппарата и уставилась на стенной календарь с фотографиями ярких разноцветных попугаев.

— Вадик! — выпалила вдруг Леонида Васильевна, ткнув пальцем в желто-зеленого попугая. — Ее рекомендовал мне Вадик, внук Ляли Коржиковой!

— Вы уверены?

— Абсолютно! Я тогда еще подумала, что он чем-то похож на этого попугая!

— Что, он так ярко одевается?

— Нет, он иногда так склоняет набок голову и смотрит полуприкрыв глаза! А знаете, Наташенька, ведь это совершенно замечательный способ! Спасибо вам, теперь все время буду так поступать, если что-то забуду!

— Скорее не мне, а моей бабушке, — скромно возразила Наталья. — А кто такой этот Вадик?

— Я же вам сказала — внук Ляли Коржиковой, она когда-то работала в Театральном институте. Она умерла несколько лет назад, а Вадик... кажется, работает в Эрмитаже... а это что-нибудь да значит, не правда ли? Наверное, он приличный молодой человек, если его взяли на работу в Эрмитаж!

Наталья хотела сказать, что не место красит человека, а человек место, и то, что неизвестный ей Вадик работает в Эрмитаже, ровным счетом ничего о нем не говорит. Однако она решила промолчать, чтобы не сбивать забывчивую старушку с мысли. Вместо этого она спросила ее, не знает ли Леонида Васильевна адреса или телефона «приличного молодого человека».

То, что неизвестный Вадим работает именно в Эрмитаже — там же, где Старыгин — очень заинтересовало капитана Журавлеву. Можно сказать, она почувствовала свежий след.

Старушка достала из очередного ящика толстую, растрепанную записную книжку и принялась перелистывать ее.

– Вика... Зюка... Лиля... – бормотала она. – Ну, вот она, Ляля Коржикова! Записывайте, Наташенька!

Журавлева записала телефон и адрес Вадима Коржикова и откланялась, поблагодарив Леониду Васильевну за содействие.

Шаамер, старший жрец Дома Чисел, спрятал за пазуху деревянный футляр с папирусом, огляделся и покинул площадку перед жалкой хижиной колдуньи.

На душе у него было тяжело. Ему пришлось сегодня совершить тяжкий грех убийства, один из самых тяжких грехов на золотых весах справедливости. Даже дважды он обагрил человеческой кровью священный ритуальный нож. И не просто человеческой кровью, но чистой кровью жрецов! Перевесит ли на весах Анубиса этот грех польза, принесенная его поступком?

Шаамер не сомневался, что поступил так, как следовало, как велел ему долг жреца, хранителя священных чисел.

Если бы молодой Ат Сефор, самонадеянный, исполненный гордыни жрец, заполучил в свои руки папирус Тота, если бы он прочел его и понял, какой властью, каким неизреченным могуществом заключенное в нем знание наделяет своего обладателя – трудно представить, к каким последствиям это могло привести. Молодой жрец не устоял бы перед искушением, воспользовался могуществом Священного Числа, чтобы приобрести богатство, влияние, благосклонность фараона, любовь прекрасных женщин... да мало ли что еще, мало ли соблазнов, которыми Отец Лжи, Сет, да будет проклято его имя, застилает глаза нетвердых в вере людей! И хрупкое равновесие тьмы и света, добра и зла было бы нарушено, перемирие между Осирисом и Сетом прервалось бы, и мир рухнул в пучину неисчислимых бед.

Шаамер и сам до конца не представлял, какими последствиями грозило неумелое использование Священного Числа, но его учителя и учителя его учителей повторяли тысячу раз, что это было бы настоящей катастрофой, куда более страшной, чем многолетний неурожай, нашествие голодной саранчи или нападение безжалостных и бесчисленных, как саранча, кочевников пустыни. Они повторяли, что долг жрецов Дома Чисел – беречь великую тайну, следить за тем, чтобы папирус Тота не попал в руки случайного человека...

Но они же говорили, что долг жрецов – следить за тем, чтобы этот папирус и, в особенности, записанное в нем Священное Число, не пропали, не были уничтожены водой или огнем, жадными крысами или ядовитой плесенью...

Почему? Если это число так опасно, если обладание тайной чревато такими ужасными последствиями – чего проще? Сжечь папирус, и тайна никогда не попадет в чужие руки!

Но нет, Шаамер, вся жизнь которого прошла в подсчетах и вычислениях, в неустанном служении числам и изучении чисел, понимал, как важно то единственное, Священное Число, которое одно содержит в себе все знания мира – закон, которому подчиняются скользящие по небесному своду светила и разливающийся каждую весну Нил, приплод домашнего скота и болезни, поражающие рабов на строительстве дворцов и храмов...

Такое число содержит в себе всю мудрость богов, и оно само является богом. Богом более могущественным, чем Анубис, вершитель судеб в загробном мире, более могущественным, чем великий Пта или мудрый Тот, может быть, даже более могущественным, чем Правдоречивый Осирис. Ибо оно, это число, заключает в себе тайну мироздания, и оно стояло у истоков сотворения мира. Это число было планом, чертежом, по которому построен подлунный мир, как чертеж архитектора, по которому строитель создает храм или усыпальницу великого фараона, да продлятся его дни. Так что нельзя допустить, чтобы оно было утеряно. Утерять это число – то же самое, что утерять бога!

Шаамер прикрыл свои усталые глаза и представил, какие возможности открыло бы перед ним знание Священного Числа.

Он мог бы гораздо точнее расчислить движения небесных звезд, и мог бы даже объяснить причины этого движения. Мог бы подсчитать высоту подъема воды в Ниле и грядущий урожай на полях царства. Мог бы определить приплод нерожденного еще скота и добычу камня в каменоломнях.

Конечно, он не будет так глуп, как молодой Ат Сефор. Он не станет стремиться к власти и могуществу, не станет добиваться мудрости фараона и его приближенных. Он стремится к знанию, и только ради этого, только ради знания, которому служил всю свою жизнь, он использует папирус и Священное Число!

Жрец схватился за голову.

Вот как подбирается к человеческому сердцу Отец Лжи, злоречивый Сет! Вот как он находит ключ к каждому человеку!

Для любого у него находится своя приманка. Для кого-то это власть и богатство, для кого-то – жизнь любимого человека, для кого-то – бескорыстное знание, возможность проникнуть в тайны мироздания. Так или иначе, одним путем или другим, Сет подчиняет человека своей воле и заставляет служить себе.

Нет, он не воспользуется Священным Числом. Никакая причина не оправдает этого. Его руки и без того обагрены человеческой кровью, чистой кровью жрецов. И оправдать его может только одно — если он предотвратит неисчислимые бедствия и несчастья, которыми грозит раскрытие тайны папируса!

Но как сделать это, не уничтожив само Священное Число? Как сохранить древнюю мудрость, не дав ей вырваться на свободу, как могущественному джинну из запечатанного сосуда, неся с собой смерть и разрушения?

Шаамер опустился на камень и задумался, подперев подбородок кулаком.

В конце концов, не зря он столько лет провел в Доме Чисел, не зря столько бессонных ночей просидел за сложными расчетами.

Решение пришло внезапно, и оно казалось таким простым и очевидным, что Шаамер даже рассмеялся, спугнув застывшую на соседнем камне ящерицу.

Когда военачальник посылает фараону, да продлятся дни его, важное и секретное сообщение, которое не должно попасть в чужие руки, как поступает он? Посылает трех гонцов, каждый из которых несет только часть послания, начертанную на папирусе или на выскобленной телячьей коже, называемой пергамен. Если неприятель захватит одного из гонцов, он не сможет прочесть письмо, ибо одна часть без двух других не имеет смысла. Когда же все три гонца достигнут цели и служители фараона, да продлятся дни его, составят из трех частей целое — только тогда смысл послания станет понятным.

Так и он, Шаамер, должен разделить священное число на три части и вручить эти части трем гонцам. Только этим гонцам придется бежать не через пылающие от жара пески, не через скалистые ущелья Восточных гор, а через время, через сотни и тысячи лет.

Годы будут проходить один за другим, Нил будет разливаться и снова возвращаться в свои берега — а три гонца должны не смыкая глаз нести свое послание.

Шаамер подумал, где можно найти слуг столь верных и столь долговечных. В поисках ответа он огляделся по сторонам, и не увидел вокруг ничего, кроме серых камней да чудом выросших среди них искривленных, изломанных ветром пустыни деревьев.

Что ж, эти слуги долговечны и немногословны. Пусть они несут тайну Священного Числа.

Первый гонец будет каменным, второй — деревянным. Третий же... о третьем еще нужно подумать.

Шаамер решительно поднялся, бросил последний равнодушный взгляд на место недавней трагедии и быстро зашагал к своему храму, к Дому Чисел.

Над хижиной покойной Фетх уже кружили стервятники.

Что ж, они похоронят мертвых тем единственным способом, который знают. Способом старым, как мир. Ведьма и могильный вор и не заслуживают лучшего погребения. Два молодых жреца, конечно, достойны большего, но у Шаамера не было времени заниматься этим. У него было слишком много дел.

Вадим Коржиков обитал в типовой хрущевской пятиэтажке.

На скамье перед входом сидели две толстые старухи с бдительными выражениями лиц. Они проводили капитана Журавлеву такими пристальными взглядами, что ей захотелось предъявить им свое служебное удостоверение.

Преодолев этот неосознанный порыв, Наталья поднялась на четвертый этаж и позвонила в дверь.

В ответ на ее звонок в соседней квартире залаяла собака, судя по голосу — мелкая и истеричная, а из квартиры напротив донесся громкий старческий голос:

— Обнаглели паразиты! Сажать паразитов нужно!

Только за той дверью, в которую она позвонила, ничего не произошло.

Наталья прислушалась.

Она готова была поклясться, что за дверью кто-то стоит, сдерживая дыхание.

– Откройте, Коржиков! – произнесла она негромко, но строгим официальным голосом.

За дверью еще немного помолчали, потом полузадушенный мужской голос отозвался:

– А вы кто?

– Милиция, – проговорила Наталья еще тише.

Тем не менее, из-за двери напротив раздался торжествующий крик:

– Давно пора посадить паразита!

– Лучше откройте, Коржиков, – повторила Наталья, – а то в нашем разговоре будет участвовать весь ваш дом.

За дверью вздохнули, скрипнул замок, и дверь приоткрылась ровно настолько, чтобы Наталья смогла в нее протиснуться.

– Проходите уж! – прошелестел хозяин квартиры, неохотно посторонившись.

Это был невысокий, узкоплечий и чрезвычайно худой молодой человек с выбритой наголо головой. Наталья подумала, что он чем-то похож на древнего египтянина. Правда, одет он был не в длинную льняную хламиду, а в поношенные черные джинсы и черную же футболку с надписью «Металлика».

Но самым заметным во внешности этого человека был испуг.

– Вы правда из милиции? – прошелестел он сухим, как бумага, голосом, закрыв за Натальей дверь.

— Правда, — отозвалась она, холодно улыбаясь, и протянула молодому человеку свое удостоверение, прикрывая пальцем звание. Для начала она решила не пугать его еще больше.

— Надо же, — хмыкнул тот, разглядев фотографию, сравнив с оригиналом и заметно успокоившись. — Вы что туда — прямо после школы пошли?

Наталья ответила неопределенным междометием и спросила в свою очередь:

— Вы ведь — Вадим Николаевич Коржиков?

— Ну да, допустим! А чего вам надо?

— Да вот, послали опрашивать свидетелей по одному делу, — затараторила Наталья. — Я к вам и пришла задать несколько вопросов, у меня практика... мне нужно написать отчет...

— Каких еще вопросов? — недовольно и снисходительно переспросил Вадим. Испуг его явно прошел, и вместо него на лице проступило раздражение.

— Это вы рекомендовали Марину Леониде Васильевне?

— Ка... какую Марину? Какому Леониду? — Вадим попятился. На его лице снова появился испуг.

Наталья, тесня его от дверей, прошла в скромно обставленную спальню. Вся обстановка этой комнаты состояла из узкой кровати, застеленной клетчатым шерстяным одеялом, и полуоткрытого платяного шкафа. На шкафу стояло пыльное чучело совы.

— Не Леониду, — поправила Наталья Вадима, сверкнув глазами и придав своему голосу суровости, — не Леониду, а Леониде Васильевне! Приятельнице вашей бабушки, которая дает уроки французского языка! Вы рекомендовали ей Марину примерно месяц назад!

— Ах, это! — в голосе Вадима снова прозвучало облегчение. — Ну, допустим, рекомендовал... а что — это преступление? Девушке нужно было позаниматься языком...

— А где вы сами с ней познакомились? — не уступала Наталья, наступая на Вадима.

— Н-не помню... — промямлил он, и глаза его блудливо забегали. — Кажется, у друзей...

— Врете, Коржиков! — рявкнула Наталья, изменившись на глазах. Она больше не была похожа на скромную девочку-практикантку, а превратилась в настоящего капитана милиции, на счету которого не один десяток задержаний особо опасных преступников. — Врете, у вас и друзей-то никаких нет!

— Вы же... я же... — заблеял Вадим. — Вы только несколько вопросов... практика... сразу после школы...

— Капитан Журавлева, отдел по расследованию убийств! — прорычала Наталья.

— Ка... каких убийств? — Вадим побледнел, как бумага, и с размаху уселся на свою узкую кровать. Кровать жалобно скрипнула, хотя весил Коржиков совсем немного.

– Вопросы здесь задаю я! – проорала Наталья, угрожающе нависнув над Вадимом. – Отвечайте, кто вас с ней познакомил? Кто попросил рекомендовать ее Леониде Васильевне?

Последний вопрос она задала наудачу, под действием той самой интуиции. Но, как известно, именно такие случайные выстрелы чаще всего достигают цели.

Вадим побледнел еще больше (если это возможно) и чуть ли не прорыдал:

– Это... это Мишель... это он меня попросил... а сам я ее никогда не видел...

Только страшное слово «убийство» заставило Вадима Коржикова произнести это имя. Ни в какой другой ситуации он не назвал бы своего знакомого антиквара, через которого он не один год сбывал кое-какие музейные ценности. Но по сравнению с убийством, даже кражи из музея показались мелкими шалостями.

– Мишель? – повторила Наталья, сверля Коржикова пронзительным взглядом, как электродрелью. – Полное имя, отчество, фамилия этого Мишеля, адрес и телефон!

– Михаил Аркадьевич Муфлонский! – прошелестел Вадим. – Телефон... – он назвал семь цифр, а потом добавил, видимо рассудив, что снявши голову по волосам не плачут. – Его почти всегда можно застать в антикварном магазине «Модерн» на улице Некрасова...

За капитаном милиции Журавлевой захлопнулась дверь, и Вадим заметался по квартире, как дикий зверь по клетке. Причем не как крупный, солидный хищник вроде льва или тигра, а как мелкий и неопрятный зверь, например шакал. Или того хуже – гиена.

Коржиков бросался то к телефону, то к двери квартиры. Направляясь к телефону, он думал, что как честный человек обязан предупредить Мишеля о грозящей ему опасности. Но, еще не дойдя до аппарата, передумывал: разве можно считать честным человеком музейного вора? Да, в конце концов, кто ему Мишель – ни сват, ни брат, а спасение утопающих, как известно – дело рук самих утопающих. И вообще, этот Мишель втянул его в дело, которым интересуется, страшно сказать, отдел по расследованию убийств!

Передумав звонить, он бросался к двери, собираясь сбежать из квартиры и залечь на дно. Но, еще не дойдя до двери, останавливался: чтобы сбежать, нужны деньги, а чтобы залечь на дно – нужны большие деньги. А Мишель еще не расплатился с ним за последнюю партию украденных музейных экспонатов. И не расплатится, если его арестуют...

Так он и метался между дверью и телефоном, пока дверной звонок не задребезжал.

Вадим бросился к двери. Он решил, что молодая капитанша вернулась, чтобы задать ему еще какие-то вопросы.

Однако, когда он дрожащими руками открыл дверь, на пороге его квартиры стояла не Наталья Журавлева из отдела по расследованию убийств.

На пороге стоял высокий, немного сутулый человек с абсолютно неподвижными глазами. Зрачки его были так расширены, что эти неподвижные глаза казались совершенно черными. Черными и холодными, как два револьверных дула. Кожа на лице незваного гостя была тусклая, серая, неживая, как будто это было не человеческое лицо, а маска, и свисала свободными неопрятными складками. Одни только уши плотно прилегали к голове, и казалось, что уши-то и держат кожу, чтобы она не отвалилась.

Короче, это был тот самый человек, который сидел на заднем сиденье машины, припаркованной накануне возле служебного входа Эрмитажа.

От страшного гостя исходил такой холод, что Вадима Коржикова затрясло.

— Что... что вам нужно? — пролепетал Вадим, отступая в глубину квартиры.

Хотя в глубине души он уже знал, зачем пришел этот гость.

Не отвечая на вопросы и вообще не издавая ни звука, человек с неподвижными глазами шагнул к Вадиму. Вадим тонко вскрикнул и еще немного попятился, пока не уперся спиной в стену коридора, оклеенную дешевыми белорусскими обоями в мелкий цветочек.

Сейчас Вадим предпочел бы оказаться в руках милиции. Он даже сознался бы во всех кражах. Может быть, он взял бы на себя даже несколько лишних эпизодов. Но капитан Журавлева была недосягаема, а страшный гость надвигался медленно и неумолимо, как айсберг на корпус «Титаника».

Он пересек прихожую, выбросил вперед руку и схватил Вадима за горло. Рука его была сухой, твердой и холодной.

Она была такой холодной, что Вадима Коржикова словно пронзили сотни ледяных стрел. В глазах его потемнело, Вадиму, как накануне, показалось, что он лежит в глубокой могиле, заваленный толстым слоем сырой тяжелой глины, и он мертвым рухнул на давно неметеный пол прихожей.

Наталья Журавлева прошла мимо наблюдательных старух, безотлучно занимавших свой пост перед подъездом. Старухи проводили ее таким пристальным и многозначительным взглядом, что Наталья споткнулась.

И почувствовала, как развязался шнурок на кроссовке. Она наступила на него, и шнурок порвался.

— Чтоб вас... — едва слышно пробормотала она и добрела до свободной скамейки посреди сквера.

Пристроившись на этой скамейке, она сняла кроссовку и попыталась как-то вернуть ей рабочее состояние. В конце концов удалось связать остатки шнурка, так что можно было ходить.

Облегченно вздохнув, Наталья подняла глаза.

С того места, где она сидела, был хорошо виден подъезд Коржикова.

Как раз в это мгновение дверь подъезда открылась, и на улицу вышел высокий, немного сутулый мужчина с очень странным лицом.

Лицо это было серое и какое-то неживое, как будто и не лицо это вовсе, а маска. Причем не такая маска, какие носят на маскарадах, а такая, какие надевают грабители, отправляясь на дело.

Но самым странным и пугающим в этом лице были глаза — совершенно неподвижные, немигающие, с неестественно расширенными зрачками.

Наталья вдруг вспомнила, что столкнулась с этим человеком на лестнице, когда спускалась от Вадима. Но почему-то в тот раз она не обратила на его лицо внимания — то ли оттого, что на лестнице было темно, то ли оттого, что этот странный человек сам так захотел. Захотел остаться незамеченным.

Рассеянно следя взглядом за удаляющейся сутулой фигурой, она позвонила в отдел и попросила дать ей справку на Муфлонского Михаила Аркадьевича. Она хотела подготовиться к разговору.

Странный человек шел не спеша. Причем не оттого, что не было у него никакой заботы, и хотелось просто подышать прохладным осенним воздухом, видно было, что он прихрамывает при ходьбе, волочит ноги и вообще переставляет их с видимым трудом. Притом, что облик его дышал мрачной силой, и Наталья ощутила с холодком в животе, что не хотела бы столкнуться с этим типом ночью на узкой дорожке. Да и днем-то тоже не следует.

Странный тип завернул за угол. И туда же следом за ним завернула знакомая фигура. Наталья даже привстала на цыпочки, чтобы лучше видеть, а потом устремилась в ту же сторону.

В преследовавшем человека мужчине она моментально узнала Пауля Штольца, только сегодня утром представлявшегося ей работником Интерпола. Он следил за странным типом, это Наталья поняла сразу. В следующую секунду она осторожно выглянула из-за угла. Незнакомец садился в черную машину, причем на заднее сиденье. Стекла в машине были тонированные, номер заляпан грязью, так что разглядеть водителя Наталья не смогла.

Рыжий интерполовец сел в свою машину, и тут у Натальи зазвонил мобильник. Немец оглянулся, и Наталья вспугнутой кошкой метнулась обратно за угол.

Миновав врата Дома Чисел, старший жрец Шаамер проследовал в свою келью. Но ему не суждено было отдохнуть этим утром. Вскоре в дверь кельи постучали, и вошел служитель главного жреца Дома Чисел, высокочтимого Таа-Меса. Служитель низко поклонился и сообщил, что молодой жрец Ат Сефор не пришел в Зал занятий на утренний урок, и вообще отсутствует в храме. А поскольку досточтимый Шаамер – наставник и руководитель молодых жрецов, ему следует незамедлительно найти замену Ат Сефору и сегодня же разобраться с причиной его отсутствия.

Шаамер ответил с должным смирением, как подобает отвечать посланцу высокочтимого Таа-Меса, и немедленно отправился в Зал занятий.

В этот день он был не слишком строг к ученикам и пару раз не заметил леность и невнимание, достойные примерного наказания, потому что сам был рассеян и невнимателен. Он ни разу не вспомнил о своей крепкой палке, которая в другие дни так помогала ему вбивать в учеников знания. Шаамер чувствовал под одеждой деревянный футляр с бесценным папирусом и думал только о том, как выполнить свой долг, как сберечь тайну Священного Числа.

Едва дождавшись завершения урока, даже не подкрепив силы едой и питьем, он поспешно покинул Дом Чисел и отправился в квартал ремесленников, расположенный возле реки.

Здесь, на левом берегу Нила, в Городе Мертвых, обитали только те, чьей работой было все, что связано с захоронениями и с культом мертвых. Здесь были жилища бальзамировщиков-тарихевтов, чье ремесло передавалось от отца к сыну, мастерские, где высекали из камня и вырезали из дерева саркофаги, изготавливали надгробия и мастерили из глины и дерева фигурки ушебти и всевозможные амулеты, ткали полотно для обертывания мумий и готовили снадобья и бальзамы для пропитывания этого полотна.

Только лачуги нечистых парахитов, вскрывающих трупы и извлекающих внутренности, располагались поодаль от людных поселений, ближе к Западным горам.

Кроме многочисленных мастерских, здесь, на узких улочках, в шумных прибрежных кварталах, помещались бесчисленные лавки и лавчонки, где можно было купить всевозможные приношения для предков и недавно умерших родственников – благовония и цветы, фрукты, сласти и прочие припасы. Здесь же продавали скот и птицу для жертвоприношений. Все животные были тщательно осмотрены жрецами, которые признали их чистыми, пригодными для жертвы, и поставили на них священное клеймо.

В этих же лавках бедняки, которым не по карману были жертвенные животные, покупали раскрашенные хлебцы в виде гусей и коз, коров и газелей, чтобы хоть такой скромной жертвой умилостивить души своих предков.

Шаамер, прикрыв лицо краем одежды и не поднимая глаз, углубился в запутанный лабиринт узких улочек. Ремесленники и посыльные, сталкиваясь с высоким хмурым жрецом, низко кланялись и уступали ему дорогу.

Миновав лавку мясника, над которой с басовитым гудением роились крупные назойливые мухи, жрец остановился перед неказистой лачугой каменотеса. На улице перед входом стояли несколько тщательно вырубленных базальтовых статуй, дожидаясь своих заказчиков и одновременно демонстрируя случайным прохожим искусство мастера. Шаамер наклонился, чтобы не ушибиться о притолоку, и вошел в мастерскую.

Сам каменотес посреди мастерской препирался с молодым посыльным храма, который пришел сговориться о плате за надгробие. Двое подмастерьев вчерне высекали из базальтовой глыбы статую богатого зерноторговца. Сам торговец, пузатый и краснолицый, стоял поодаль, внимательно наблюдая за работой. Как человек практичный и предусмотрительный, он хотел заранее озаботиться о достойном надгробие для себя.

Увидев Шаамера, владелец мастерской прервал спор с посыльным и приблизился, угодливо кланяясь.

— Приветствую тебя, досточтимый Шаамер! Доволен ли досточтимый той надгробной плитой, которую я вырубил по его приказу? Или я чем-то ему не угодил?

— Доволен, — Шаамер пренебрежительно махнул рукой. — Но сегодня я пришел по другому делу.

Жрец понизил голос, настороженно огляделся по сторонам и проговорил:

— Готова ли статуя того писца, которую я видел у тебя в мастерской прошлый раз?

— Готова, досточтимый! — каменотес сложил руки и снова почтительно поклонился.

— Забрал ли ее заказчик?

— Он должен прислать за ней слуг завтра или послезавтра.

— Возьми это золото, — Шаамер опустил в ладонь ремесленника золотую печатку. — И сделай вот что...

Он еще раз внимательно огляделся, отвел каменотеса в дальний угол мастерской и продолжил так, чтобы никто кроме них двоих не мог расслышать разговора:

— Ты высечешь на табличке, которую держит в руках писец, несколько иероглифов. Только смотри — никому не говори, что это я поручил тебе такую работу...

— Воля досточтимого Шаамера — закон для меня! — проговорил каменотес и поклонился еще ниже.

В антикварном магазине «Модерн» было почти безлюдно. Только коренастый мужчина в светлом плаще, не скрывающем заметного чиновничьего живота, обхаживал бюро красного дерева с перламутровыми вставками. Характерный лихорадочный блеск в глазах выдавал в нем жителя столицы. Хорошо выдрессированный продавец-консультант, представительный мужчина лет сорока при галстуке, безмолвно двигался в нескольких шагах позади москвича, ненавязчивый, но готовый мгновенно ответить на любой вопрос.

Кроме этих двоих, в магазине находился охранник, мрачный лысый дядечка из отставных военных, в хорошо отглаженной униформе, и двое провинциалов средних лет, муж и жена, тихие и несколько поношенные интеллигенты. Взявшись за руки, они обходили зал, разглядывая роскошную мебель, и дружно ахали, читая астрономические цены на табличках. Как охранник, так и продавец-консультант в упор их не замечали, резонно предполагая, что эти двое вряд ли что-нибудь собираются покупать.

Дверь магазина открылась с мелодичным звоном, и в просторное помещение вошла привлекательная, скромно одетая девушка с лицом первой ученицы.

Оглядевшись по сторонам, она подошла к продавцу и едва слышно проговорила:

– Можно вас на минутку?

Продавец никак не отреагировал на эти слова. Видимо, в его глазах скромная внешность девушки автоматически делала ее человеком-невидимкой вроде той же парочки поношенных провинциалов.

– Я хотела бы увидеть Михаила Аркадьевича! – проговорила девушка чуть громче.

Продавец блеснул глазами, опасливо покосился на москвича и прошептал, повернувшись к «первой ученице»:

– Зачем же так громко! Вас кто-нибудь услышит...

– Я и хотела, чтобы меня кто-нибудь услышал. Вы, например. А когда я говорила тише, вы не обращали внимания...

– Вот в эту дверь и направо по коридору! – едва слышно произнес продавец и хотел еще что-то добавить, но в это время москвич наконец на что-то решился, повернулся с вопросительным выражением лица, и продавец стремглав бросился к нему, утратив всякий интерес к малоперспективной девушке.

Девушка же вошла в указанную дверь, прошла по коридору и без стука заглянула в небольшую комнату.

Здесь, за просторным письменным столом, восседал вальяжный господин лет шестидесяти, с седоватыми волосами, аккуратно зачесанными на розовую лысину, в светло-бежевом твидовом пиджаке, с пестрым шелковым шейным платком, выглядывающим из-под воротника белоснежной рубашки.

Вальяжный господин делал сразу три дела: пил чай из большой розовой с золотом чашки английского фарфора, разглядывал большую вазу, по поверхности которой разгуливали нарядные китайцы в расписных халатах, и разговаривал с худеньким юношей с маленькими жуликоватыми глазками.

— Новодел, Гоша, определенный новодел! — рокотал вальяжный господин низким, хорошо поставленным голосом. — Посмотри на эту глазурь! Разве это глазурь? Сам подумай, разве может быть у настоящей «Мин» такая глазурь?

Подняв глаза на вошедшую девушку, господин прервал все три занятия и осведомился:

— Что вам, прелестное создание? А вас не научили, что в дверь принято стучать?

— Михаил Аркадьевич? — вместо ответа произнесла «первая ученица».

— Допустим.

— Меня направил к вам Вадим Коржиков...

Господин сделал знак глазами своему молодому собеседнику, и тот мгновенно испарился, как будто его и не было в кабинетике.

— Я вас слушаю, — Михаил Аркадьевич чуть привстал и показал девушке на свободный стул.

— Дело в том... — начала она, изображая некоторую робость.

— У вас была любимая бабушка, — подсказал ей господин. — Я угадал? И после ее кончины остались кое-какие ценные предметы...

— Вы угадали, но только отчасти! — ответила девушка, сбросив свою показную робость. — Бабушка у меня действительно была, но после ее смерти из антиквариата осталась только швейная машинка «Зингер».

— Это вы не по адресу обратились! — пробормотал господин и отчетливо заскучал. — Швейными машинками не интересуюсь. И смею вам заметить, что мое время очень дорого.

— А я и не затем пришла, — продолжила девица. — Как я уже сказала, меня к вам направил Коржиков...

— И зачем, интересно, он это сделал?

— Он сказал, что вы просили его рекомендовать его знакомой, преподавательнице французского языка, некую девушку Марину...

— А кто вы, собственно, такая? — поинтересовался господин, в глазах которого затеплилась догадка.

— Капитан милиции Журавлева, — ответила «первая ученица» и протянула вальяжному господину свое служебное удостоверение.

Тот долго изучал книжечку, брезгливо оттопырив нижнюю губу, наконец, возвратил ее владелице и со вздохом проговорил:

— Молодеют, молодеют наши органы! Вам бы еще в школу ходить, шпаргалки в рукав прятать, а вы уже капитан! Нет, ничем не могу вам помочь! Никакой Марины не знаю!

— Так уж и никакой? — в голосе капитана Журавлевой прозвучало сомнение.

— Ну, так уверенно не скажу... — замялся вальяжный господин. — Жизнь длинная, девушек на свете много, всех не упомнишь...

— Ну, не кокетничайте, Михаил Аркадьевич! — перебила его девушка. — Насчет девушек вы не большой знаток, вы больше юношами интересуетесь, из-за чего в прежние годы имели большие неприятности...

— Как вас зовут, милая? — осведомился господин, чуть ослабив шейный платок.

— Наталья Игоревна! — строго отозвалась Журавлева.

— Так вот, Натали, в наше время, слава богу, за мои интимные предпочтения больше не сажают, так что не надо на меня давить. Я не из таких...

— За это, конечно, больше не сажают, — согласилась Наталья. — А вот за скупку краденого, да еще в особо крупных размерах — очень даже сажают! — она достала из сумочки блокнот и прочла с выражением, снова сделавшись похожей на первую ученицу:

— Михаил Аркадьевич Муфлонский в тысяча девятьсот девяносто пятом году приобрел целый ряд предметов, украденных у коллекционера Горелика... список зачитывать не буду, чтобы не тратить ваше ценное время... в девяносто восьмом — по заказу того же Муфлонского совершена кража целой коллекции севрского фарфора у господина Акуловича... в двухтысячном купил картину «Натюрморт с окороком» кисти знаменитого голландского художника Виллема Кальфа, украденную из музея пищевых продуктов...

— Я по всем этим эпизодам оправдан! — воскликнул Муфлонский с пламенным возмущением. — Вы это отлично знаете!

— Знаю, — кивнула Наталья. — Но и вы знаете, что сейчас, в свете недавних событий в Эрмитаже, людьми вашей квалификации очень интересуются, причем не только в моей скромной организации, а в ФСБ. И если эти давние дела примут к пересмотру — очень может быть, что суд примет совершенно другое решение. Так что вам, Михаил Аркадьевич, лучше не качать права, а сотрудничать с представителями органов охраны правопорядка...

— То есть с вами?

— То есть со мной!

— Ничего не знаю! — процедил Михаил Аркадьевич, затравленно озираясь.

— Неправильный ответ! — Наталья наклонилась к нему через стол. — Мало того, что вы окажетесь под колпаком у следствия по делу о краже антиквариата, вы еще и по убийству засветитесь!

— По какому еще убийству? — Муфлонский часто заморгал и испуганно взмахнул рукой. — Вы шутите, Натали? Я всю жизнь старательно избегал насилия!

— А вот оно вас может не избежать. Если, конечно, вы будете и дальше неправильно себя вести.

— Да кого убили-то? — вполголоса осведомился Муфлонский, недоверчиво взглянув на Наталью.

— Ту самую Марину. Которую Вадим Коржиков по вашей просьбе рекомендовал учительнице французского языка. Причем убили при таких обстоятельствах, что случайность исключается — не хулиган в лифте ножом пырнул, не наркоман по голове стукнул, и не машина сбила. Там все гораздо серьезнее.

Михаил Аркадьевич еще больше ослабил узел шейного платка и принялся обмахиваться каким-то листком.

— Жарко? — сочувственно поинтересовалась Наталья. — А будет еще жарче, если вы не скажете мне правду! Так что советую не молчать. А то у меня тут еще целый список эпизодов. И скупка краденого, и хищения из музейных фондов... лучше скажите! Мне всего-то и нужно узнать, как вы познакомились с этой Мариной...

— Да я ее в глаза не видел! — выпалил Муфлонский. — Клянусь собственным здоровьем!

— Вот как? — Наталья пристально взглянула на
него. — Разве можно рекомендовать почтенной
старушке неизвестно кого? А вдруг бы эта Марина оказалась преступницей? Воровкой, мо-
шенницей или кем-нибудь еще похуже?

— Вдруг, вдруг! — раздраженно повторил Михаил Аркадьевич. — На меня надавили! Мне угрожали! Мне сделали такое предложение, от которого я не смог отказаться!

— И кто же вам сделал это предложение?

— Не заставляйте меня! — неожиданно взвизгнул Муфлонский и окончательно сорвал шейный платок. — Я не могу этого сказать! После этого мне не жить!

— Михаил Аркадьевич, у вас все в порядке? —
дверь приоткрылась, и в кабинетик заглянул ма-
газинный охранник. — Может быть, вам нужна
помощь?

— Все в порядке! — рявкнул Муфлонский. —
Уйди, Артур! Видишь, что мне не до тебя!

Охранник что-то обиженно пробормотал и
покинул кабинет, хлопнув дверью.

— Только пожалуйста не говорите мне, что
вы и ваша организация сможете меня защитить! — проговорил Муфлонский, затравленно
взглянув на Наталью. — Даже если бы вы захотели, у вас нет для этого ни сил, ни возможностей!

— Не буду, – охотно согласилась Журавлева. – Зато вот что я вам скажу. Вам ведь важно, чтобы те люди, которых вы так боитесь, ничего не узнали, правильно?

— Правильно, – кивнул антиквар.

— Так вот, они и не узнают о вашей разговорчивости, если вы сами не проболтаетесь. И если мы с вами договоримся. Потому что вы сами признали – я совсем не похожа на капитана милиции, и наш с вами приватный разговор вряд ли кого-то заинтересует. А вот если вы будете молчать, как белорусский партизан – я могу обидеться. И знаете, что я тогда сделаю?

Муфлонский ничего не ответил, да Наталья и не ждала от него ответа. Вопрос ее был чисто риторическим.

— Я выйду отсюда и буду шнырять по магазину, заглядывать во все углы, расспрашивать персонал. Причем делать это очень демонстративно. И между делом предъявлю кому-нибудь свое удостоверение. Например, этому охраннику, Артуру. А уж от него это моментально дойдет до тех людей, которых вы так боитесь. Я в этом практически не сомневаюсь. Лицо Артура почему-то вызывает у меня доверие. И эти люди, которых вы так очевидно боитесь, узнают, что вы, Михаил Аркадьевич, имели долгую и продуктивную беседу с капитаном милиции. И вот тогда-то вы действительно окажетесь в очень скверном положении!

Муфлонский побледнел, на лбу у него выступила испарина. Он откинулся на спинку кресла, расстегнул пиджак и достал из кармана пузырек с лекарством.

— Вам нехорошо? — сочувственно поинтересовалась Наталья. — Нужно чаще бывать на свежем воздухе. Вообще, вы ведете нездоровый образ жизни. Однако я боюсь, что когда информация о вашем приватном разговоре с капитаном милиции дойдет до тех людей — вам станет куда хуже, чем сейчас!

— Вы акула, — пробормотал Михаил Аркадьевич. — Вы самая настоящая милицейская акула!

— Вы мне льстите, господин Муфлонский! — усмехнулась Наталья. — Вот вы, действительно, акула!

— Вы не оставляете мне никакого выхода! — антиквар положил таблетку под язык и немного порозовел.

— Надеюсь, что вы правы!

— Но вы просто не представляете, в какое ужасное положение я из-за вас попаду!

— Не из-за меня, — поправила его Наталья. — Я тут совершенно ни при чем. Вы сами загнали себя в угол. Причем сделали это уже очень давно. Если бы вы не занимались скупкой краденого в особо крупных размерах и прочими милыми шалостями, думаю, ничего страшного с вами не случилось бы!

— Вот только не нужно читать мне мораль! — воскликнул Муфлонский, вытирая со лба мелкие капли пота. — Вы занимаетесь своим делом, я — своим, и не будем жевать сопли!

— Не будем, — охотно согласилась Наталья. — Совершенно с вами согласна. Итак, кто же с вами говорил об этой девушке?

Муфлонский положил под язык еще одну таблетку, перевел дыхание и заговорил, как будто бросившись в ледяную воду:

— Сергей Шустов!

Он выпалил это имя так, как будто выдал важнейшую государственную тайну.

В первый момент Журавлева испытала недоумение. Почему ее собеседник так боялся назвать это имя? Какой-то Шустов... Шустов... Шустов?

Муфлонский смотрел на нее с несколько странным выражением. Казалось, он был удивлен или растерян.

— Не хотите ли вы сказать, что это имя ничего вам не говорит?

И тут до Журавлевой дошло.

— Штабель? — неуверенно переспросила она.

— Тс-с! — Муфлонский прижал палец к губам и оглянулся на дверь. — Зачем же так громко? Здесь и стены имеют уши!

Наталья только потому не сразу поняла, о ком идет речь, что работала в «убойном» отделе, а господин Шустов, широко известный под кличкой Штабель, большей частью фигурировал по делам другого отдела, так называемого антикварного.

Он давно и прочно подмял под себя криминальный оборот произведений искусства и антикварных изделий в Северной столице. Если в Петербурге ограбили антиквара или коллекционера, если пропала ценная икона или музейная картина, если на черном рынке всплыла какая-то художественная редкость – можно было не сомневаться, что Штабель так или иначе причастен к этому событию.

Он был довольно молод, ему только-только исполнилось сорок, но среди криминальных авторитетов города его имя пользовалось опасливым уважением.

Когда кто-нибудь спрашивал, откуда взялась кличка Штабель, друзья и недруги Шустова отвечали с примерно одинаковой интонацией:

– Он всех, с кем поссорится, в штабель складывает, а потом бензопилой...

И вот этого человека упомянул Муфлонский в связи с делом соседки Старыгина...

– Неужели сам Штабель приехал к вам просить за эту девушку? – недоверчиво поинтересовалась Наталья.

– Зачем – сам! Зачем – приехал! – отозвался Муфлонский с тяжелым вздохом. – Такие люди не ездят сами к Муфлонскому! Такие люди вызывают Муфлонского к себе, как будто Михаил Муфлонский – девушка по вызову!

Может быть, байка про штабель и бензопилу и была выдумкой, но только до какой-то степени.

Десять лет назад Сергей Шустов, отсидев свой первый срок за бандитизм и заручившись на зоне поддержкой старого криминального авторитета, приехал в Петербург.

Он стоял на площади перед Московским вокзалом и озирался по сторонам. Город показался ему слишком шумным и суетливым, возможно, по контрасту с тайгой, где он мотал срок.

Первым, на что упал его взгляд, оказался расположенный на площади антикварный салон. Сергей толкнул дверь, звякнув колокольчиком, и вошел внутрь.

И разинул рот от изумления.

Здесь было столько сверкающих, красивых, явно дорогих вещей!

«Вот где настоящие деньги! – подумал молодой бандит. – Вот чем надо заниматься!»

Вскоре он разобрался в сложном и опасном криминальном мире Петербурга, но первое впечатление осталось самым сильным. Он не изменил своего решения и всерьез занялся антиквариатом.

Кроме того, знающие люди просветили его, объяснили, что подпольная торговля антиквариатом и произведениями искусства – действительно очень выгодное занятие. На мировом криминальном рынке оно прочно занимает четвертое место, уступая торговле наркотиками, оружием и операциям по отмыванию денег. Подпольный оборот мирового антикварного рынка достигает пяти миллиардов долларов в год.

На российском рынке этот бизнес тоже уступает наркоторговле, но обходит торговлю оружием, не говоря уже об отмывании денег, которое в девяностые годы находилось еще в зачаточном состоянии.

Кроме того, сфера торговли наркотиками была уже давно поделена между сильными и многочисленными группировками, и молодому бандиту там не было места. Его просто разорвали бы на куски безжалостные конкуренты. На антикварном же рынке действовали в основном предприимчивые одиночки, которых оказалось очень легко прибрать к рукам.

Несколько показательных расправ – и одинокие предприниматели поняли, кто в городе хозяин, и смирились с появлением Штабеля.

Через пять лет после освобождения Сергея Шустова в Петербурге без его согласия не могла быть продана ни одна ворованная икона, ни одна средневековая реликвия, ни один поддельный Рембрандт. С каждой незаконной сделки Штабель получал свой процент. Тех же, кто осмеливался этот процент не заплатить, надеясь на свой ум или везение, через несколько дней находили в Обводном канале, или на городской свалке, или вообще никогда не находили.

Очень скоро Штабель нашел человека, без которого трудно было заниматься его новым бизнесом.

Это был неудачливый антиквар, прекрасный эксперт в самых разных областях искусства и совершенно беспринципный человек Семен Борисович Эрлих. Он сделался правой рукой Штабеля, его придворным консультантом и советником по целому ряду вопросов.

Эрлих сам говорил о себе, что может сказать про любую картину, каким художником и в каком году она написана и у кого украдена. Кроме того, он едва ли не с первого взгляда мог отличить фальшивого Рембрандта, Гейнсборо или Айвазовского от подлинного. Ему для этого почти не требовались никакие современные технические средства.

Вот эти-то серьезные люди незадолго до описываемых событий захотели увидеть Мишеля Муфлонского.

Перед салоном «Модерн» остановилась черная машина с тонированными стеклами. Из нее вышли два мрачных типа в таких черных костюмах, что на ум сразу приходили похороны. Мрачные типы безмолвно вошли в салон и прямиком направились к двери с надписью «Только для персонала».

Охранник Артур сделал было движение им навстречу, ну тут же понял, что эти двое играют не в его лиге, и моментально стушевался.

Мрачные посетители, не задавая никаких вопросов, прямиком проследовали в кабинет, который избрал своей постоянной резиденцией Михаил Аркадьевич Муфлонский.

Мишель в это время разговаривал с приятным голубоглазым юношей. Поглаживая его по руке, Муфлонский рассказывал, как одинок в нашем жестоком мире по-настоящему творческий человек. Эти слова, кажется, находили глубокий отзвук в сердце юноши, поэтому, когда дверь распахнулась и на пороге появились «двое из ларца», Муфлонский очень рассердился.

Он привстал, изобразил на лице неудовольствие, переходящее в гнев, и воскликнул хорошо поставленным начальственным голосом:

– Кто пустил?

Однако мрачные посетители не обратили на его гнев ни малейшего внимания. Один моргнул на голубоглазого юношу, причем тот оказался очень понятливым и в ту же секунду раз и навсегда исчез из кабинета Муфлонского и из его жизни.

Второй же пришелец обошел стол Мишеля и проговорил голосом, не терпящим возражений:

— Тебя ждет Штабель.

Услышав страшное имя, Муфлонский последовательно побледнел, покраснел и снова побледнел. Он расслабил узел своего неизменного шейного платка, застегнул пиджак и поднялся.

— Я... сейчас... только наведу здесь порядок...

— Потом наведешь! — ответил грозный гость, подтолкнув Мишеля к двери.

От этого толчка Муфлонский долетел до двери своего кабинета в долю секунды.

Правда, прозвучавшее в устах гостя слово «потом» вызвало у него надежду на то, что какое-то «потом» будет, то есть он еще вернется в свой уютный кабинет. Правда, люди вроде этих двоих запросто могут и соврать. Или просто ошибаться насчет планов своего начальства.

Во всяком случае, никаких вариантов у Мишеля не оставалось, и он проследовал через главный торговый зал «Модерна» между двумя мрачными сопровождающими.

Его подвели к черной машине с тонированными стеклами и втолкнули на заднее сиденье.

За рулем обнаружился еще один тип, такой же мрачный и облаченный в точно такой же похоронный костюм.

Сопровождающие сели с двух сторон Муфлонского, полностью обездвижив его, и машина тронулась в неизвестность.

Впрочем, довольно скоро Мишель понял, что его везут на Петроградскую сторону, где в просторном помещении бильярдной располагался оперативный штаб господина Шустова.

Штабель ждал Муфлонского, сидя в глубоком кресле черного дерева.

«Семнадцатый век!» – машинально ответил Мишель, который даже в такой драматической ситуации не утратил навыков антиквара.

Шустов был еще более мрачен, чем его посланцы. Он был худ, костляв, длиннорук, но его худое жилистое тело дышало силой и угрозой.

Сбоку от его кресла, как придворный возле королевского трона, маячил кругленький лысенький веснушчатый человечек совершенно безобидной наружности, в котором Мишель узнал Семена Борисовича Эрлиха, с которым его не раз сталкивала трудная судьба коллекционера.

– Здравствуй, Мишель! – приветствовал Муфлонского старый знакомый. – Ты извини, что мы с Сережей так невежливо тебя вызвали...

– Ничего страшного! – проблеял Муфлонский, гадая, отпустят ли его живым.

– Ничего страшного! – как эхо, повторил за ним Штабель, и громко расхохотался.

Затем он повернулся к Семену и проговорил:

– Да он юморист! Прямо Петросян!

Мгновенно помрачнев, Штабель снова развернулся к Муфлонскому и окинул его пристальным изучающим взглядом холодных, глубоко посаженных глаз.

— У нас к тебе просьба, — проговорил он наконец, когда Мишель уже готов был упасть в обморок.

— Конечно! — пробормотал Муфлонский. — Все, что в моих силах...

— Объясни ему, Семен! — бросил Штабель своему подручному.

Эрлих откашлялся, потер руки, поросшие рыжими волосками, и чрезвычайно вежливо сообщил, что они со Штабелем «очень бы просили» господина Муфлонского устроить для одной хорошей девушки уроки французского языка.

— Понимаешь, Мишель, девушке нужно ехать в Канаду, а у нее произношение не очень...

Муфлонский удивленно заморгал глазами.

Само то, что два таких серьезных человека беспокоятся о французском произношении какой-то девицы, было, конечно, странно, но могло найти разумное объяснение. Девица могла быть внебрачной дочерью одного из них или еще какого-нибудь серьезного человека, в котором эти двое заинтересованы. Она могла быть не дочерью, а любимой племянницей или, скажем, троюродной сестрой. Всякое бывает. Но вот то, что его, Муфлонского, привозят с охраной в резиденцию Штабеля, чтобы он нашел для этой девицы французскую учительницу — это не укладывалось ни в какие рамки!

— Семен Борисович! — воскликнул Муфлонский, умоляюще сложив ухоженные руки. — Да этих французских учителей полная телефонная книга! Я не понимаю...

– Он не понимает, – проговорил Штабель мрачным скрипучим голосом, повернувшись к Эрлиху.

От звуков этого голоса Муфлонский похолодел, сердце его провалилось в пятки. Он подумал, что недаром, ох, недаром подручные Штабеля одеты, как для похорон. В случае чего им не придется переодеваться.

– Ты не понимаешь, Мишель! – недовольно процедил Эрлих. – Нам не нужен такой учитель, которых полно в справочнике. В справочнике вообще ничего хорошего не найдешь. Нам не нужен абы какой преподаватель. Нам, Мишель, нужен очень хороший... точнее, очень хорошая. Нам нужно, чтобы ты эту девушку устроил позаниматься к Леониде Васильевне Симагиной.

– К кому? – удивленно переспросил Муфлонский. – К Леониде как? Я не понимаю...

– Он опять не понимает, – грустно вздохнул Штабель. – Семен, ты же говорил, что он понятливый!

– Он понятливый, Сережа, он понятливый! – заверил шефа Эрлих. – Он просто нервничает. Его твои орлы напугали.

– Мало напугали! – прохрипел Штабель. – Мало напугали, если он еще вопросы задает!

– Мишель, ты не понимаешь, – ласково и убедительно, как опытный учитель неуспевающему ученику, сообщил Эрлих Муфлонскому. – Но тебе и не надо ничего понимать. Даже лучше будет, если ты ничего не поймешь. Спать будешь спокойнее. Тебе надо только сделать то, о чем тебя просят. Ты ведь много интеллигентных старушек знаешь, так? Ты ведь у них всю жизнь антиквариат за гроши скупал! Ты на этих старушках состояние сделал! Так что покрутись, дорогой, пошустри, и найди выход на эту Леониду Васильевну! Мы с Сережей очень тебя просим, а все остальное неважно, правда?

– Правда, – как эхо повторил за Эрлихом Муфлонский.

У него появилась надежда вернуться в уютный кабинет при салоне «Модерн».

– Ну видишь, Сережа, он все понял! – сообщил Эрлих Штабелю. – Я же тебе говорил, что он понятливый!

– Хорошо бы, чтобы тот хмырь оказался таким же понятливым! – отозвался Штабель своим скрипучим голосом.

– Ничего, – постарался успокоить шефа Семен Борисович, – Марина – девушка толковая, сумеет его уговорить... даже если он не очень сговорчивый.

– Может, кого-то другого поискать? – в голосе Штабеля звучало сомнение.

– Другой не справится, – вздохнул Эрлих. – Таких реставраторов, как он, в мире можно по пальцам пересчитать... к тому же картина как раз...

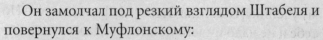

Он замолчал под резкий взглядом Штабеля и повернулся к Муфлонскому:

— Ну что, Мишель, тебе ясна задача?

— Ясна... — кивнул Михаил Аркадьевич.

— Тогда можешь приступать!

Эрлих повелительно кивнул мрачным охранникам, и они сопроводили Муфлонского к машине и доставили обратно в «Модерн», в целости и сохранности.

Муфлонский торопливо прошел через торговый зал, бросив разгневанный взгляд на охранника Артура. Такой выразительный взгляд обычно предшествует увольнению, но Артур сделал вид, что ничего не заметил.

Впрочем, Муфлонский после нескольких минут раздумья решил, что увольнять Артура не имеет смысла, потому что он, разумеется, ничего не мог сделать против людей Штабеля.

Еще несколько минут поразмышляв за своим столом, Михаил Аркадьевич вспомнил про трусливого и вороватого Вадима Коржикова и решил, что он — именно тот человек, который ему нужен, чтобы выполнить поручение Штабеля.

— Ну вот, я пригласил Вадима и попросил его рекомендовать ту девушку Леониде Васильевне... — закончил Муфлонский свой увлекательный рассказ, преданно глядя на капитана Журавлеву. — Конечно, я его очень настоятельно попросил. Чтобы ему и в голову не пришло отказаться. И больше ничего я не знаю...

– Интересно... – проговорила Наталья, доставая из кармана фотографию потерпевшей размером десять на пятнадцать и предъявляя ее Муфлонскому. – Это и есть та девушка?

– Уберите! – вскрикнул тот, отшатнувшись и заметно посерев лицом. – Вы же знаете, как я не люблю всяческие сцены насилия! Я даже телевизор стараюсь не смотреть! И я ведь вам уже сказал, что в глаза не видел эту Марину!

– Не сердитесь, – усмехнулась Наталья. – Это так, небольшой тест... что-то вроде детектора лжи!

Она ненадолго задумалась и вдруг оживилась:

– Ну-ка, повторите ещё раз – что там Эрлих со Штабелем говорили про какого-то несговорчивого человека, которого должна уговорить Марина? Постарайтесь вспомнить дословно!

– Штабель сказал: «Хорошо бы, чтобы он оказался таким же сговорчивым...»

– Нет, прошлый раз вы привели немножко другие слова!

– Другие? – Муфлонский наморщил лоб, припоминая. – Ну да! «Хорошо бы, чтобы тот хмырь... тот хмырь из Эрмитажа оказался таким же сговорчивым»... А Эрлих ответил: «Марина девушка толковая, сумеет его уговорить!»

– Из Эрмитажа? – воскликнула Наталья. – И потом он сказал, что нужный им человек – реставратор?

– Ну да, – кивнул Муфлонский.

– Реставратор из Эрмитажа! – повторила Журавлева. – Так я и думала!

Опять все обстоятельства указывали на Старыгина!

Покинув мастерскую каменотеса, Шаамер прибавил шагу, свернул на соседнюю улицу и оказался в шумном квартале продавцов благовоний и резчиков по дереву. Миновав две мастерские и богатую москательную лавку, на пороге которой стоял пузатый хозяин, зазывая к себе прохожих, жрец вошел в скромную с виду мастерскую, которой владел выходец из далекого Сидона.

Увидев жреца, финикиец бросился ему навстречу, тряся черной завитой бородой:

– Счастливый день, счастливый день! Счастливая звезда привела тебя, о Шаамер, в мою жалкую лачугу! Должно быть, это утренняя звезда, воплощение нашей великой богини! Клянусь Медным Змеем и Владычицей Аштарет, это счастливый день для меня! Чем такой бедняк, как я, может быть полезен такому великому человеку, как Шаамер?

– Не такой уж ты бедняк! – прервал Шаамер излияния финикийца. – Думаю, ты скопил в Фивах кое-какие деньги. Но это меня нисколько не касается. Я слышал, что тебе поручили изготовить деревянные ларцы и шкатулки для посмертных украшений и благовоний скончавшейся принцессы?

275

— Слухи распространяются в Городе Мертвых так быстро, как будто их разносит западный ветер, — финикиец скромно опустил взор. — Но если великий Шаамер думает, что мне за эту работу слишком хорошо заплатили — так он ошибается: я взялся за этот заказ только из почтения к покойной принцессе и из любви к фараону, да продлятся его дни, да будут повержены в прах его враги...

— Так я тебе и поверил! — усмехнулся Шаамер. — Вы, финикийцы, умеете торговаться, как никто другой, и из всего извлекаете выгоду! Никогда не поверю, что ты не сумел выторговать хорошую цену. Но я к тебе пришел по делу...

— Я весь внимание! — еще более почтительно склонился хозяин мастерской.

— Ведь ты сделаешь эти ларцы и шкатулки из прочного, долговечного дерева?

— Разве досточтимый Шаамер может сомневаться? Разве я когда-нибудь обманывал его? Я сделаю их из прочной и красивой древесины, из хорошо высушенного дерева нильской акации! Мои изделия будут служить покойной принцессе тысячи лет!

— Это хорошо, — кивнул Шаамер. — Так вот, возьми мое золото и сделай для меня кое-какую работу.

Он достал из складок одежды массивный золотой браслет и протянул его мастеру.

— Как щедр досточтимый Шаамер! — финикиец жадно схватил золото и поклонился, пряча браслет в потайной карман. — Что же мне надлежит сделать?

— В одной из шкатулок тебе надлежит сделать тайное отделение, которое не найдет ни один случайный человек. Только тот, кто знает его секрет. Сможешь ты это сделать? — жрец с сомнением посмотрел на финикийца.

— Конечно, мой господин! Ведь это — моя работа!

— В это отделение ты положишь картуш. Обыкновенный картуш, на котором будут начертаны несколько иероглифов...

— Воля досточтимого Шаамера — священна для меня! — поспешно проговорил финикиец, не сводя со старого жреца заинтересованного взгляда.

— И смотри — чтобы ни одна живая душа не узнала о нашем разговоре! Ни твои подмастерья, ни твоя многочисленная финикийская родня, ни, тем более, люди фараона, да продлятся его дни!

— Клянусь Ваалом, богом моих отцов! — отозвался финикиец и поклонился еще ниже.

«Вот так номер, — думал Пауль Штольц, выкручивая руль, — похоже там, в машине, действительно сидит Фолькер Месснер, рецидивист и международный преступник. И самое удивительное — этот самый Месснер жив-здоров».

Пауль очень хорошо знал Месснера, в свое время он долго гонялся за ним по всей Европе и по значительной части Ближнего Востока и наконец поймал. А потом тот снова сбежал, и Пауль поймал его снова. Да так, что тот сбежать не смог, потому что гаитянский полицейский застрелил его при задержании. Пауль сам видел его мертвым, так что первая мысль, которая пришла ему в голову после того, как он получил сообщение, что отпечаток пальца рядом с убитой женщиной принадлежит Месснеру, была: «Не может быть! Это какая-то ошибка!»

Впрочем, вторая его мысль была точно такой же.

Он сам попросил, чтобы в Петербург послали именно его. И вот теперь он понял, что этот человек хоть и мало похож на Фолькера Месснера, каким Пауль его знал, но несомненно ему знаком. Знакома была фигура – высокая, немного нескладная, широкие плечи, крупная голова с плотно прижатыми ушами. Однако изменилась походка – теперь человек подволакивал ноги и опускал плечи, руки же свободно болтались в такт шагам. При этом человек вовсе не выглядел слабаком и доходягой, вся фигура дышала мрачной силой. К сожалению, Паулю не удалось как следует рассмотреть лицо – он боялся, что Месснер его узнает. Приходилось выжидать удобного случая, а пока наблюдать.

Водитель преследуемой машины ехал не спеша, не нарушая правил, не превышая скорости, нетрудно было держать машину в поле зрения, оставаясь при этом незамеченным. Вот повернули на тихую улицу, потом выехали на широкую магистраль, постояли у светофора, после чего минут десять машина ехала прямо по проспекту, пока не свернула в небольшой переулок.

Дома в переулке были старые, построены вероятно в начале прошлого века, а то и раньше. Сохранились вымощенные булыжником дворы, с проржавевшими покосившимися столбами, к которым, надо полагать, крепились когда-то ворота, и с чугунными тумбами – колесоотбойниками, предохранявшими края подворотен от тяжелых ломовых телег.

Машина, где находился предполагаемый Месснер, ехала не спеша, притормаживая перед многочисленными выбоинами на асфальте. Пауль отвык от такого разбитого дорожного покрытия и от таких мрачных дворов, и от домов, хмуро глядевших на улицу мутными стеклами, напоминающими подслеповатые глаза больного старика.

В один такой двор въехала преследуемая машина. Пауль поостерегся ехать следом, припарковался прямо в переулке, возле заржавленного красного «жигуленка» с раскрытым капотом. Из-под капота торчали только ноги в синих спортивных брюках. Паулю пришлось заехать на тротуар – все так делали, иначе в узком пространстве потом две машины не разминутся.

Едва он успел выйти из машины, как из капота красных «Жигулей» вылез невысокий тщедушный мужичонка. Верхняя его половина была одета в клетчатую рубаху, частью расстегнутую, частью без пуговиц, из-под нее виднелась несвежая майка.

– Ты куда это вперся? – обманчиво-спокойным голосом осведомился он.

– Простите? – удивился Пауль.

Хотя машина была с петербургскими номерами, мужичонка тут же угадал в водителе чужака – по приличной одежде, хорошо выбритому свежему лицу, по чистым рукам, а скорее всего – по выражению искренней доброжелательности и готовности помочь. Сначала мужик хотел просто поскандалить, выместить на незнакомце скверное настроение, но теперь живо смекнул, что с зарубежного лоха можно и деньжат срубить по-легкому.

– Да ты как встал, как встал? – начал мужичонка, набирая обороты и приближаясь к Паулю с самым угрожающим видом. – Да ты ездить что ли не умеешь? Первый раз за руль сел, козел? Как ваще таким только права дают?

– В чем дело? – нахмурился Пауль. – Какие претензии?

— А такие, что ты мою машину поцарапал! — нагло заявил мужик. — Вон, на дверце!

Машина была старая, видавшая виды, и царапин на ней было, что извилин на мозге гения, но местный житель твердо настроился получить легкие деньги, а потому уверенно наступал на Пауля, взвинчивая себя для храбрости. Внешность по нынешним временам бывает обманчива: пузатый немолодой мужик может оказаться бывшим чемпионом по боксу и, вспомнив боевую молодость, угостит спорщика отличным ударом в челюсть, либо же субтильная школьница профессионально звезданет ботинком по коленке, так что охромеешь, если не на всю жизнь, то весьма надолго. Но с этим чужаком все должно было пройти как по маслу — хоть внешне и здоровый, но по виду полный лох, выложит денежки, как миленький.

Пауль наблюдал за мужичком с досадливым любопытством — не ко времени ему сейчас эта встреча. Поэтому он пока настороженно помалкивал и осторожно повернул голову, чтобы заглянуть во двор. Хозяин «Жигулей» понял это движение так, что заграничный лох испугался и хочет звать на помощь. Помощи в этом дворе ждать было неоткуда, и мужик совсем обнаглел.

— А ну плати! — заорал он. — Новая машина была! Сколько езжу, ни одной аварии!

— Да ну? — машинально удивился Пауль.

Осторожный и разумный человек, услышав такую спокойную и уверенную интонацию, поостерегся бы наезжать так нагло. Он понял бы, что перед ним вовсе не лох, а просто человек давно не был дома и забыл, как здесь все дела делаются. Но тот, кто вырос в петербургском дворе, никогда этого не забудет, это — как езда на велосипеде, навык вспоминается моментально. Однако, если бы хозяин старых «Жигулей» был осторожным и разумным человеком, он вообще не стал бы затевать скандал на пустом месте.

Послышался шум мотора, и из двора выехала та самая машина, которую преследовал Пауль. Будучи рядом, он увидел, что кроме водителя, в салоне никого не было. Стало быть, Месснер (если это действительно был он) остался в доме.

— Что смотришь? — орал мужик, — плати пятьсот баксов и вали отсюда, пока по шее не получил!

— Да твоя рухлядь и вся столько не стоит!

— Что ты сказал? — мужик нагнулся к машине и вынырнул с монтировкой в руках. — А это ты видел?

В следующую секунду он уже лежал лицом вниз на капоте собственных ободранных «Жигулей», а заграничный лох, который оказался вовсе не лохом, аккуратно заводил за спину его правую руку и спрашивал совершенно по-житейски:

— Ты, мужик, кем работаешь?

— Эл-лектриком... — боль в руке становилась невыносимой.

— Это хорошо, — задумчиво проговорил «лох», — электрику даже по правилам положено работать одной рукой, так что другая тебе вроде бы и не нужна...

— Ты погоди, погоди! — испуганно закричал невезучий хозяин «Жигулей». — С чего это ты завелся-то? Дело-то пустяковое, а ты нервничаешь...

— Да я как раз спокоен, — Пауль чуть сильнее надавил на руку, так что его противник взвыл, — ты вот что, ты скажи, машину эту знаешь, что сейчас выехала?

— Ну, видел пару раз. На ней один приезжает, странный такой. Квартира на втором этаже, вход из подворотни.

— Живи пока, — Пауль ослабил хватку.

Мужик облокотился на капот, потирая руку, и глядел вслед «лоху». Вот никогда не угадаешь!

Пауль поднялся по лестнице и остановился перед дверью нужной квартиры. Дверь была подстать подъезду, и дому, и двору — старая, рассохшаяся, давно не крашенная. Замок тоже старый, и всего один. В современной России только очень самоуверенный человек довольствуется одним замком.

Пауль оглянулся по сторонам — на двери напротив, такой же старой и обшарпанной, не было даже глазка. Он протянул руку к звонку, потом раздумал, постоял немного на лестнице, настороженно прислушиваясь, и наконец решился: достал отмычку и открыл хлипкий замок без всякого труда и шума.

В квартире стояла могильная тишина, даже с улицы не доносилось ни звука, видно, окна были плотно закрыты. Воздух был спертый и тяжелый, как будто давно не проветривали. И еще здесь чувствовалась напряженная атмосфера опасности, что было неудивительно: там, где Фолькер Месснер — там всегда опасность.

В прихожую выходили четыре двери. Пауль достал пистолет, снял его с предохранителя и осторожно отворил ближнюю. За этой дверью оказался санузел, донельзя запущенный. И тоже тишина, даже вода не журчала в трубах.

Пауль прикрыл дверь, стараясь не скрипнуть, и осторожно двинулся дальше. Он был напряжен и каждую секунду ждал нападения.

Следующей была кухня, по слою пыли, лежавшей на плите, видно было, что ей очень давно не пользовались по назначению.

Стараясь двигаться как можно тише, Пауль слегка приоткрыл следующую дверь. Это была жилая комната — пыльная выцветшая занавеска на окне, ломаная этажерка со старыми, еще доперестроечными газетами, комод с подложенным чурбачком вместо одной ноги и старая кровать с пружинным матрацем.

Пауль застыл на месте, потому что увидел на кровати лежащего навзничь человека.

Пауль вскинул пистолет, готовый выстрелить при первых признаках опасности, но человек на кровати не подавал признаков жизни.

Прошло минуты три, Паулю казалось, что его сердце грохочет на всю квартиру. Человек на кровати не шевелился, во всяком случае, свешивающаяся почти до пола рука оставалась неподвижной. Все это было неправильно, непонятно: Пауль отлично знал Месснера, у него было феноменально развито чувство опасности, оттого его так долго не могли задержать. Если человек на кровати был Месснером, он давно уже должен был почувствовать присутствие постороннего и перейти к активным действиям.

Пауль постоял еще немного, потом дослал патрон и решительно распахнул дверь.

Фигура на кровати не шевельнулась. В два прыжка преодолев расстояние от двери, Пауль остановился у кровати.

Человек лежал на спине, глаза его были широко открыты и смотрели в потолок. Глаза были совершенно неживые, неподвижные, безразличные ко всему, с неправдоподобно расширенными зрачками. Несомненно, это был Месснер, хотя и очень изменившийся. И несомненно, что он был мертв, потому что живые не лежат так неподвижно, и у живых не бывает такого безразличного взгляда.

Серое лицо в кожистых складках казалось резиновой маской – не такой веселой и забавной, какую надевают во время рождественского карнавала, а такой, в каких грабители врываются в банк или ювелирный магазин.

И еще, от этого человека исходил такой жуткий, такой противоестественный холод, что Пауля забил озноб.

Тем не менее, Пауль преодолел себя и притронулся к шее Месснера, пытаясь найти пульс.

Пульса не было. Это не удивило, удивляло другое. Он сам, своими собственными глазами видел, как тело Месснера крепкие деловитые черные санитары запаковали в черный пластиковый мешок и увезли в морг. Этот человек был мертв год назад.

В таком случае он еще неплохо сохранился, вынужден был признать Пауль. Преодолевая брезгливость, он расстегнул на теле несвежую рубашку. Месснеру выстрелили в сердце, смерть наступила мгновенно. И сейчас на теле был виден плохо заживший шрам с левой стороны груди.

Шрам находился именно в том месте, где год назад Пауль своими глазами видел пулевое отверстие.

Сомнения исчезли, Пауль достал мобильный телефон.

Шаамер покинул лавку финикийца и окунулся в шумный лабиринт узких торговых улочек. Ему нужно было сделать последнюю часть своей работы и тогда можно будет возвратиться в свою келью и наконец немного отдохнуть...

Внезапно жрец почувствовал невыносимую усталость. Как будто он прошел пешком тысячу миль по безлюдной пустыне, среди раскаленных песков и каменистых осыпей, населенных только змеями и скорпионами. И такой же жар, как тот, что царит в Западной пустыне. Перед глазами Шаамера замелькали цветные пятна. Он покачнулся, схватился за стену, чтобы не упасть.

— Господину нужна помощь? — угодливым тоном спросил его прохожий, низкорослый смуглый человек с бегающими глазами, едва прикрытый рваной поношенной накидкой.

— Нет, проваливай! — ответил Шаамер, собрав в кулак всю свою волю и гордо выпрямившись.

Он знал, что здесь, в этих кварталах лавок и мастерских, промышляли многочисленные воры и грабители. И этот смуглый человек — наверняка один из них, это видно по его скользкой повадке, по вороватым взглядам... если довериться ему, он заведет усталого жреца в безлюдный тупик, ударит по голове и ограбит... а у Шаамера есть еще дело, важное дело, которое он должен завершить!

Жрец вытащил из-под одежды длинный кинжал, и смуглый тип исчез, как мираж.

Шаамер двинулся вперед.

Но если прежде его мучил невыносимый жар, то теперь ему вдруг стало холодно. Так холодно, как бывает только под утро в той же пустыне, когда камни и песок уже отдали весь дневной жар и караванщики жмутся к своим верблюдам, стуча зубами от холода.

Перед глазами Шаамера все плясали радужные пятна.

Вдруг он увидел, что идущий ему навстречу торговец разделился на двух, совершенно одинаковых с виду. Жрец попытался пройти между этими двумя и налетел на чье-то плечо.

– Господину нужна помощь? – произнес торговец, снова соединившийся в одно целое. – Моя лавка совсем рядом!

На этот раз Шаамер кивнул и позволил торговцу довести его до лавки. Внутри было прохладно и приятно пахло. В лавке торговали благовониями.

Торговец усадил знатного гостя на покрытую дорогой тканью скамью, с поклоном поднес ему глиняную чашу с прохладным ароматным питьем.

Шаамер жадно выпил половину чаши, и ему стало немного легче.

Настолько легче, что он понял, что с ним происходит.

Это не усталость, и не дурнота, которая случается порой от солнечного жара.

Он болен.

И болен тяжелой, страшной, смертельной болезнью.

Шаамер слышал об этой болезни от старых жрецов, а еще – от тарихевтов-бальзамировщиков. Эта болезнь настигала иной раз тех, кто посягал на покой гробниц.

Значит, многомудрый Семос лучше защитил свою тайну, чем думал грабитель могил по кличке Шейх Ночи. Лучше, чем думал сам Шаамер. Не только видимые ловушки расставил он в своей гробнице, но еще и невидимую, но самую страшную из всех.

В голове жреца словно били десятки маленьких молоточков, на висках его выступили мелкие капли пота. В то же время страшный холод все не отпускал его.

Шаамер вспомнил все, что ему приходилось слышать об этой болезни.

Спасения от нее нет, но корень нильского лотоса приносит некоторое облегчение и помогает оттянуть смерть. Иногда – на несколько часов, иногда – на целый день.

А Шаамеру очень нужно время, чтобы завершить свое последнее дело. Самое важное из всех, какие ему приходилось совершать.

– Торговец, – проговорил он слабым голосом, – есть ли в твоей лавке корень лотоса?

– Конечно, мой господин! В моей лавке есть любые коренья! – хозяин лавки низко склонился, ожидая приказания.

– Продай мне несколько корней... я хорошо заплачу тебе... один из них залей горячей водой!

Жрец протянул хозяину лавки несколько серебряных колец. Тот засиял от такой щедрости и бросился лично выполнять приказ щедрого господина.

Через несколько минут Шаамер пил горячий ароматный настой.

С каждым глотком болезнь, казалось, отступала, в голове прояснялось, силы возвращались к жрецу.

Допив настой, он поднялся, несмотря на уговоры хозяина, спрятал под одежду оставшиеся коренья и отправился прочь.

Теперь он шел гораздо увереннее, чувствовал себя почти здоровым. Но он не обманывался насчет своего будущего: именно то, что корень лотоса принес ему такое облегчение, подтверждало страшный диагноз. Это именно та смертельная болезнь, настигающая святотатцев, проникших в запретные тайны Некрополя...

Это было несправедливо.

Ведь он прикоснулся к этим священным тайнам только для того, чтобы надежнее сохранить их! Только для того, чтобы они не попали в руки неразумного!

Но бесполезно говорить о справедливости, когда речь идет о воле богов. У бессмертных — своя справедливость, понять которую не дано людям, даже таким мудрым, как Шаамер.

— Добрый господин, не желаешь ли повеселиться? — окликнула его разбитная девица с подкрашенными сурьмой глазами, выглянув из дверей жалкой лачуги.

Шаамер обжег ее гневным взором и устремился вперед.

Ему нужно было обогнать болезнь и завершить свое дело прежде, чем болезнь сделает свое.

Привратник Дома Чисел удивленно взглянул на Шаамера. Никогда он не видел его таким бледным и в то же время возбужденным. Старший жрец всегда двигался спокойно и неторопливо, гордо выпрямив голову и не замечая окружающих. Сейчас же он горбился, шаги его были неровными, дыхание прерывистым.

Павел Копытов включил электрический чайник и сладко потянулся.

Его смена подходила к концу, и скоро должен был прийти сменщик дядя Гриша. Можно будет выпить с ним чаю, обсудить погоду и отправиться домой.

Впрочем, дядя Гриша чай не очень любил, предпочитая более крепкие напитки. Кроме того, Павел не очень спешил домой. Ему нравилась его работа.

Ему нравилась царящая здесь тишина, удивительный покой. Нравились его безмолвные подопечные, от которых не приходилось ждать каких-то неприятных неожиданностей. Ровными рядами лежали они на металлических столах, аккуратные, подтянутые и дисциплинированные, как солдаты второго года службы.

Павел работал в морге.

Там, снаружи, постоянно что-то происходило, люди подсиживали друг друга, сплетничали за спиной, злословили, старались навредить своему ближнему всеми доступными средствами, старались унизить и оскорбить.

Раньше, когда Павел работал среди живых, они доставляли ему массу неприятностей. Они высмеивали его неказистую внешность и манеру одеваться, норовили подставить ножку в прямом и переносном значении... Только теперь, оказавшись в морге, он каждый день с радостью шел на работу. Потому что его молчаливые подопечные были удивительно покладисты и безобидны, а из живых он постоянно сталкивался только с Марципаном.

Словно почувствовав, что хозяин вспомнил о нем, Марципан ласково потерся об его ноги и громко мяукнул.

Может быть, он делал это только для того, чтобы выпросить у хозяина подачку, но Павлу все равно было приятно.

Марципан был черный как смоль, только один белый ус эффектно выделялся на этом благородном фоне. Редкие посетители из живых говорили, что черный кот очень подходит к мрачной обстановке морга, и Павел им не возражал.

Павел решил выпить чаю, не дожидаясь сменщика. Он достал из холодильника масло и колбасу. Колбаса была хорошая – «Докторская», розовая и упругая, как детский ластик. В тот момент, когда он поворачивался к холодильнику, ему показалось, что за матовым стеклом коридора кто-то прошел, промелькнула какая-то смутная неопределенная тень, но когда он выглянул в коридор, там никого не было. Да и кто мог здесь ходить? Входная дверь была заперта изнутри, а в самом морге кроме Павла и Марципана никто не умел передвигаться. По крайней мере, без посторонней помощи.

Чайник с негромким щелчком выключился.

Павел налил чай в красную керамическую кружку, сделал себе большой аппетитный бутерброд.

Что-то показалось ему странным.

Ах, ну да – Марципан, который только что крутился у его ног, куда-то пропал. А ведь у него был прекрасный слух, и стоило Павлу открыть холодильник, кот мгновенно прибегал, цокая когтями по кафельному полу. А сейчас он прозевал благоприятную возможность выпросить у хозяина кусок колбасы!

Такое с ним случалось редко.

– Кис-кис-кис! – позвал Павел, по очереди заглянув во все углы.

Марципан не отозвался.

И тут Павел заметил, что дверь, ведущая в зал с молчаливыми подопечными, немного приоткрыта.

Это и в целом был непорядок – через приоткрытую дверь в мертвецкую проникало тепло, которое могло повредить бессловесным подопечным, и наоборот, оттуда в дежурное помещение тянуло холодом, а сквозняки – это верный путь к простудным заболеваниям, к которым Павел имел врожденную склонность.

Кроме того, приоткрытая дверь могла значить, что Марципан пробрался в мертвецкую и может там нахулиганить, за что достанется, конечно, ему, Павлу.

Павел отрезал приличный кусок колбасы и направился к двери, приговаривая:

– Кис-кис-кис! Ну куда же ты забрался, хулиган?

Открыв дверь мертвецкой, Павел в первый момент не заметил ничего подозрительного. Ровные ряды металлических столов, холод и стерильная белизна. Красота!

Но затем под ближайшим столом он разглядел своего любимца.

Павел нагнулся, протянул колбасу.

Марципан не обратил внимания на угощенье. Он трясся, как осиновый лист, шерсть на загривке стояла дыбом, уши прижаты, а в зеленых глазах светился самый настоящий ужас.

– Кис-кис-кис! – повторил Павел и опустился на колени, чтобы вытащить перепуганного кота из-под каталки. Но Марципан попятился, громко зашипел и взмахнул когтистой лапой в сантиметре от лица своего хозяина.

– Да ты чего, Марципаша! – обиделся Павел. – На меня, на своего хозяина – с когтями?

Он был хорошо знаком с острыми когтями Марципана и не хотел повторить свое знакомство, вместо этого он пытался уговорами воздействовать на кота.

Кот шипел и не шел на мирные переговоры.

Да он и не смотрел на хозяина, его взгляд был прикован к чему-то другому.

Павел проследил за взглядом кота и потряс головой, как будто хотел вытряхнуть воду из уха.

На одной из каталок не было подопечного.

Металлический стол на колесиках был пуст.

Нет, это вовсе не значит, что все до единого столы были заняты, среди них хватало свободных, но именно этот стол на колесиках был совсем недавно занят. Павел прекрасно помнил это, поскольку всего несколько часов назад в его тихое царство приходили живые и очень озабоченные люди в количестве четырех человек, чтобы рассмотреть этого самого подопечного, взять у него отпечатки пальцев и еще какие-то непонятные пробы.

И после того, как они ушли из морга, Павел обошел свои владения и убедился, что все в полном порядке.

И этот конкретный покойник был на своем месте.

Надо сказать, что покойник был на редкость неприятный.

В принципе, Павел, как уже было сказано, хорошо относился к мертвым людям. Во всяком случае, значительно лучше, чем к живым. Потому что покойники гораздо надежнее, от них всегда знаешь, чего можно ожидать. Но от этого конкретного покойника исходил какой-то удивительный холод. Это чувствовалось даже здесь, в мертвецкой, где и без того было очень холодно. Но тот холод, который исходил от этого покойника, был удивительно неприятный, он проникал сквозь самую теплую одежду и сжимал сердце...

Кроме того, от этого покойника исходило ощущение опасности.

Казалось, что он в любую минуту может выкинуть какую-то гадость.

Вот и выкинул.

Исчез в неизвестном направлении.

Павел вспомнил померещившийся ему силуэт, промелькнувший за матовым стеклом коридора, и решил, что об этом лучше никому не говорить. Все равно не поверят, и отправят Павла на психиатрическое обследование, как уже было однажды.

Нет, никому ничего не нужно говорить. Даже о том, что пропал один из его подопечных. Пускай это обнаружит кто-нибудь другой. Например, дядя Гриша.

Павел вздохнул, поправил простыню на опустевшем столе и покинул помещение мертвецкой.

Марципан трусливо поджал хвост и устремился за хозяином, опасливо оглядываясь по сторонам.

Старыгин положил перед собой два листка с расшифрованными иероглифами.

Две цепочки цифр...

Что они могут значить?

Почему каким-то древним египтянам пришло в голову оставить эти два числа на таком прочном материале и в таком надежном месте, что они пережили четыре тысячелетия и попали в руки ему, Старыгину? Почему они считали эти числа настолько важными?

Но еще большее недоумение вызывал у него тот факт, что сейчас, в наше время, кто-то неизвестный и могущественный так заинтересовался этими цепочками цифр, что пошел ради них на убийство.

Кому может быть нужна эта древнеегипетская арифметика?

Дмитрий Алексеевич потер виски.

Кот Василий почувствовал, что хозяин чем-то озабочен, и вспрыгнул к нему на колени, коротко и выразительно муркнув. Старыгин запустил руку в густую рыжую шерсть, почесал кота за ушами и ласково проговорил:

— Что бы я без тебя делал, дружище!

Кот выразительно посмотрел на хозяина, словно что-то хотел ему сказать.

И вдруг Старыгина осенило.

Витька Семеркин! Как он сразу не вспомнил о нем!

Его одноклассник, доктор физико-математических наук Виктор Тимофеевич Семеркин, надежда отечественной математики и просто отличный мужик!

Когда они учились в старших классах школы, учитель математики Василий Васильевич (Вась Вась, как называли его ребята) неоднократно говорил, что Витькина фамилия не случайно Семеркин, и если бы он, Василий Васильевич, мог, он ставил бы ему по своему предмету только семерки. Пятерка — это слишком скромная оценка для Витькиного математического таланта.

Обычно вундеркинды, чьи способности проявляются очень рано, не добиваются во взрослой жизни больших успехов. Эйнштейн, как известно, в школе едва тянул на тройки.

Из этого правила Старыгин знал два исключения: Вольфганг Амадей Моцарт и Витька Семеркин.

Витька блестяще окончил матмех Университета, причем окончил его досрочно, всего за три года. Кандидатскую диссертацию он написал еще через год, докторскую защитил к тридцати.

Правда, потом его блистательный рост притормозился. Говорили, что он увлекся какой-то сложной задачей теории чисел и так и не смог решить ее, а отступить тоже не мог.

Во всяком случае, он занимался именно теорией чисел, а сейчас перед Старыгиным лежали два числа – значит, его дорога лежит прямиком к Семеркину!

Дмитрий Алексеевич перелистал свою записную книжку и наудачу набрал Виткин номер.

Из трубки неслись длинные гудки.

Конечно, Семеркин мог быть в отъезде – на какой-нибудь математической конференции, или просто в отпуске; мог допоздна сидеть на работе.

Старыгин уже готов был повесить трубку, как вдруг гудки прервались и унылый голос проговорил:

– Кому еще я понадобился?

– Здорово, Витька! – радостно выпалил Старыгин. – Как живешь?

– Это кто? – уныло осведомился Семеркин, – Лев Александрович, вы, что ли?

– Витька, ты что – не узнал? Это же я, Дима Старыгин!

– А! – голос Семеркина немного потеплел. – Богатым будешь!

— Слушай, я к тебе сейчас приеду! Прямо сейчас! Ты никуда не собираешься?

— В такое время? — удивленно протянул Семеркин.

Неясно было, что он имеет в виду — то ли что в такое время он точно никуда не уйдет, то ли что уже слишком поздно для визита. Старыгин решил не уточнять, но на всякий случай добавил:

— Я тут хотел показать тебе два интересных числа...

— Ну, приезжай, — Виктор, кажется, оживился.

Ровно через сорок минут Дмитрий Алексеевич позвонил в квартиру своего одноклассника. Едва он прикоснулся пальцем к кнопке звонка, из-за двери донеслись звоны и громы, словно в квартире Семеркина заиграл целый оркестр ударных инструментов.

Старыгин от неожиданности попятился.

Дверь распахнулась, и на пороге появился его одноклассник.

Они не виделись года два, и за прошедшее время Семеркин заметно постарел, как-то сник. От прежнего Семеркина, весельчака и души компании, осталась ровно половина. Огонь в его глазах потух, плечи опустились, возле губ залегла горькая складка.

— Здравствуй, Дима! — проговорил он печально, как будто присутствовал на собственных похоронах.

– Это что у тебя? – Старыгин мотнул головой в глубину квартиры, из которой все еще доносился ритмичный звон. – У тебя там что – репетиция оркестра?

– Это часы, – уныло отозвался Семеркин, пропуская приятеля в прихожую. – Собираю, понимаешь, часы с боем, да вот никак не могу их точно отрегулировать. Все время то одни, то другие подводят. То отстанут на секунду, то наоборот убегут...

– На секунду? – удивленно переспросил Старыгин. – Ну, секунда – это же ерунда!

– Не скажи, – Виктор покачал головой. – Точность есть точность. Во всяком случае, ты же сам слышишь – бьют не синхронно!

Часы по очереди закончили бить, и в квартире наступила поразительная тишина.

Виктор проследовал на кухню. Дмитрий Алексеевич шел за ним, с горечью глядя на сутулую спину и вялые, стариковские движения одноклассника.

– Витька, что ты такой кислый? – не выдержал он, усевшись напротив него за просторный, чисто прибранный стол.

По крайней мере, знаменитая Витькина аккуратность осталась при нем.

– А! – Семеркин безнадежно махнул рукой.

– Пр-роблема Вер-ртмюллера! – раздался вдруг откуда-то сверху хриплый голос.

Старыгин вздрогнул и поднял глаза.

На шкафу сидел, угрюмо нахохлившись, яркий красно-зеленый попугай.

— О, ты говорящую птицу завел! — уважительно проговорил Дмитрий Алексеевич.

Про себя он подумал, что даже попугай у Витьки какой-то унылый.

— Да нет, он у меня временно... — отозвался Семеркин. — Пока на кафедре ремонт...

— Сразу видно — ученый попугай! — одобрил Старыгин. — Про какую-то проблему говорит...

— Конечно... — Семеркин тяжело вздохнул. — Он от меня чаще всего про эту проклятую проблему слышит... это об нее я обломал зубы, черт бы ее побрал...

Он повернулся, не вставая со стула, и вытащил из шкафчика полупустую бутылку коньяку.

Насколько Старыгин помнил, раньше Витька месяцами не прикасался к спиртному.

«Эх, обломала его жизнь! — подумал Дмитрий Алексеевич. — Какой он раньше был — веселый, жизнерадостный!»

Семеркин разлил коньяк по стаканам, поднял свой стакан и проговорил:

— Ну, за встречу!

Они выпили, закусили лимоном, и Семеркин с некоторым интересом осведомился:

— Ну, что там у тебя за числа?

— Ну вот, взгляни... — Дмитрий Алексеевич положил на стол свои бумажки.

Семеркин склонился над столом и уставился в записи. Сначала он был по-прежнему уныл и безразличен, но постепенно в его глазах загорелся неподдельный интерес.

— Откуда это у тебя? — спросил он, подняв горящий взгляд на одноклассника.

— Да вот, понимаешь... у нас в Эрмитаже...

— Чушь! — выпалил Виктор. — Причем тут Эрмитаж? Я тебя серьезно спрашиваю, откуда у тебя такое хорошее представление числа «кси»? Насчет числа «фи» все понятно, его каждый школьник до пятнадцатого знака помнит, но вот «кси» я еще не видел с такой точностью после седьмого знака...

— Постой, постой! — Старыгин замахал руками. — Не говори со мной на этом птичьем языке! Я ведь не математик, этих твоих слов не понимаю! Что еще за «пси» и «фи»?

— Не «пси», а «кси»! — поправил одноклассника Семеркин. — Скажи правду, откуда у тебя это представление? Кто его получил — неужели Борисоглебский? Да нет, не может быть, у него кишка тонка! Кулик? Циммерман?

— Да послушай меня! — прервал его Дмитрий Алексеевич. — Ты ведь знаешь, я математикой никогда не интересовался, все, что сложнее таблицы умножения и теоремы Пифагора для меня — темный лес. И никаких твоих Борисоглебских и Циммерманов я не знаю. Одно число, вот это, было написано иероглифами на каменной табличке, которую держит в руках писец...

– Какой еще писец? – раздраженно перебил его Виктор.

– Каменный писец, древнеегипетский, относящийся к Среднему царству.

– Не может быть! – недовольно процедил Семеркин. – За кого ты меня принимаешь?

– А второе я прочитал на картуше, который был спрятан в египетском же ларце для благовоний. Приблизительно того же времени, что писец. Только деревянном.

– Не может быть! – повторил Семеркин.

– Ретр-роград! – проорал со шкафа попугай.

– Вот видишь, даже птица тебя не одобряет! – укоризненно произнес Дмитрий Алексеевич.

– Что же, ты хочешь меня убедить, будто в Древнем Египте, две тысячи лет назад, уже знали с такой точностью представление числа «кси»? Да они и не подозревали о том, что оно вообще существует!

– Не две, а четыре, – поправил Старыгин одноклассника.

– Что?

– Не две тысячи лет назад, а четыре! Во времена Среднего царства, в начале второго тысячелетия до нашей эры.

– Тем более! – Семеркин снова взглянул на бумажку с числами и подозрительно покосился на Старыгина:

– Сегодня ведь не первое апреля, зачем ты меня разыгрываешь?

— Больно нужно мне тебя разыгрывать! Может, ты мне наконец объяснишь, отчего ты так переполошился? Что это за числа?

— Ну насчет первого числа, «фи», все более-менее просто. Это так называемое число Фибоначчи, если попросту — числовое выражение золотого сечения...

— А, ну это-то я знаю! — обрадовался Старыгин. — Золотое сечение лежит в основе пропорций живописи и архитектуры... Леонардо да Винчи считал, что золотым сечением описываются идеальные пропорции человеческого тела... но почему здесь так много цифр?

— Правильно, хоть что-то ты знаешь! — обрадовался Семеркин. — Леонардо был не только великим художником, но и выдающимся математиком. Это именно он ввел термин «золотое сечение», но сама пропорция была известна гораздо раньше, о ней писал еще Евклид в своих «Началах»...

— Тогда почему ты не можешь допустить, что и древние египтяне тоже знали эту пропорцию?

— Нет, как раз насчет «фи» я готов допустить. Разве что смущает такая большая точность... во всяком случае, Евклид не знал такого точного выражения этого числа.

— Все-таки почему здесь так много цифр? Ведь золотое сечение — это что-то около полутора...

— Вот именно — что-то около! — усмехнулся Семеркин. — На самом деле золотое сечение выражается так называемым иррациональным алгебраическим числом, определяющимся пределом отношения двух соседних чисел Фибоначчи...

— Опять ты начал пугать меня своими математическими терминами! — застонал Дмитрий Алексеевич.

— Ну, не делай вид, что ты уж совсем ничего не знаешь! Про числа Фибоначчи сейчас, по-моему, слышал каждый школьник. Это ряд чисел, в котором каждое следующее равно сумме двух предыдущих. Первые два числа — ноль и один, поэтому третье равно их сумме, то есть тоже единице, четвертое — сумме второго и третьего, то есть сумме двух единиц — двойке, пятое, соответственно — сумме единицы и двойки, то есть трем, шестое — два плюс три, то есть пять, седьмое равно восьми...

— Хватит, хватит! — взмолился Старыгин, — так мы просидим неделю, пока ты будешь складывать числа! Скоро тебе понадобится арифмометр. Я уже понял, как получаются эти самые числа Фибоначчи, не понял только, почему они так важны для тебя и причем здесь то число, которое я тебе принес...

— Важны эти числа, причем не только для меня, потому, что они связаны с очень многими процессами и явлениями в природе. Фибоначчи, чьим именем они названы, был средневековым итальянским купцом и по совместительству ученым, крупнейшим математиком своего времени. Настоящее его имя – Леонардо Пизанский, но более известен он под прозвищем Фибоначчи. В своем главном труде под названием «Книга абака» он поместил математическую задачу о размножении двух пар кроликов, и для решения этой задачи ввел эти самые числа. А уже много позже выяснилось, что эти числа играют очень важную роль. Уже то, что их отношение связано с хорошо известным тебе золотым сечением, говорит о том, что числа Фибоначчи описывают то, что можно назвать гармонией в природе...

– Постой, постой! – прервал друга Дмитрий Алексеевич. – Не понял, как эти числа связаны с золотым сечением...

– Ну не тормози! – раздраженно проговорил Виктор. – Это ведь так понятно! Отношение соседних чисел Фибоначчи постепенно меняется: два к одному – два, три к двум – полтора, пять к трем – примерно одна целая шестьдесят семь сотых, восемь к трем – одна и шесть десятых, и чем дальше, тем ближе подходит это отношение к тому числу, которое ты якобы прочел на древнеегипетской табличке. Вот видишь – здесь у тебя цифры один, шесть, восемнадцать, ноль, тридцать три, девяносто восемь... это очень неплохое приближение для числа «фи». Если говорить о его точном значении — оно равно половине суммы единицы и корня из пяти, выражается бесконечной десятичной дробью и является иррациональным алгебраическим числом.

— Только не говори «якобы прочел»! Если хочешь, мы можем вместе пойти в Эрмитаж, и ты убедишься, что на этой табличке действительно написано твое число!

— Это было бы неплохо, только я, к сожалению, не умею читать древнеегипетские иероглифы! — усмехнулся Семеркин. — Так что разыграть меня ничего не стоит! Так вот, возвращаясь к нашим баранам, эти самые числа Фибоначчи на удивление часто встречаются в природе. Расположение листьев на ветке дерева, количество витков спирали на морских раковинах, структура кристаллов многих минералов — все описывается числами Фибоначчи. Но еще интереснее то, что в последнее время обнаружена связь этого самого числа «фи» с другими важнейшими константами. Оказалось, что числа «фи», «пи» и «альфа» связаны между собой довольно простой формулой...

Виктор взглянул на Старыгина и понял, что тот опять не следит за его рассуждениями.

— Ну, что такое «пи», ты, надеюсь, знаешь? — проговорил он со вздохом.

— Да уж как-нибудь! — обиделся Старыгин. — Не совсем дикий, в школе все-таки учился, вместе с тобой, кстати! Это отношение длины окружности к ее радиусу...

— К диаметру, — со вздохом поправил одноклассника Семеркин. — Но, в общем, ты не очень далек от истины. А вот про число «альфа» ты мог и не слышать. Это так называемая постоянная тонкого слоя, характеризующая электромагнитные взаимодействия... понимаешь теперь, как важно то, что эти три числа связаны между собой?

— Честно говоря, не очень.

— Только вдумайся — одно из этих чисел, «альфа», определяет важнейший физический закон, другое — число «пи» — геометрию, третье — вот это самое «фи» — играет огромную роль в биологии и химии, и оно же определяет то, что мы называем гармонией. Так что из взаимосвязи этих чисел следует, что все в природе взаимосвязано, все ее законы сводятся к единому закону, лежащему в основе мироздания. Отсюда можно сделать вывод, что у мироздания есть автор, и, найдя тот единый закон, которым этот автор руководствовался, мы можем проникнуть в замысел этого автора, и даже... — Виктор торжественно понизил голос, поднял руку и уставился на Старыгина пылающим взглядом. — И даже сможем сравняться с этим автором, повторить его великий эксперимент!

— Витька, ты нездоров! — Дмитрий Алексеевич опасливо взглянул на одноклассника. —

У тебя мания величия! Ты что – собираешься создать еще одну Вселенную?

– Ну зачем нам еще одна Вселенная... – смягчился Семеркин. – Хотя бы какие-то маленькие ее части... например, имея на руках этот всеобщий закон, мы могли бы запросто расшифровать геном человека и исправить имеющиеся в нем роковые ошибки. Победить смертельные болезни и даже саму смерть...

– Но ведь геном, кажется, уже расшифрован? – осторожно осведомился Старыгин.

– Да какое там! – махнул рукой Виктор. – Он расшифрован частично, вслепую, при помощи компьютерных алгоритмов. Чтобы тебе стало понятнее... то, как расшифровывают геном сейчас – это, как если бы мы ходили вокруг огромного здания и по форме стен, по количеству дверей и окон пытались восстановить его внутреннюю планировку. До какой-то степени это возможно, но только до какой-то... а вот если бы у нас были чертежи этого здания – наши возможности неизмеримо возросли бы! И вот теперь, пользуясь такой приблизительной компьютерной расшифровкой, не проникая в тайную суть проблемы, пытаются корректировать гены. Это то же самое, что пытаться узнать, что лежит на столе в комнате третьего этажа, пользуясь приблизительным планом...

Я не зря сказал, что раскрыв всеобщий закон, мы могли бы победить смерть – это действительно так! Библейские истории о воскрешении мертвых – не пустой звук! Если владеть тем единым законом – это становится возможным!

Он вдруг помрачнел и тяжело вздохнул:

– Однако все это – пустые разговоры!

– Пр-роблема Вер-ртмюллера! – неожиданно проорал со шкафа попугай.

– Вот именно – проблема Вертмюллера! – повторил за ним Семеркин. – Чтобы вывести этот единый закон, нужно знать еще две константы, кроме тех трех, о которых я тебе говорил. Это, во-первых, так называемое число «кси» и еще одно – загадочное число Вертмюллера, или число «омега». Число «кси» в последнее время подсчитано с довольно приличной точностью... кстати, откуда все-таки у тебя это его представление? Ни в одном научном журнале столько знаков еще не было опубликовано! А вот насчет числа «омега» вообще ничего неизвестно. Неслучайно его обозначили буквой омега, последней буквой греческого алфавита. Ведь эта константа должна открыть последнюю, самую важную тайну природы. Вертмюллер сумел только доказать его необходимость для выведения единого закона мироздания, и описал некоторые его свойства, но вычислить это число даже с минимальным приближением не удавалось пока никому...

Семеркин потер виски, схватил два листка с цифрами и выбежал из кухни.

Дмитрий Алексеевич подождал несколько минут и пошел вслед за одноклассником.

Виктор сидел перед компьютером, по экрану бежали бесконечные ряды цифр.

— Знаешь, Дима, — проговорил он, не оборачиваясь, — твое приближение «кси» просто удивительно! С этими знаками вся проблема предстала передо мной в совершенно новом свете! Но вот что я тебе скажу — если ты действительно не разыгрываешь меня, где-то должно быть записано и число «омега»!

Он резко повернулся на вращающемся стуле и проговорил прерывающимся от волнения голосом:

— Где, ты говоришь, были записаны эти два числа?

— Одно — на каменной табличке в руках статуи писца... второе на пластинке, спрятанной в деревянном ларце для благовоний, принадлежавшем египетской принцессе...

— Понятно! — воскликнул Семеркин. — Дерево — часть живой природы с ее гармонией... не случайно листья деревьев подчиняются гармоническому порядку чисел Фибоначчи... поэтому число «фи» спрятано в деревянном ларце... камень, с его строгой гладкой поверхностью, больше подходит для фиксации числа «кси», с его строгим и сухим математическим смыслом... но тогда число «омега», в котором заключается завершение закона, тайна небытия, тайна смерти, должно быть скрыто в том, что является орудием самой смерти!

Он растерянно посмотрел на Старыгина и добавил:

– Конечно, это только мои предположения...

– Господину нужна помощь? – произнес привратник Дома Чисел точно те же слова, что уже дважды слышал сегодня Шаамер.

Шаамеру нужна была помощь. Она была ему очень нужна. Но ему не мог помочь этот жалкий привратник, не могли помочь мудрые жрецы из Дома Чисел, не мог помочь никто из смертных.

Никто из смертных...

Сам он тоже был смертным, и сейчас он чувствовал это с такой силой, как никогда прежде.

Он был смертен, и смерть подобралась к нему совсем близко, она шла по его пятам, как злобная и трусливая гиена идет по пятам ослабевшего путника, прекрасно зная, что он никуда от нее не денется, еще несколько часов, и он окончательно обессилеет от голода, жажды и усталости и станет ее жертвой...

Шаамеру хотелось скорее добраться до своей кельи, лечь на мягкий тюфяк, набитый душистыми травами, вытянуться на нем и закрыть глаза... дать им кратковременный отдых, дать отдых своему измученному больному телу...

Но он понимал, что стоит ему расслабиться, задремать – и он уже не проснется, страшная болезнь сделает свое дело! А у него есть еще долг, он еще не завершил свою главную работу!

Сознание мутилось, тело отчаянно просило отдыха, но Шаамер не мог дать ему послабления. Он должен завершить начатое.

Два послания оставлены, отправлены в неизвестность, но без третьего они – ничто, без третьей части Священное Число не обладает своим тайным значением, не таит в себе великого могущества.

Значит, он, Шаамер, не имеет права умереть, пока не отправит третье послание.

Довериться кому-то, поручить завершение своего дела?

Нет, Шаамер понимал, что не может никому доверять, не может ни на кого положиться. Нет ни одного человека, кому он с уверенностью может передать тайну, не страшась, что преемник не выдержит испытания могуществом.

Он достал еще один корешок, пожевал его, скривившись от горечи.

Такого облегчения, как в первый раз, не наступило, видимо, болезнь зашла значительно дальше. Однако сознание немного прояснилось.

Шаамер прислонился к стене, провел рукой по глазам.

– Господин болен, – проговорил озабоченный привратник, – я провожу господина в его келью!

— Нет, — отмахнулся Шаамер и повернулся спиной к Дому Чисел, двинулся в обратный путь, медленно переставляя ноги, тяжело опираясь на палку.

Он не может идти туда, куда влечет его болезнь. Он должен вернуться, чтобы отправить третье послание.

Но как, как он пошлет третью часть Священного Числа?

Первую часть он доверил камню, вечному и нерушимому, тому камню, из которого сложены Западные Горы. И твердый камень послушно сбережет первую часть послания.

Ибо первая часть Священного Числа тверда и безжизненна, как камень. Она повелевает холодными числами, линиями и кругами.

Вторую часть он доверил дереву.

Дерево кажется не таким прочным, как камень, но оно также долговечно в сухом воздухе пустыни. Кроме того, дерево, с его способностью возрождаться каждую весну, давать новые молодые побеги, еще ближе к вечности, чем камень. И дерево сродни второй части Священного Числа, ибо эта вторая часть повелевает всем тем, что растет и движется — речными лилиями и хлебными колосьями, стройными акациями и лесными зверями, змеями пустыни и людьми городов...

Но чему, какому материалу доверить третью, важнейшую часть Числа, повелевающую самой смертью?

Новый приступ слабости накатил на умирающего жреца. Он остановился посреди дороги, опираясь на палку, и перевел дыхание. Бросив взгляд назад, увидел, как недалеко ушел от Дома Чисел, и понял, что не сможет снова дойти до людных прибрежных кварталов, не сможет отыскать материал для третьего послания.

Неужели он умрет, не завершив начатого?

Нужно думать... думать... нужно найти материал, способный сохранить третью часть Священного Числа... достаточно прочный, достаточно долговечный, и в то же время родственный третьей части Священного Числа!

Мысли путались, болезнь быстро и уверенно делала свое страшное дело.

Старого жреца охватила паника: нет, он ничего не сможет! Ничего не успеет! Не выполнит свой долг! Не найдет того, на чем можно запечатлеть последнее послание!

Он пожевал корень лотоса, сплюнул в дорожную пыль горькую слюну.

Безнадежно.

Он ничего не сможет сделать, ему не на чем оставить свое последнее письмо. Никакого подходящего материала нет под рукой.

У него осталось только собственное тело, да и то совсем ненадолго. Еще несколько минут, в лучшем случае часов – и все будет кончено, его труп окоченеет в придорожной канаве...

И вдруг, то ли под влиянием последнего напряжения, то ли благодаря действию целебного корня, решение забрезжило в умирающем мозгу старого жреца.

У него под рукой нет ничего, кроме собственного больного тела? Значит, именно его нужно превратить в послание! Именно ему нужно доверить последнюю часть тайны!

Шаамер огляделся.

До людных кварталов лавочников и мастеровых было еще далеко, но в сотне локтей впереди, как передовой воин этой многолюдной армии, виднелся приземистый глинобитный дом. Шаамер хорошо знал этот дом, потому что проходил мимо него едва ли не каждый день. В этом доме располагались жилище и мастерская Сехмена, тарихевта-бальзамировщика.

Это именно тот человек, который нужен Шаамеру в этот страшный день.

Старый жрец двинулся вперед.

Появившаяся перед глазами цель придала ему новые силы, и он довольно быстро преодолел расстояние, отделявшее его от мастерской тарихевта.

Конечно, довольно быстро для умирающего, и неимоверно медленно по обычным человеческим меркам.

Шаамер толкнул дверь и без стука вошел в дверь мастерской.

У него не было сил на соблюдение приличий, и поэтому он застал Сехмена за его мрачной работой.

Тарихевт, высокий смуглый человек средних лет, стоял над телом покойника.

В хижине было жарко, и бальзамировщик был почти обнажен. Только короткий кожаный передник прикрывал его чресла, одновременно служа приличиям и защищая тело от едких веществ, применяемых при бальзамировании.

Шаамер невольно застыл на пороге, увидев то страшное преображение, которое ожидает после смерти каждого достойного человека, то преображение, которое делает тело умершего нетленным, чтобы он мог в целости предстать перед судом Осириса и вкусить вечное блаженство на полях иару.

Двое подручных бальзамировщика готовили полотняные бинты, которыми позже перепеленают мертвеца, пропитывали их душистой смолой, которая предохраняет тело от разложения. Рядом с длинным столом, на котором покоился вскрытый труп, стояли кувшины-канопы, где, как знал Шаамер, хранились его сердце и прочие внутренности, извлеченные парахитом.

Шаамер знал, что перед тем, как доставить труп в мастерскую тарихевта, парахиты через ноздри металлическим крючком извлекают мозг, затем специальным каменным ножом вскрывают брюшину, чтобы удалить внутренности, которые помещают в канопы. Вынимают также и сердце, на место которого тарихевт положит каменного скарабея. Затем парахиты тщательно обмывают труп и больше месяца выдерживают в соляном растворе, после чего семьдесят дней высушивают на солнце.

Только после этого за дело принимается тарихевт.

У каждого из бальзамировщиков есть свои секреты, передаваемые от отца сыну, но в основе большинства бальзамических составов входят ароматные масла, вода из Элефантины, сода из Эйлейтфиаполиса и молоко из города Кимы.

Конечно, это обходится недешево, и далеко не каждый житель Фив может после смерти рассчитывать на такое дорогое погребение. Беднякам остается полагаться на сухой нильский климат и предохраняющий от гниения песок, в котором их хоронили.

Стены мастерской были расписаны соответствующими рисунками: яркой охрой и черной краской из страны Нуб на них были изображены сцены загробного суда и Царства Мертвых.

Великий Осирис восседал на алебастровом троне, перед ним Анубис с головой шакала взвешивал сердце покойного на золотых весах справедливости, положив на другую чашу весов изображение богини истины Маат.

В стороне ожидало поживы страшное чудовище Амт — огромный лев с головой крокодила. Ему на съедение достаются души грешников, тех, кто в земной жизни не был терпелив и покорен, крал или посягал на имущество храмов или великого фараона.

По другую сторону покачивалась на волнах погребальная ладья, на которой увозили на блаженные поля иару души чистых сердцем.

На другой стене мастерской яркими красками были нарисованы сцены бальзамирования трупов. Двое тарихевтов, одетых, как и Сехмен, в кожаные передники, покрывали тело мертвеца смолами, обертывали его полотняными бинтами и почтительно погружали в расписной деревянный саркофаг. Должно быть, эти рисунки напоминали мастеру правила выполнения его мрачной работы.

Тарихевт почувствовал присутствие постороннего человека и повернулся в ту сторону, где стоял Шаамер.

Увидев знакомого жреца, склонился в низком поклоне и проговорил:

— Что тебе угодно, досточтимый? Неужели скончался кто-то из великих жрецов Дома Чисел и вам понадобились скромные услуги такого бедняка, как я?

Шаамер хотел ответить, но на него накатила волна слабости, он покачнулся и медленно сполз по стене на глиняный пол мастерской.

Вскоре, однако, он снова пришел в себя.

Тарихевт озабоченно склонился над ним, протирая лицо больного губкой, смоченной в ароматном настое.

— Ты болен, жрец! — проговорил он, увидев, что Шаамер пришел в себя.

— Ты не сказал мне ничего нового! — с горькой усмешкой ответил ему Шаамер. — Вот если бы ты сказал, что я выздоровел...

— Это скверная болезнь, — продолжал Сехмен, покачав головой. — Я видел, как от такой болезни умирают нечестивцы, нарушившие покой могил. Но никогда мне не доводилось видеть, чтобы такая болезнь поразила досточтимого жреца, чистого сердцем!

— Таково было веление судьбы, — негромко проговорил Шаамер, опустив веки.

— Истинно так! — почтительно произнес бальзамировщик. — Чем же я могу помочь тебе, досточтимый? От твоей болезни нет лекарства, и часы твои сочтены!

— Я знаю, — спокойно подтвердил жрец. — Но я шел к тебе не для того, чтобы выслушивать из твоих уст горькие истины. Я шел для того, чтобы поручить тебе обычную работу.

— Я бальзамирую мертвых, господин! — удивленно проговорил Сехмен.

— Я знаю, — повторил Шаамер. — Вот я и хочу, чтобы ты забальзамировал мертвого. Ибо я уже почти мертв.

– Но, господин, – Сехмен в ужасе отстранился, – ты еще жив! Не было на моей памяти такого, чтобы человек сам, своими ногами приходил в мастерскую бальзамировщика! Тебя принесут ко мне после смерти – твои ближайшие родственники, если они у тебя есть, или собратья-жрецы из Дома Чисел... ты еще жив, господин, и все это странно и, прости мне резкие слова, нечестиво!

– Повторяю, Сехмен – я уже почти мертв! Возьми все серебро, все золото, что у меня осталось, дождись, пока я умру, и сделай свою работу! Ты не можешь отказать мне, ибо ты – тарихевт, бальзамировщик, и бальзамировать мертвых – твой долг!

С этими словами Шаамер слабой рукой вытащил из складок своей одежды остатки золота и серебра.

В глазах тарихевта вспыхнула жадность, превозмогающая боязнь греха и нечестия. Он протянул руку за платой, но Шаамер с неожиданной в умирающем силой схватил его за руку и прошептал, так чтобы не слышали подмастерья:

– Но ты должен кое-что обещать мне, тарихевт!

– Что именно, господин? – переспросил Сехмен, пригнувшись к Шаамеру.

– Когда ты будешь делать свою работу, прежде чем забинтовать мое тело полотняными бинтами, нанеси на мою грудь несколько иероглифов. Нанеси их надежной краской, которая не выцветет вовеки! Вот эти иероглифы! – и он вытащил из-за пазухи небольшой кусок папируса, на котором была начертана цепочка знаков.

– Сделаю, как ты велишь, досточтимый! – склонив голову, проговорил бальзамировщик.

– Мне не довольно твоего обещания, – прошептал Шаамер, с трудом разлепив пересохшие губы. – Поклянись мне загробной судьбой своей бессмертной души ка!

Тарихевт секунду поколебался: всякому человеку тяжко произносить такую страшную клятву!

Однако щедрая плата сделала свое дело, и Сехмен произнес, сложив руки на груди:

– Если нарушу данное тебе слово, пусть страшный Амт пожрет мою бессмертную душу!

– Хорошо, – прошептал Шаамер и устало опустил веки.

Он наконец позволил своему умирающему телу немного отдыха, ибо завершил последнее и самое важное дело своей жизни.

Выйдя от Витьки, Старыгин в глубокой задумчивости шел по улице. Голова гудела от обилия впечатлений и пыталась переварить груду полученной информации. Все-таки эти математики – ненормальные люди, как Витька может находить что-то интересное в бесконечных наборах цифр?

Внезапно по бокам у него материализовались двое мрачных мужчин в темных костюмах. Вид у них был такой, будто они собрались на похороны. Они аккуратно взяли Старыгина под руки и потащили к припаркованной неподалеку машине.

— В чем дело? — довольно спокойно спросил Старыгин, после всего, что с ним случилось, он уже не очень удивлялся всяким неожиданным встречам.

Ответа он не получил, и оказался в машине, зажатым между двумя дюжими молодцами.

«Из милиции они что ли? — размышлял он, в то время, как машина неслась по улицам, нарушая все мыслимые правила. — Хотя нет, те бы сначала хоть спросили, кто я такой, потом документы показали. И физиономии незнакомые, если капитан Журавлева опять что-то задумала, я бы уж ее людей узнал. Опять же те в костюмах не ходят... Не иначе как по мою душу пришли эти, насчет таинственных иероглифов. Ну, пора познакомиться!»

Ему совершенно не было страшно. Бумажки с числами он оставил у Витьки Семеркина, и очень хотелось взглянуть в глаза тому человеку, кто в последние несколько дней пытался им руководить с какой-то одной ему ведомой целью.

Витька жил на Васильевском, машина проехала Стрелку, потом мост Строителей и выехала на Петроградскую сторону. Мрачные спутники Старыгина сидели неподвижно, угрюмо глядя перед собой, он тоже не нарушал молчания — толку-то от этих дуболомов, все равно ничего не скажут, а могут и побить...

Машина подъехала к бильярдной, что было видно по яркой вывеске, возле дверей ошивался родной брат тех двоих типов, что сидели рядом со Старыгиным.

Старыгина не выталкивали из машины, ему не завязывали глаза и не сковывали руки за спиной, как это делают в триллерах и боевиках. Он попытался на ходу сделать какие-то выводы, но ничего не вышло. Следуя за провожатым, он прошел помещение бильярдной, где лениво перекатывали шары, пили пиво и просто сидели накачанные мускулистые парни. От обычных посетителей бильярдной их отличало только множество оружия да еще, пожалуй, лица. То есть лица тоже были весьма обычные — но вот выражение лиц у всех было одинаковое — удивительно равнодушное и слишком спокойное. Встречный парень окинул Старыгина невидящим взглядом, ни тени любопытства в нем не сквозило. «Не мой вопрос» — было написано во взгляде.

«Очень серьезная тут подобралась компания», — подумал Старыгин и поежился. Ему не понравилось обилие огнестрельного оружия и вообще вся обстановка.

Однако в комнате, куда кивком головы пригласили его пройти двое сопровождающих, было относительно спокойно. Свежий воздух, в отличие от накуренного помещения бильярдной, светло и чисто. Мебели совсем немного — два резных кресла черного дерева, письменный стол, на нем лампа на бронзовой подставке в виде обнаженной наяды, входящей в воду, в углу — диван, обитый мягкой кожей. Старыгин, как человек, неплохо разбирающийся в антиквариате, не мог не отметить, что мебель отличного качества, никакого новодела.

В кресле с жесткой высокой спинкой сидел человек. На первый взгляд был он под стать креслу — жесткий, худой до сухости. И хоть поза его была внешне расслаблена, сразу становилось ясно, что этот человек очень и очень опасен и что он тут главный. И тот факт, что человек был в комнате один, вовсе не противоречил наблюдению Старыгина.

Один из провожатых остался за дверью, другой безмолвно застыл на пороге. Старыгин остановился посреди комнаты и сложил руки на груди, как памятник Наполеону. Человек в кресле рассматривал его внимательно, во взгляде его мелькнула искорка интереса.

Дмитрий Алексеевич не был нервным, легко возбудимым человеком — его работа требовала спокойствия, бесконечного терпения и твердой руки. Поэтому он не стал суетиться, кричать о произволе и похищении, грозить милицией и топать ногами. Он понимал, что в этой комнате такие телодвижения бесполезны.

Молчание продолжалось минут пять, после чего из дальнего угла послышалось деликатное покашливание, и к Старыгину подкатился лысенький бодрый толстячок средних лет и совершенно непримечательной наружности. Однако Старыгину сразу же показалось, что он уже где-то его видел.

— Дмитрий Алексеевич, дорогой! Вы уж простите за неожиданное приглашение! Знаю, вы человек занятой, но ведь и у нас времени мало... Время, знаете ли – деньги...

— Ну-ну, — усмехнулся Старыгин, — приглашения ваше весьма оригинально. И вообще – вы кто? Куда это я попал?

— Меня зовут Семен Борисович, — как бы нехотя вымолвил толстяк, — а это...

— Ах, Эрлих! — вскричал Старыгин, — то-то я вижу – лицо ваше мне знакомо!

— Да-да, — кисло согласился Эрлих, — он самый... И не надо так смотреть, вас вызвали сюда по делу!

— Так это вы, оказывается, интересуетесь египетскими иероглифами! – продолжал Старыгин. — Вот уж никак не предполагал! Вроде бы ваши интересы лежали в другой сфере...

Человек в кресле, надо полагать, обиделся, что на него не обращают внимания.

– Семен, – строго проговорил он, – ближе к делу.

– Ах да! – спохватился Эрлих. – Присаживайтесь, Дмитрий Алексеевич, разговор будет долгим.

Он кивнул на диван, но Старыгин выбрал жесткий стул, уселся на него верхом и положил подбородок на спинку. Он примерно представлял себе, кто такой Эрлих – был когда-то приличным искусствоведом, работал в крупном музее, потом польстился на легкие деньги и нанялся «карманным экспертом» в криминальные структуры. Так, стало быть, его уголовный босс стоит за всеми последними происшествиями в египетском отделе. Очень интересно!

– Зачем вы преследовали меня? – отрывисто спросил он. – Для чего вы залезли ко мне в кабинет? Что это за история с иероглифами? Кто вы вообще такой?

– Ошибаетесь, – скрипучим голосом ответил человек в кресле, – я и не думал вас преследовать. Это не мои методы – следить, преследовать, пугать по телефону... когда мне нужен человек, его просто привозят сюда для беседы.

– А когда не нужен? – не удержался Дмитрий Алексеевич, хотя элементарное благоразумие подсказывало ему, что задавать такие вопросы не следует.

– В данном случае все зависит от вас, – спокойно ответил человек в кресле, – если мы при-

дем к соглашению, и вы выполните мою
просьбу, все будет в порядке, останетесь довольны, если же нет – пеняйте на себя. То есть то дело,
которое я хочу вам поручить, вы все равно выполните, но все будет для вас гораздо болезнен-
нее, и разумеется, никакой награды вы не получите.

— Это что – вы хотите нанять меня, чтобы я
добыл шифр? А для чего тогда были такие слож-
ности – кровью на стене писать, девушку убивать? Вызвали бы сразу сюда...

— Вот как раз про девушку поговорим, – перебил хозяин кабинета, – только все по порядку. Семен, приступай!

— Вы бы представились, – посоветовал Старыгин, – а то невежливо как-то...

— Верно. Меня зовут Сергей Шустов, в этом
городе я занимаюсь произведениями искусства
и антиквариатом. Возможно, вы слышали такое
прозвище Штабель, – так это я.

— Не слышал, – сухо сказал Старыгин, и тот, в
кресле, понял, что Старыгин не врет, что он и
вправду понятия не имел раньше, что в городе
есть такой страшный человек по прозвищу Штабель, а оттого и не боится сейчас его.

— Дмитрий Алексеевич, – Эрлих подбежал к
нему и тронул за плечо, – имейте в виду, Сергей – очень серьезный и опасный человек. Лучше вам с ним не ссориться, уж поверьте мне на
слово.

— Отчего это я должен верить вам на слово? — спросил Старыгин, брезгливо стряхивая руку Эрлиха со своего плеча. — Да я вам сто рублей взаймы — и то на слово не поверю. Вы, Эрлих, доверием у порядочных людей давно уже не пользуетесь, хотя сами кажется и не воруете...

— Браво! — Штабель скрипуче засмеялся. — Здорово вы его уели, Старыгин. Только поберегите остроумие до лучших времен, если они для вас наступят, конечно. Итак, я повторяю, ни о каких иероглифах я понятия не имею, они меня в данный момент нисколько не интересуют. А интересует меня одна картина, которая как раз сейчас находится у вас в мастерской. Семен, озвучьте подробности!

— Картина работы неизвестного флорентийского мастера, — начал Эрлих, обиженно поглядывая на Старыгина, — доска, дерево, темпера, размер двадцать шесть на сорок два сантиметра, название предположительно «Мадонна с младенцем и Иоанном Крестителем». Состояние, насколько я знаю, неважное.

— И что? — удивленно спросил Старыгин. — Что вы хотите знать в связи с этой картиной?

— Мы не хотим знать, — резко сказал Штабель, встал с кресла, и показался Старыгину очень высоким, — мы, вернее я, хочу иметь. Иметь эту картину.

— Вы шутите? — ошеломленно спросил Старыгин.

— Вы правильно уяснили себе, что в этом кабинете шутить могу только я, — согласился Штабель, — но в данном случае я абсолютно серьезен. Я в курсе, что картину эту недавно отдали вам на реставрацию. Стало быть, вы вполне можете сделать с нее копию, а картину отдать мне. Не за так, конечно, я заплачу вам приличные деньги. Очень приличные деньги. И все будут довольны, за руку вас не поймают, потому что копия будет чрезвычайно хорошая, вы способный человек, я наводил справки. Экспертизу картины делать тоже не станут, поскольку ее же никуда не вывозят, что касается материалов, то это вы обговорите с Эрлихом. С этим мы вам постараемся помочь.

— Невероятно... — прошептал Старыгин.

— Слушайте, кончайте ахать и охать! — Штабель повысил голос. — И не смотрите на меня как на дьявола во плоти, в свете последних событий, случившихся в Эрмитаже, еще одна замена оригинала на копию останется незаметной.

Старыгин вскочил со стула.

— Семен Борисович, неужели это вы ему посоветовали? — вскричал он. — Ни за что не поверю! Предлагать такое мне!!! Ушам своим не верю! Ну ладно, этот... — он кивнул на Штабеля, — в жизни порядочных людей не видел, но вы-то ведь много лет среди музейных работников вращались! Или совсем уже мозги набекрень от жадности...

Он взмахнул руками, и тотчас сзади его схватил тип в похоронном черном костюме, который стоял у двери так тихо, что Старыгин забыл о его существовании.

— Сидеть, — жестко сказал Штабель, — сидеть тихо, я крика не люблю.

— Бить будете? — устало спросил Старыгин, когда его толкнули обратно на стул.

— А вы как думаете? — криво усмехнулся Штабель.

— Думаю, нет, — сказал Старыгин, — вам мои руки и глаза нужны в целости и сохранности.

— Верно думаете, — согласился Штабель, — вот приятно иметь дело с умным человеком. У меня есть другой способ заставить вас сделать все, что нужно.

— И какой же это? Я, как вы верно знаете, одинок. Ни жены, ни детей, родители тоже умерли. Подруги даже на данное время нету, так что шантажировать меня некем.

— Вот насчет подруги, — Штабель подошел близко и смотрел теперь на Старыгина сверху вниз, — разумеется, я понимаю, вы на все согласитесь, только чтобы выйти отсюда. А там что-нибудь придумаете. В милицию вы конечно обращаться не станете — там вас и слушать не будут, им не до того. Но придумаете себе какую-нибудь длительную командировку за рубеж, пересидите в общем. Так вот, ничего у вас не выйдет, потому что как только я пойму, что вы не собираетесь делать копию, я тут же дам ход делу об убийстве неизвестной девушки. И вы будете отвечать за него по всей строгости закона.

— Пытались уже меня в нем обвинить, но быстро отказались от этой мысли! — сообщил Старыгин. — У меня вообще-то алиби и потом там чужие отпечатки нашли.

— Слушайте, ну что вы как малое дитя прямо! — с досадой сказал Штабель. — Ну, сумели вы ответеться, сказали небось, что девушку в первый раз видели, так завтра же в милиции будут фотографии, где вы с ней отдыхаете на Канарах, сидите в ресторане и весело проводите время в постели. То есть милиция поймет, что она была вашей постоянной подружкой, вы поссорились и убили ее, а потом перетащили в квартиру к соседям, чтобы на вас не подумали. Глупо конечно, но вы испугались и запсиховали. И отпечатки, если нужно, заменят на ваши, и оружие у вас в квартире найдут. Это вопрос денег, а поскольку передо мной этот вопрос не стоит, то все будет сделано. И станете вы убийцей. Каково из порядочных-то людей в уголовники перейти?

— Слушайте, так убитая девушка была от вас? — осенило Старыгина. — А я-то все гадаю, откуда она взялась на мою голову? А потом она чем-то вам не угодила, и вы ее...

— Вот уж нет! — невозмутимо ответил Штабель. — Убивать ее мне не было никакого резона. Девушка была работящая, толковая, я ее к вам послал, чтобы насчет копии по-хорошему договориться. А теперь ее нет, пришлось раскрывать карты, а это гораздо сложнее для меня и для вас. Так что по всему получается, что убили ее вы, Старыгин.

– Я должен подумать, – Старыгин вскочил и отвернулся к окну.

«Вот попал я в историю, – думал он, – что же делать? И запросто могут они меня подставить. Если улики будут неопровержимые, то капитан Журавлева с радостью определит меня в камеру. Им бы только дело закрыть, говорила же она, что от начальства уже попало за то что все сроки срывает... Но кто же ту девицу убил? Этим и правда резона не было, но я-то твердо знаю, что этого не делал! Стало быть, тот, чей отпечаток. Но он вроде мертв... бред какой-то!»

Старыгин почувствовал, что он давно не общался с капитаном Журавлевой так сказать приватно, за чашкой кофе, не слышал от нее последних новостей.

«Неужели придется согласиться на все, только чтобы выйти отсюда? – в смятении думал Старыгин. – Какой позор!»

Нет, разумеется он не собирается изготовлять копию по заказу этих уголовников, от такого срама лучше удавиться. Но все же, отчего этому страшному типу, как его... Штабелю понадобилась вдруг именно эта картина?

Готовясь к реставрации, Старыгин просмотрел историю картины «Мадонна с младенцем и Иоанном Крестителем». В Эрмитаж она попала в 1918 году из особняка купца Вожеватова. Сам купец оказался умным и предусмотрительным человеком, как только прокатилась по стране февральская революция, он тут же понял, что неприятности только начинаются, и вывез всю семью и часть денег за границу. Особняк и все имущество пришлось бросить. Прислуга разбежалась, особняк сначала стоял пустой, потом его заняли дезертиры. Потом разразился большевистский переворот, стреляли, в доме повыбили окна и повредили дымоходы. После переворота в особняке обосновался революционный комитет, матросы, перепоясанные пулеметными лентами, забили окна фанерой и заткнули щели ценными гобеленами, поставили в комнатах железные печки-буржуйки и начали заседать. За зиму восемнадцатого года особняк пришел в совершенное запустение – ценную мебель красного дерева и карельской березы частью поломали, частью пустили на дрова, саксонский фарфор побили, диванную обивку изорвали. Картины никто не трогал за ненадобностью, но холод, копоть и дым от буржуек сделали свое дело – картины пришли в совершенную негодность. Однако весной, когда революционные матросы съехали, и в особняке появилась какая-то комиссия, нашелся среди членов знающий человек и распорядился отнести уцелевшие картины в Эрмитаж. Взяли те, что поменьше — остальные было не унести. В Эрмитаже приняли, сунули в запасник и забыли, потому что наступили страшные времена.

— Ну, господин Старыгин, — напомнил о себе Штабель, — что вы надумали? Мое время стоит очень дорого, а вы его тратите зря.

«Зачем им именно эта картина? — думал Старыгин, прижимая лоб к холодному стеклу, — отчего именно сейчас она им понадобилась? Несомненно, Эрлих раскопал что-то интересное. Я непременно должен выяснить, что именно. Но они сразу поймут, что я хочу их обмануть, и сделают так, что меня арестуют за убийство. Уж капитан Журавлева не растеряется!»

Он рассеянно глядел в окно, и вдруг в неверном свете фонарей увидел на другой стороне улицы удивительно знакомую фигурку. Невысокого роста, в джинсах и кроссовках, совершенно обычная девушка.

«Не может быть»! — Старыгин протер глаза, надеясь и в то же время боясь, что наваждение исчезнет.

Однако девушка перешла улицу и направилась прямиком ко входу в бильярдную.

«Ну точно это она, капитан! — мысленно расцвел Старыгин. — Стало быть, она раскопала связи той убитой девушки и самостоятельно вышла на этих типов. Ай да умница Наташенька! Так что мы еще посмотрим, кто кого подведет под убийство, и кто будет смеяться последним!»

Девушка на улице поговорила о чем-то с парнем, скучающим у входа. Поговорила мирно, не стала махать перед ним удостоверением, просто спросила что-то. Парень ответил лениво, со скукой. Наталья потопталась немного у входа и ушла. Старыгин вздохнул и повернулся.

– Я согласен попробовать! – объявил он Штабелю. – Однако обещать ничего не могу, нужно как следует исследовать картину. Возможно, ничего и не получится.

– Не морочьте мне голову! – буркнул Штабель. – У вас все получится, мне говорили, что в своем деле вы отличный специалист. И не забывайте про убийство.

– Как тут забудешь, – вздохнул Старыгин, – неохота за чужое убийство-то сидеть...

– Сразу про моральные принципы забыли, – съехидничал напоследок Эрлих.

– Вы уж молчите! – огрызнулся Старыгин. – Вы меня в это дело втянули! Ладно, я завтра же начну работать с картиной и сообщу вам, какая доска мне нужна и состав красок.

– Только недолго там возитесь, – недовольно сказал Эрлих, – сроку вам неделя.

«Ишь всполошился! – радостно подумал Старыгин. – Точно, боится, что я что-то раскопаю!»

Он даже не стал возмущаться по поводу сроков, хотя сделать качественную копию за такое время было нереально – нужно же еще где-то раздобыть старые краски, исследовать доску... И Эрлих не может этого не понимать, он все же специалист. А это значит, что хорошая копия им не нужна, и первый же поверхностный осмотр выявит подделку.

«Они меня приговорили, – понял Старыгин, – после того, как передам им картину, я не жилец. Мертвые, как известно, молчат».

Однако он отчего-то не испугался, было интересно узнать, в чем же там дело с картиной.

– Вас отвезут домой. И будьте благоразумны, – сказал Штабель.

– Сам дойду! – грубо ответил Старыгин. – Надоели ваши балбесы в похоронных костюмах!

Было темно и поздно. Накрапывал дождик. Старыгин поднял воротник куртки и сунул руки в карманы. На душе было скверно.

Он смотрел только под ноги, чтобы не вступить в лужу, поэтому увидел капитана Журавлеву, только когда она возникла рядом с ним.

– Стойте, Старыгин! – скомандовала она. – Немедленно остановитесь, иначе...

– Иначе вы будете стрелять? – игриво поинтересовался он. – Дорогой мой капитан, как же я рад вас видеть!

– Я вам не дорогой... то есть не дорогая... то есть не ваша... – застав Старыгина в таком неожиданно веселом расположении духа, Наталья совсем запуталась.

— Ну пускай не дорогая, — легко согласился Старыгин, — но до чего же я рад вас видеть!

Она покосилась подозрительно — но нет, никакого сарказма, смотрит почти ласково.

— С чего это вы такой радостный? — ворчливо спросила она. — У вас, я знаю, неприятности.

— Точно, — согласился Старыгин, — но вот увидел вас, и настроение сразу улучшилось, ей-богу не вру!

— Неужели у вас могут быть какие-то дела со Штабелем, этим гнусным типом, по которому тюрьма давно плачет? — с горечью продолжала Наталья.

— Да-да, — рассеянно кивнул он, занятый своими мыслями, — слушайте, а что это вы разгуливаете так поздно? Давно пора домой, мама будет волноваться!

— Я на работе, — ледяным тоном ответила Наталья, — и не надейтесь, что сможете увильнуть от моих вопросов.

— Не сейчас, милая, не сейчас, — Старыгин схватил Наталью за руку, махнув одновременно проезжающему такси, — сейчас мне надо подумать. Приходите ко мне завтра, но не рано, после двенадцати, утром я буду очень занят!

С этими словами он впихнул Наталью на заднее сиденье, чмокнул в щеку, сунул водителю деньги и захлопнул дверцу. В окне мелькнуло ошарашенное лицо капитана Журавлевой, после чего машина скрылась из виду.

* * *

Дождь шел всю ночь, и утром еще усилился. Серое небо извергало потоки холодной воды, которая почему-то не стекала в люки, а собиралась в огромные лужи. Ветер подхватывал ледяные струи и с размаху бросал в лица пешеходов. Водители проезжающих машин норовили въехать в лужи и залить грязной водой прохожих. Жители Санкт-Петербурга поняли, что наступила осень.

Старыгин поставил машину у служебного входа, кинул взгляд на разбушевавшуюся Неву и покачал головой. Свинцовые волны с размаху бросались на парапет, оставляя на нем грязно-белую пену. Река рычала, как голодный тигр, однако до опасной отметки было еще далеко.

«Пожалуй что и не будет наводнения», – равнодушно подумал Старыгин, сейчас его волновало другое. Не заходя к себе, он забежал в исследовательский отдел и взял там подробную справку по истории итальянской картины. Так-так, к купцу Вожеватову она попала в одна тысяча восемьсот девяносто четвертом году от князя Хвостова. Картину отдали купцу за долги. До этого же князья Хвостовы были очень состоятельной фамилией, владели неплохой коллекцией живописи, и картину эту прадед князя Хвостова купил в одна тысяча семьсот девяносто восьмом году в Италии у графа Джанболонья.

Обнищавший граф распродавал имущество и, надо полагать, отдал картину задешево.

Дмитрий Алексеевич включил свет и закрыл за собой дверь мастерской.

Его немного лихорадило от предчувствия чего-то удивительно значительного. Причем на этот раз дело было не только в его знаменитой интуиции. Такие люди, как Штабель и Эрлих, не устроили бы шум на пустом месте. Если они так заинтересовались картиной, значит, им что-то о ней известно. Причем что-то по-настоящему важное.

Он выдвинул полку, на которой покоилась прикрытая чистым холстом доска, отбросил холст и предварительно осмотрел картину.

Небольшая вещь, двадцать шесть на сорок два сантиметра, как значится в сопроводительных документах, темпера по дереву. Мадонна с младенцем и Иоанном Крестителем. Неизвестный художник флорентийской школы.

Довольно плохое состояние. Лица мадонны и двух детей проглядывают сквозь повреждения, словно само время набросило на них кисею.

Почему же Эрлих так заволновался?

Старыгин осторожно перенес картину на свой рабочий стол, включил яркую направленную лампу. При этом ярком свете лицо мадонны выступило яснее. Нежный овал лица, удивительный поворот шеи... но и повреждения красочного слоя стали заметнее.

Чтобы сделать какие-то выводы, нужно работать, работать и еще раз работать.

Он перевернул картину вниз лицевой стороной, вооружился хорошей лупой и вгляделся в поверхность доски.

Гладкая, плотная, удивительно ровная древесина. Характерный рисунок тесно расположенных волокон.

Старыгин наклонился и понюхал дерево.

Несмотря на прошедшие века, доска все еще хранила легкий, едва уловимый фруктовый запах.

Да, это, несомненно, грушевое дерево.

Старыгин почувствовал знакомое покалывание в кончиках пальцев.

Предчувствие открытия.

Великий Леонардо да Винчи предпочитал использовать для своих картин доски из ореха, грушевого дерева или кипариса, в отличие от большинства современных ему итальянских художниках, писавших на тополевых досках.

Но этого, конечно, слишком мало для того, чтобы делать какие-то выводы...

Прежде чем снова перевернуть доску, Дмитрий Алексеевич взял в руки точную измерительную линейку и проверил размеры картины.

Конечно, указанные в справке двадцать шесть на сорок два сантиметра – это очень приблизительные цифры. В действительности размер доски составлял сорок два и две десятых сантиметра на двадцать шесть и одну десятую. Под действием все той же интуиции Старыгин схватил калькулятор и поделил длину картины на ее ширину.

Цифры, появившиеся на дисплее, заставили его взволнованно вскрикнуть. Одна целая шестьсот восемнадцать тысячных! То самое число «фи», которое было написано на картуше в египетском ларце! Число Фибоначчи, о котором ему рассказывал Витька Семеркин, оно же — золотое сечение! А ведь именно Леонардо да Винчи ввел этот термин, и именно он, единственный из всех художников, серьезно увлекался математикой и мог специально придать своей картине столь точно выверенный под золотое сечение размер!

Неужели эта потемневшая от времени доска, столько лет в безвестности пролежавшая в запасниках Эрмитажа, принадлежит кисти самого великого Леонардо?

В этом случае имя Старыгина навеки войдет в историю искусств!

Дмитрий Алексеевич помрачнел: он вспомнил о том, что находится «под колпаком» у Эрлиха со Штабелем, которые каким-то образом уже пронюхали про эту картину и теперь не упустят своего.

Кроме того, пока у него не было серьезных доказательств авторства Леонардо, одни только предположения. Ну, допустим, Леонардо предпочитал грушевые доски – но ведь не он один! А размер... он может быть выбран совершенно случайно!

Нет, нужны еще доказательства.

Старыгин перевернул картину лицевой стороной вверх и снова внимательно вгляделся в нее.

Конечно, этот поворот шеи, на который он сразу обратил внимание, выдает руку большого мастера и очень похож на многие работы Леонардо. Но это, опять-таки, не доказательство. То есть доказательство, но косвенное и недостаточное.

Реставратор достал из ящика рабочего стола остро заточенный ланцет, соскоблил с картины немного краски и поместил ее на предметное стекло микроскопа.

Рисунок под микроскопом оказался довольно необычным. Частицы более крупные, чем у темперы, и форма их как бы смазанная. Безусловно, в сопроводительной записке и в этом пункте ошибка, или, по крайней мере, неточность.

Старыгин протянул руку к книжной полке, достал справочник по технике живописи, открыл нужные страницы.

Вот изображения под микроскопом наиболее распространенных красок.

Найдя фотографию, больше всего похожую на то, что видел под микроскопом, Старыгин довольно потер руки.

Конечно, это не темпера.

Это смесь темперы с маслом.

Именно тот состав, которым чаще всего пользовался Леонардо.

Доказательства ложились на его стол одно за другим.

Но все они были недостаточно строгими.

Да, смесь темперы с маслом. Но такой смесью мог пользоваться не только сам Леонардо, но и его ученики.

Значит, нужно еще искать!

Собственно, только одним способом можно стопроцентно доказать принадлежность этой картины кисти самого Леонардо да Винчи: установив ее происхождение, выяснив, каким путем она попала в Эрмитаж, проследив всю цепочку от мастерской великого живописца до запасников огромного музея...

И что еще волновало Старыгина – это вопрос, как Эрлих мог узнать об этой картине. Ведь он не имел к ней доступа, значит, ему ничего не известно ни о материале доски, ни о составе красок, ни о том, что точные размеры картины идеально вписываются в золотое сечение.

То есть у него нет ни одного из косвенных доказательств авторства, только что полученных Старыгиным.

И, несмотря на это, они со Штабелем готовы пойти на любые расходы и на любое преступление, чтобы заполучить эту картину.

Значит, у Эрлиха есть другое доказательство, и доказательство неопровержимое. А таким доказательством может быть только достоверная информация о происхождении картины.

Откуда он ее получил?

Раздался требовательный стук в дверь, и на пороге появилась Наталья. Впрочем, сегодня она выглядела капитаном Журавлевой — в официальном брючном костюме, тщательно причесанная и накрашенная.

— Если вы немедленно, вот сейчас же не расскажете мне в чем дело, я не знаю что сделаю! — сходу накинулась она на Старыгина.

— Тише-тише, — недовольно откликнулся он, — вы мешаете мне работать. Но вообще-то давайте передохнем.

Дальше Старыгин начал совершать странные поступки. Неслышным шагом подкравшись к двери, он резко отворил ее и выглянул в коридор. Коридор был пуст, Старыгин удовлетворенно хмыкнул, аккуратно прикрыл дверь и запер ее на ключ. Потом оглядел комнату алчущим взглядом и остановился на Наталье.

— Вы-то мне и нужны!

— Что это вы собираетесь делать? — она нервно отступила в угол, — зачем заперли дверь?

— Я собираюсь с вашей помощью выпить кофе, — самым невинным тоном заметил Старыгин, — а вы что подумали, товарищ капитан?

Наталья почувствовала, что краснеет, лицо налилось жаром. Сколько раз она злилась на себя за дурацкую способность краснеть до корней волос из-за всякой ерунды!

Хорошо, что Старыгин, этот отвратительный тип, которого ей хотелось убить, отвернулся к низенькому шкафчику, заваленному какими-то справочниками и рулонами бумаги. Как величайшую драгоценность он достал из ящика кофеварку и бутылку воды, при этом опасливо оглянулся на дверь.

— В школе милиции случайно не учат варить кофе? — осведомился он. — Но если нет, не расстраивайтесь, вам нужно только заправить кофеварку.

— Да что вы ко мне пристаете со своей школой милиции! — вконец разозлилась Наталья. — У меня, если хотите знать, юридический факультет университета!

— Да ну? — весело удивился Старыгин. — То-то вы мне так нравитесь! Люблю образованных женщин! Ладно, я сам заварю! Кстати, у вас в сумке нет печенья? Есть очень хочется!

Как ни мало Наталья знала Старыгина, все же она наконец поняла, что с ним происходит нечто из ряда вон выходящее, глаза его возбужденно блестели, волосы были растрепаны.

— Что же случилось, Дмитрий Алексеевич? — спросила она помягче, доставая пакет соленых сухариков.

— Случилось замечательное событие! — объявил он. — Перед вами, Наташенька, незаурядная личность, которой повезло сделать гениальное открытие!

— Ну-ну... — усмехнулась она, — возможно, у вас мания величия? Этим объясняется ваше возбужденное поведение...

— Ох, ну до чего же вы вредная девица! — Старыгин в сердцах запихнул в рот разом два сухаря. — С таким характером никогда замуж не выйдете!

— Да я и не тороплюсь, — огрызнулась Наталья, — а вы-то что беспокоитесь о чужой личной жизни? И, Дмитрий Алексеевич, хватит уже пустых разговоров, переходите к делу!

Он раздраженно хрустел сухариками, потом отпил полчашки кофе и подобрел.

— Дело в том, что я кажется выяснил, кисти какого художника принадлежит эта картина, — он показал доску.

— И кто же это? — прищурилась Наталья.

— Леонардо да Винчи!

— Точно вы заболели!

— И не надо делать такое скептическое лицо! — закричал Старыгин. — И гадости говорить тоже не надо! Вы сначала послушайте!

И он рассказал Наталье про встречу со Штабелем, про свои сомнения и утренние исследования.

— Ну, Фома неверующий, теперь не станете утверждать, что я болен?

— Быть не может! — не уступала Наталья.

— Вот только узнать бы, откуда Эрлих про это пронюхал, — бормотал Старыгин, — вот бы выяснить, куда он обращался за информацией... хотя бы проверить его запросы по Интернету...

— Есть один парень, — подумав, сообщила Наталья, — вообще-то он классный хакер. Только не знаю, этично ли это...

— Да едем сейчас к нему! — вскочил Старыгин. — Забудьте вы на время, что в органах работаете!

Старыгин кивнул знакомому охраннику и вышел на набережную. Наталья шла следом.

На улице по-прежнему шел дождь. Холодная вода сразу же попала за шиворот, Дмитрий Алексеевич зябко поежился и поспешил к своей машине. Журавлева задержалась возле выхода, достав из кармана мобильный телефон. Старыгин недовольно оглянулся на нее, и из-за этого утратил бдительность, не успел вовремя отскочить, и промчавшийся мимо темный автомобиль окатил его грязной водой. Выругавшись в сердцах, он отряхнулся, как мокрый пес, и достал из кармана брелок автомобильной сигнализации.

В это мгновение на него налетел какой-то странный прохожий — высокий, сутулый, с серым безжизненным лицом, напоминающим скорее не лицо живого человека, а плохо подогнанную маску... казалось, эта маска велика ему и сейчас свалится, открыв подлинное лицо, но лицо это может оказаться еще страшнее маски. Самым же неприятным и пугающим в облике этого прохожего были его глаза – пустые, неживые, с неестественно расширенными зрачками.

– Смотреть надо, куда идешь! – раздраженно проворчал Старыгин, отстраняясь от прохожего. Тот ничего не ответил, только скользнул по лицу Старыгина своим неживым взглядом и оттолкнул его рукой в черной перчатке.

Дмитрий Алексеевич почувствовал легкий укол в том месте, где рука незнакомца коснулась его плеча, но списал это на свое разыгравшееся воображение.

– Псих! – бросил он вслед удаляющемуся незнакомцу, и открыл дверцу машины.

– С кем это вы разговаривали? – спросила, подойдя к нему, Журавлева.

– Ни с кем, – отмахнулся Старыгин. – Садитесь скорее, а то на мне уже нитки сухой нет.

– Кто это в такую рань? – раздался из-за двери заспанный голос.

Старыгин удивленно взглянул на часы: было уже больше трех. Ничего себе рань!

– Это Наташа! – проворковала Журавлева.

– Наташа? Какая Наташа? – сонно проговорили за дверью, однако замок лязгнул, и дверь отворилась.

На пороге стоял заспанный парень лет двадцати в длинных трусах и футболке с надписью «Смерть Биллу Гейтсу!».

— Ой! — проговорил он, увидев Журавлеву и ее спутника, и попытался захлопнуть дверь, но Наталья ловко вставила в щель носок кроссовки и потянула ручку на себя.

После нескольких минут безмолвной борьбы гости оказались в прихожей.

— Поздно встаешь, Игорек! — укоризненно проговорила Журавлева, оттеснив парня от двери.

— А у вас ордер есть? — мрачно отозвался тот, с ненавистью глядя на незваных гостей.

— А мы к тебе не по службе, мы к тебе с дружеским визитом! — отбила Наталья этот мяч.

— Нужны мне такие друзья! — фыркнул парень.

— Думаю, что пригодятся. Во всяком случае, ссориться со мной сейчас совсем не в твоих интересах.

— Это почему это? — в голосе Игоря зазвучал вызов.

— Хотя бы потому, что ты вчера зашел в компьютер зоологического музея и поменял у них все обозначения. Так что теперь пингвин считается крупным хищником семейства кошачьих, а питон — парнокопытным млекопитающим. Ну, это я понимаю, тебе как всегда не спалось и захотелось немножко порезвиться, но вот зайти в машину своего деканата и исправить себе все оценки, а также изменить посещаемость на стопроцентную – согласись, это уже некрасиво. А ведь тебя после того раза предупреждали, чтобы прекратил рейды по чужим компьютерам!

– А сказала, что с дружеским визитом! – окрысился парень.

– А это уже от тебя зависит, – Наталья выразительно взглянула на приоткрытую дверь комнаты, за которой мерцал голубой экран монитора. – Поможешь нам немножко – и я, так и быть, посмотрю сквозь пальцы на твои шалости!

– Ага, а ведь вы только что напомнили, что мне нельзя лазить по чужим компьютерам!

– Это смотря с какой целью. И я тебя очень прошу – будь другом, надень штаны!

– А что – мой вид мешает вам сосредоточиться? – ухмыльнулся Игорь.

– Ага, – кивнула Наталья, – вспомнила, что белье давно пора постирать, полная машина набилась.

Игорь хрюкнул, но удалился в комнату, натянул джинсы и только после этого пригласил своих незваных гостей.

– Ну, что вам нужно? – проворчал он, пробежав пальцами по клавиатуре.

Журавлева выжидательно повернулась к Дмитрию Алексеевичу. Старыгин кашлянул и смущенно проговорил:

— Возможно ли выяснить, какие материалы запрашивал в Интернете определенный человек?

— Возможно все, — высокомерно протянул Игорь. — Весь вопрос в том, какой человек. В смысле, какой человек делал запросы и какой человек в данный момент сидит за данным компьютером. Поскольку за компьютером сижу я, то вероятность повышается.

— Красиво излагаешь! — восхитился Старыгин. — Работаешь так же красиво?

— Ладно, дядя, давайте ближе к делу. Про кого вы хотите разузнать?

— Нужного мне человека зовут Семен Борисович Эрлих.

— Хорошо что не Иванов, — пробормотал Игорь, стуча по клавишам. — А то помучились бы мы с вами...

Он сосредоточенно засопел, потом проговорил, покосившись на Старыгина:

— Чтобы вам было понятно, для начала я ломаю базы данных платежных систем основных провайдеров, чтобы узнать, кому из них ваш Семен Борисович платит за предоставление Интернета...

По экрану бежали бесконечные цепочки цифр, Игорь стучал по клавиатуре и разговаривал с машиной, как с живым существом:

— Ну, давай... что ты, как неродная... ну не тормози, а то по ушам надаю...

Через несколько минут он издал победный вопль и повернулся к Старыгину:

— Ну, самое трудное сделано. Нашел вашего Эрлиха, он платит провайдеру «Телесистема». Дальше — дело техники. Каждый провайдер ведет у себя статистику посещений своих клиентов, так что мы в два счета узнаем, какие порносайты посещал ваш знакомый. Особенно если у него имеется статический IP-адрес.

— Не надо пугать меня этими страшными терминами! — взмолился Старыгин. — Мне бы как-нибудь попроще!

— Не берите в голову! — отмахнулся Игорь. — Лучше скажите, какие конкретно сайты вас интересуют, это может сильно ускорить работу.

— В первую очередь вся информация, имеющая отношение к живописи, к художественным аукционам, к торговле произведениями искусства и тому подобными вещами...

-- Ну что ж, — вздохнул Игорь, снова принимаясь за работу. — Хорошо, что не порнуха или рэп, здесь бы мы просто захлебнулись в потоках информации... скажите еще, информация за какой период вас интересует?

— Скорее всего, за последний месяц, — проговорил Старыгин после недолгого размышления.

Действительно, если бы Эрлих нашел сведения о картине год назад, вряд ли он ждал бы столько времени. Он и его криминальный босс гораздо раньше проявили бы интерес к Дмитрию Алексеевичу.

– Последний месяц... – пробормотал хакер и снова заработал пальцами. – Одну минуту... Ну вот, пожалуйста, все его прогулки по сети за последний месяц...

На экране высветился длинный список.

– А можно это распечатать?

– Нет проблем, – Игорь пожал плечами. – Самому-то мне привычнее на экране читать...

Через минуту хакер протянул Старыгину несколько листков, покрытых мелким текстом.

– Ну что, ваш «дружеский визит» подходит к концу? – спросил он, повернувшись к Журавлевой.

Наталья вопросительно взглянула на Старыгина.

Дмитрий Алексеевич увлеченно просматривал распечатку.

– ...Материалы аукциона «Друо» в Париже... конференция по борьбе с незаконным вывозом произведений искусства... ну конечно, это его очень интересует... так, итоги художественного аукциона во Фрайбурге... расследование правоохранительными органами Петербурга музейных краж... ага, фонд поддержки частных детективных агентств и охранных предприятий... ясно, господин Штабель предусмотрительно наводит контакты, и Семен Борисович готовит для него почву... перечень лотов, выставленных на аукцион «Сотбис»... это его, разумеется, интересует... так, а вот это причем?

Старыгин взял со стола карандаш и обвел строку списка.

«Новые поступления в фондохранилище Миланской муниципальной библиотеки. Отдел старинных рукописей. Расходная книга управляющего графа Джанболонья».

— Не знал, что господин Эрлих интересуется старинными рукописями, да к тому же такими специфическими! — проговорил Дмитрий Алексеевич. — Все, что не укладывается в привычную схему, может оказаться полезным. Нельзя ли вывести этот материал?

— Ничего проще! — фыркнул Игорь, — для этого вовсе не нужно обладать моей квалификацией!

Через несколько минут он протянул Старыгину два листа с убористым текстом на итальянском языке.

— Если хотите, запущу программу перевода и переведу это на русский, — предложил хакер.

— Спасибо, не надо! — отказался Старыгин. — По-итальянски я и сам читаю.

На этот раз Игорь взглянул на него с уважением.

— Ну что ж, — Дмитрий Алексеевич спрятал листки в портфель и посмотрел на Наталью. — Думаю, мы можем оставить молодого человека в покое, он нам очень помог.

— Спасибо, Игорь! — проговорила Журавлева. — Можешь спать спокойно.

— А я и так на бессонницу не жалуюсь, — пожал тот плечами. — Проблем со сном у меня нет, если только некоторые не будят ни свет ни заря... приглашать вас я не стану, вы и без приглашения заявитесь...

Он проводил гостей до двери и запер за ними многочисленные замки.

Старыгин не мог дождаться, пока доберется до рабочего кабинета.

Устроившись в своей машине, он углубился в чтение итальянского текста.

Наталья некоторое время молча сидела рядом, но наконец не выдержала и тактично покашляла. Старыгин не обратил на ее сигналы никакого внимания, тогда она громко проговорила:

— Ну что, есть какие-нибудь следы?

— Извините, — Старыгин поднял на нее взгляд. — Забыл, что вы тоже интересуетесь... пока ничего, что имело бы отношение к нашей теме. Но если хотите, буду читать вслух.

«Ты вообще забыл о моем существовании» — подумала Журавлева, но вслух этого не сказала.

— Пятнадцатое сентября года тысяча пятьсот второго от рождества Христова, — начал Старыгин. — Четыре сольдо зеленщику, шесть сольдо мяснику, два сольдо работнику за починку заднего крыльца... также тому Джузеппе из Ареццо штука сукна хорошего из запасов господина в счет долга... Шестнадцатое сентября. Три сольдо молочнику, два сольдо жестянщику, восемь сольдо торговцу сеном Франческо. Семнадцатое сентября. Пять сольдо кузнецу, что подковал господских лошадей, пятнадцать сольдо суконщику, два сольдо поденщикам за чистку конюшен...

— И что — весь документ настолько же увлекателен? — разочарованно протянула Наталья.

— Эрлих почему-то им заинтересовался, — Старыгин сел поудобнее. — Я сам пока не понимаю, почему, но надо дочитать до конца. Если вам неинтересно — могу читать про себя.

— Да нет уж, читайте вслух, — вздохнула Наталья. — Может, вместе мы что-нибудь заметим...

— Семнадцатое сентября... — продолжил Старыгин.

Текст не отличался разнообразием: счета, мелкие платежи лавочникам и работникам, иногда краткий перечень выполненных работ и купленных припасов.

Когда Старыгин уже начал сомневаться в результатах поисков, он наткнулся на следующую запись:

— Четвертое ноября. Пять сольдо рыбнику, три сольдо маляру Панторио, шесть сольдо жестянщику, что починил кровлю садовой пристройки, где висит картина мастера Леонардо, дабы дождь не портил ее...

– Вот оно! – воскликнул Старыгин, ткнув пальцем в листок и от волнения порвав его. – Вот из-за чего Эрлих заинтересовался этой расходной книгой!

– Не надо так размахивать руками, – Наталья опасливо отодвинулась от Старыгина. – Вы мне глаз выбьете. И объясните мне, необразованной, чему вы так обрадовались.

– Это оно – то самое недостающее доказательство! – сияя, как медный самовар, проговорил Старыгин. – У нас в руках действительно картина Леонардо да Винчи!

Он чувствовал вполне понятное волнение, но вместе с тем резко разболелась голова.

– Ничего не понимаю, – протянула Журавлева. – Причем здесь наша картина? Вы читаете записи управляющего какого-то обедневшего итальянского графа – а судя по расходам, он явно небогат – и вдруг приходите в такое возбуждение, что начинаете крушить все вокруг!

– Извините, – проговорил Старыгин, потирая виски. – И еще раз извините. Но разве это не понятно? Ведь наша картина попала в Эрмитаж после революции из особняка купца Вожеватова, тот в свое время купил ее у графа Хвостова, а предок этого графа еще в восемнадцатом веке приобрел ее... как вы думаете, у кого?

Вопрос был риторический, и Наталья не собиралась на него отвечать. Но Старыгин этого даже не заметил.

— Совершенно верно! — радостно провозгласил он. — У этого самого графа Джанболонья! То есть не у этого, конечно, — он потряс в воздухе листком. — А у его отдаленного потомка, который окончательно обеднел и распродавал фамильное имущество. И не только обеднел, но и позабыл, чем владели его предки, так что картина продана уже как «Мадонна с младенцем Христом и Иоанном Крестителем» кисти неизвестного мастера флорентийской школы. А мы с вами только что прочли, что она принадлежит кисти Леонардо! Управляющий графа пишет об этом, как о само собой разумеющемся! Кроме того, — добавил он, немного успокоившись, — вы обратили внимание, что картина висела у графа в садовой пристройке, и пришлось нанять кровельщика для починки крыши, «дабы дождь не заливал картину». Значит, до того он ее заливал. Так что картина с самого начала хранилась не в самых лучших условиях, почему она сейчас и находится в таком плачевном состоянии!

Старыгин спрятал листок с распечатанными записями в портфель и сложил руки на руле, стараясь успокоиться.

— Во всяком случае, — закончил он, — Эрлих и Штабель достаточно серьезно отнеслись к этому материалу. Настолько серьезно, что решили заполучить картину любой ценой.

— Непонятно только одно, — проговорила Наталья, — из-за чего убили ту девушку в соседней с вами квартире.

Старыгин хотел ей что-то ответить, но вдруг почувствовал сильное головокружение. Перед его глазами замелькали цветные пятна, и неожиданно на него навалилась такая усталость, словно он прошел пешком не один десяток километров с тяжелым грузом за плечами... ему показалось вдруг, что над ним сияет ослепительное солнце юга, в ушах зазвучали гортанные голоса разносчиков воды и сластей, лавочников, зазывающих прохожих, хриплые крики верблюдов...

Наталья о чем-то его спросила, но он не расслышал вопроса.

– Вам плохо? – повторила она озабоченно.

– Нет... да... – пробормотал Старыгин невпопад. В довершение ко всему, ему стало очень жарко. Он опустил стекло машины, вдохнул свежий осенний воздух, но он не принес никакого облегчения.

– Да... мне действительно нехорошо... я пожалуй поеду домой... – проговорил он слабым голосом и потянулся к зажиганию, но все перед глазами поплыло и закружилось, как на карусели.

Теперь ему стало холодно, так холодно, что зубы застучали. Ему стало тяжело дышать, а в висках словно застучали тысячи невидимых молоточков.

Тысячи бронзовых молотков, высекающих каменные блоки для строительства надгробий и статуи для их украшения...

— Как вы поведете машину в таком состоянии! Давайте, я сяду за руль! — Наталья потрогала его лоб и помрачнела. — Да у вас жар!

— Наверное, простудился... — с трудом проговорил Дмитрий Алексеевич, вот, накаркали вы... и с этими словами провалился в беспамятство.

Он шел по узким улочкам далекого южного города, по бесконечному лабиринту тесных кривых проулков. Из темных полуоткрытых дверей доносились дразнящие обоняние запахи пряных кушаний и изысканных благовоний — здесь, в этом шумном квартале, кроме многочисленных мастерских, помещались лавки, где можно было купить приношения для предков, обитателей Царства Мертвых — фрукты, цветы и благовония, сласти и прочие припасы. Посыльные из этих лавок и из мастерских низко кланялись Старыгину и уступали ему дорогу.

Из ближней лавки навстречу ему выскочил высокий пожилой человек в белой, как у него самого, одежде, и озабоченно спросил:

— Господин, вам лучше?

Старыгин хотел ответить — и пришел в себя.

Придя в себя, он увидел светло-зеленые больничные стены и озабоченное лицо высокого пожилого мужчины в белом халате.

— Ну вот, так-то лучше, — проговорил врач, проверяя его пульс. — Где же вы подцепили такую редкую дрянь?

– Где я? Что со мной? – слабым голосом спросил Старыгин, пытаясь приподняться на постели. Эта попытка не увенчалась успехом. Стены и лицо врача поплыли перед глазами, сердце забилось в груди, как пойманная птица.

В его ушах еще звучали голоса посыльных и разносчиков.

Что это было? Фивы... лабиринт прибрежных кварталов левого берега...

Старыгин сбросил наваждение и прислушался к словам врача.

– Вы в эпидемиологическом центре при Академии наук, – говорил тот, поправляя подушку. – В отделении редких и тропических инфекций.

– Как я сюда попал?

– Поблагодарите свою подругу! – доктор чуть заметно улыбнулся. – И еще врача в приемном покое больницы, куда она вас привезла. Он почувствовал что-то неладное и связался с нами, а уж когда мы узнали о симптомах болезни, срочно забрали вас к себе. Потому что вы – наш больной!

– Что же со мной?

– Очень редкая болезнь, – озабоченно проговорил врач. – Вы когда-нибудь слышали о так называемом проклятии фараона?

– Конечно! – Старыгин прикрыл глаза. – Но ведь это миф, выдумка?

– Да не вполне! Вы полежите спокойно и послушайте, можете не отвечать, если тяжело. Так вот, термин «проклятие фараона» вошел в обиход после того, как в одна тысяча девятьсот двадцать третьем году знаменитый английский археолог Говард Картер нашел в Долине царей неразграбленную гробницу Тутанхамона. Вы же знаете, что там нашли столько золота, драгоценных камней и других сокровищ, что это на многие годы стало сенсацией. Ученые получили огромный материал для своих исследований, простые обыватели замирая, читали перечисление золотых статуэток, амулетов, масок, украшений. Газеты, соревнуясь друг с дружкой, раскрывали бесконечные подробности открытия, описывали всех действующих лиц и членов их семей.

Утверждали, что когда исследователи вошли в гробницу, первым, что они увидели, была надпись на стене, в которой говорилось:

«Смерть быстрыми шагами настигнет того, кто нарушил покой фараона».

Эта фраза и стала краеугольным камнем в последовавшем затем развитии истории под названием «Проклятие фараона». Началось все с того, что через два месяца после открытия гробницы умер лорд Карнарвон – тот, кто финансировал раскопки Картера. Умер он в Каире после трехнедельной непонятной болезни, врачи посчитали ее инфекцией от укуса ядовитого москита. Газеты смаковали подробности – в поместье лорда в Англии его любимая собака долго выла этой ночью, после чего испустила дух.

— На нее тоже подействовало проклятие? — не открывая глаз, усмехнулся Старыгин.

— Газеты утверждали, что так и есть, — серьезно ответил доктор, — и мир заговорил о темной и страшной силе, которую потревожили, вскрыв гробницу и нарушив покой мертвого фараона. Тем более, что вскоре умер археолог Артур Мейс, который вместе с Картером вскрывал гробницу. Газеты правда умолчали о том, что Мейс был давно и серьезно болен, и приехал в Египет, превозмогая болезнь.

«Страх объял Англию», — писала одна известная газета после того, как, вернувшись из Египта умер Арчибальд Дуглас Рейд. С помощью своего рентгеновского оборудования он хотел определить точный возраст мумии фараона.

В течение шести лет один за другим умерли двенадцать человек из тех, кто участвовал во вскрытии гробницы. Умерли от самых разных причин — лорд Вестбурн, например, выбросился из окна своей квартиры в Лондоне, находящейся на седьмом этаже и разбился насмерть. Сын его, работавший секретарем у Говарда Картера, незадолго до этого был найден мертвым в своей собственной постели, хотя был здоровым, полным сил молодым человеком, и накануне ни на какие недомогания не жаловался. Наконец, покончил с собой в состоянии душевной депрессии сводный брат лорда Карнарвона. И — событие, которое убедило в существовании даже неверующих — в одна тысяча девятьсот двадцать девятом году умерла леди Карнарвон. Врачи констатировали смерть от укуса неизвестного насекомого.

— Какие неизвестные насекомые могут быть в Англии? — взволнованно спросил Старыгин.

— Разумеется, это объяснение притянуто за уши. Но мы, врачи, материалисты, невозможно же написать в свидетельстве о смерти «умерла от проклятия фараона»! Коллеги просто поднимут на смех... Но факт остается фактом; к тридцатому году из всех членов экспедиции в живых остался только Говард Картер.

— Ну и как же вы это объясняете? — Старыгин приподнялся на локтях.

— Видите ли, разумеется, мы не верим ни в какое проклятие фараона, — доктор мягким, но настойчивым движением заставил Старыгина лечь на подушку, — в медицине не может быть никакой мистики. В самом деле, собака-то отчего умерла, она вообще в Египте не была. Обыватели были уверены, что фараон наслал проклятье на лорда Карнарвона и всех его друзей и родственников. Но отчего тогда фараон не тронул самого Говарда Картера? Высказывались предположения, что в гробнице были замурованы ядовитые вещества, либо же древние египтяне могли покрывать ураном стены, пол и потолок гробницы, и людей поражала радиация. Я считаю, что не было никакого проклятия фараона, были неизвестные науке смертоносные бактерии, которые выжили в гробницах несмотря на то, что прошло более четырех тысяч лет!

— Не может быть!

— Да рассказывали же, что находили в гробницах семена египетской пшеницы, которые, пролежав под землей столько времени, не потеряли своей всхожести!

— Но отчего только в этой гробнице появились эти бактерии? Ведь сколько гробниц до этого были разграблены, ведь целые египетские деревни вблизи Луксора из поколения в поколение занимались грабежом гробниц!

— Да кто же их знает, этих местных жителей, возможно, что и умирали они от неизвестной болезни, не обращаясь к врачам, которых тогда и не было еще. Вы поймите, ведь это не эпидемия. Болезнь опасна, но не распространяется так быстро как чума или оспа. Кто-то обшаривал мумию и порезался — вот и заразился.

— А как же леди Карнарвон, которая умерла через шесть лет после смерти своего мужа?

— Могу только предположить, что в северных широтах бактерии размножаются не так быстро, как в жарких странах, болезнь развивается гораздо дольше. А возможно, она умерла совсем от другой болезни...

Выслушав рассказ врача, Старыгин пришел в ужас.

— Так что, доктор, я обречен?

Он снова почувствовал приступ головокружения и мучительный озноб, дыхание стало частым и неглубоким. В ушах снова застучали медные молотки каменотесов.

— Да что вы, дорогой мой! — доктор покровительственно улыбнулся. — Вы выздоровеете, причем очень скоро! Мы разработали вакцину против «болезни фараонов», и вам уже сделали инъекцию. Еще несколько часов — и вы будете как огурчик! А пока... чтобы облегчить ваше состояние, я дам вам выпить традиционное египетское лекарство, в состав которого входит вытяжка из корня лотоса.

Левой рукой он приподнял голову больного, а правой поднес к его губам чашку с зеленоватым настоем.

Старыгин прильнул к чашке губами и жадно выпил горьковатое прохладное питье. Ему сразу стало легче дышать, сознание прояснилось, озноб прекратился.

— Мне действительно стало гораздо лучше! — проговорил он, благодарно взглянув на врача. — Вы так заботитесь обо мне... у вас же наверняка есть другие больные...

— Что вы, дорогой мой! — врач поставил чашку на тумбочку. — Я готов не отходить от вас днем и ночью! Ведь это первый случай, когда я могу наблюдать течение такой редкой болезни! Я изучаю ее много лет, написал десятки статей, но впервые вижу настоящего больного! Это такая удача! Вы просто не представляете...

— Ну, это как сказать... — протянул Старыгин.

— Да, конечно, — врач смутился, — я сказал бестактность... понимаете, вам, конечно, не позавидуешь, но для меня, как для профессионала, это действительно удача... я могу лично следить за процессом выздоровления, за действием вакцины...

— А вы не боитесь заразиться?

— Нет, эта болезнь не очень заразна, она передается только через кровь, так что избежать заражения достаточно легко. Но скажите мне, дорогой — вы недавно побывали в Египте?

— Нет, — Старыгин отрицательно помотал головой и снова почувствовал головокружение, правда не такое сильное. — Вернее, был, но довольно давно, около года назад.

— Нет, у этой болезни не такой длительный инкубационный период... где же в таком случае вы подцепили такую редкую инфекцию?

— Я не был в Египте, но довольно много времени провел в египетском отделе Эрмитажа.

— Ну, дорогой мой, если бы там можно было заразиться, у нас было бы так много пациентов! Нет, в Эрмитаже за все время его существования не было, к счастью, ни одного случая заболевания «проклятием фараонов». Так что нужно внимательно проанализировать все ваши контакты, чтобы установить источник заражения. Если в городе есть еще один больной, непременно нужно найти его, ведь без нашей помощи он обречен! Ему срочно необходима вакцина!

Старыгин хотел рассказать врачу о недавней встрече на набережной возле Эрмитажа, о человеке с серым неживым лицом, с которым он столкнулся, и о легком уколе, который он тогда почувствовал, но вовремя передумал: слишком странно это прозвучало бы в этих трезвых больничных стенах.

Он прикрыл глаза. Его снова одолела усталость, неудержимо заклонило в сон.

– Поспите, дорогой, – словно сквозь толщу воды донесся до него голос врача. – Вам нужно много спать, это способствует выздоровлению! Сон – лучшее лекарство!

Старыгин хотел что-то ответить, но действительно заснул.

На этот раз ему снился какой-то узкий каменный коридор. Он шел по этому коридору, освещая дорогу дымным коптящим факелом. Коридор то и дело сворачивал, разделялся, от него ответвлялись боковые ходы, но Старыгин уверенно шел вперед, каждый раз без колебаний выбирая верное направление.

Потому что его вел вперед голос.

Этот голос звал его, повторял его имя, умолял поторопиться.

Он становился все слабее и слабее, все тише, все беспомощнее, хотя Старыгин знал, что приближается к нему, что ему осталось пройти совсем немного.

Нужно было спешить, потому что время истекало, потому что голос может замолкнуть, и тогда он останется один в этом лабиринте, в этом бесконечном темном подземелье.

Вдруг резкий порыв ветра затушил его факел. Старыгин оказался в кромешной темноте, вязкой и осязаемой, как черное бездонное болото. Из темноты доносились какие-то шорохи и скрипы, и еще что-то отвратительное — то ли тихое чавканье, то ли хруст костей.

Вдруг до его лица дотронулось что-то склизкое, живое. Старыгин попятился, и в спину ему уперлась чья-то костлявая рука.

Он заметался в ужасе, вытянув вперед руки, пытаясь на ощупь найти дорогу...

Но тут он снова услышал прежний негромкий голос.

Едва слышный, призывный, умоляющий.

И тут же он успокоился, взял себя в руки и двинулся вперед, на этот голос — сначала медленно, неуверенно, потом все быстрее и быстрее. И окружающая тьма постепенно начала светлеть, расступаться, можно было уже различить очертания стен.

Старыгин прибавил шагу, он уже почти бежал, шумно и тяжело дыша, несмотря на царящий в подземелье холод, капли пота выступили у него на лбу. Перед ним оказалась очередная развилка, и он уверенно повернул направо, туда, откуда доносился голос.

И оказался в большом круглом помещении с высоким сводом.

Эта камера была ярко освещена несколькими факелами, прикрепленными к стенам, и в самом ее центре, на огромном каменном столе, покоилась мумия.

Мумия лежала без саркофага, даже без полотняных бинтов — ссохшаяся коричневая плоть с тощими, как у скелета, конечностями и уродливым лицом, на котором неумолимое время оставило гримасу отчаяния и презрения ко всему живому, ко всему смертному.

И это от нее, от этой мумии исходил тот голос, который призывал Старыгина во мраке подземного лабиринта.

Старыгин шагнул к каменному столу, чтобы последний раз услышать голос вечности и заглянуть в ее глаза.

И в этот миг он проснулся.

На этот раз он был в палате один, и чувствовал он себя гораздо лучше.

Настолько хорошо, что легко приподнялся и сел на кровати, спустив ноги на пол.

И снова услышал тот голос, который звал его во сне, тот голос, который вел его по темному подземелью.

Голос звучал едва слышно, и Старыгин понимал, что никто, кроме него, не слышит этот зов. Но в то же время он был так настойчив, что противостоять ему было невозможно.

Дмитрий Алексеевич встал на ноги.

Голова немного закружилась, так что ему пришлось схватиться за спинку стула, но вскоре это прошло. Он нашарил больничные тапочки, больше в палате не было никакой одежды.

Голос звучал призывно и умоляюще. Старыгин шагнул к двери палаты. Она была не заперта.

Он выглянул в коридор.

В нем не было ни души, только откуда-то издалека доносились громкие раздраженные голоса.

Бледно-зеленые стены, негромко гудящие люминесцентные лампы под потолком.

Старыгин выскользнул в коридор и уверенно двинулся направо – туда, куда звал его едва слышный настойчивый голос.

Его все еще немного качало от слабости, но он торопливо шел на голос, потому что тот становился все тише, все слабее, и мог замолчать навсегда.

Коридор повернул.

Старыгин выглянул из-за угла, убедился, что путь свободен и двинулся вперед.

Вдруг одна из дверей приоткрылась, из-за нее послышался женский голос:

— Через час я вам поставлю капельницу...

Старыгин дернул ближайшую дверь, к счастью, она была не заперта. За дверью оказалась химическая лаборатория — металлические стеллажи с колбами и пробирками, сложное современное оборудование, хромированные инструменты. Прикрыв дверь за собой, он замер, прислушиваясь.

Мимо двери кто-то прошел, по коридору процокали женские каблуки, и снова все затихло.

Старыгин снова выскользнул в коридор и быстро двинулся в прежнем направлении — туда, куда звал его голос.

Коридор закончился, дальше была дверь. Старыгин потянул за ручку, дверь поддалась, и он оказался на лестничной площадке.

Ни на секунду не задумываясь, он пошел по лестнице вниз — также, как во сне, голос безошибочно направлял его, указывал дорогу.

Миновав несколько лестничных пролетов, пройдя мимо нескольких запертых дверей он наконец оказался перед металлической дверью подвального этажа.

Эта дверь тоже была заперта, но Старыгин почему-то нисколько не расстроился. Он знал, что сможет преодолеть все препятствия.

И действительно, не успел он перевести дыхание, как с другой стороны двери скрипнул поворачивающийся в замке ключ.

Дмитрий Алексеевич прижался к стене возле двери.

С металлическим лязгом дверь распахнулась, и на пороге появилась пожилая женщина в сером сатиновом халате, вооруженная красным пластмассовым ведром и несколькими швабрами. Придерживая свои инструменты одной рукой, второй она возилась с ключом.

Старыгин пригнулся и юркнул в открытую дверь мимо оторопевшей уборщицы.

Та не успела ничего разглядеть, от неожиданности выронила ведро и разразилась возмущенной тирадой:

— Совсем, паразиты, с ума посходили!

Но Старыгина уже и след простыл, он свернул за угол и чуть не бегом улепетывал по коридору.

Здесь было куда более мрачно, чем на верхних этажах. Под низким потолком змеились разноцветные электрические провода и пластиковые трубы, лампы горели через одну, по стенам проступали пятна сырости и плесени. Однако призывный голос звучал в мозгу Старыгина гораздо отчетливее, чем наверху.

Он шел по коридору, прислушиваясь к этому голосу и невольно вспоминая свой страшный сон.

Впереди засиял более яркий свет, и Старыгин замедлил шаги.

Вскоре он поравнялся с металлической дверью, на которой была прикреплена табличка:

«Высокая степень опасности. Вход только в спецкостюмах».

Дмитрий Алексеевич по-прежнему не сомневался, что преодолеет все препятствия на пути к зовущему его голосу.

Действительно, едва он поравнялся с металлической дверью, как она начала со скрипом открываться. Он отскочил в сторону и спрятался за металлическим шкафчиком, в котором размещался то ли трансформатор, то ли распределительный щит.

Дверь широко открылась, из нее вышли три человека в серебристых защитных костюмах и масках с респираторами. Они несли какой-то длинный ящик.

Выйдя в коридор, замыкающий свободной рукой притворил дверь и крикнул кому-то:

— Не закрывай, я через пять минут вернусь!

Дождавшись, когда люди скроются за поворотом, Старыгин подкрался к двери и юркнул внутрь.

За этой дверью обстановка совершенно изменилась: вместо сырого, плохо освещенного подвала с низким потолком Старыгин оказался в огромном зале, разделенном стеклянными перегородками на множество небольших отсеков вроде больничных боксов. В некоторых из боксов копошились люди в защитных костюмах. Сверху лился яркий голубоватый свет.

Дмитрий Алексеевич поспешно огляделся. К счастью, возле входа никого не было. Справа от двери на вешалке висело несколько защитных костюмов. Старыгин поспешно облачился в один из них, напялил респираторную маску и поспешил подальше от входа – туда, куда по-прежнему звал его настойчивый голос.

Навстречу ему попался человек в таком же защитном костюме. Он скользнул по Старыгину равнодушным взглядом и не замедлил шагов. Защитный костюм сделал Старыгина невидимкой, одним из тех, кто работал в этом зале.

Дмитрий Алексеевич миновал несколько боксов и остановился перед очередным стеклянным отсеком. Сомнений не было – беззвучный голос звал его именно отсюда.

Он толкнул прозрачную дверь и вошел внутрь.

В первое мгновение он почувствовал прежнее головокружение: ему показалось, что он снова спит и видит прежний страшный сон.

Посреди бокса на металлической каталке, накрытой белоснежной простыней, лежала мумия.

Точно такая же, как во сне – беззащитная, лишенная надежной скорлупы саркофага, лишенная даже полотняных бинтов коричневая плоть с тощими руками и ногами, с уродливым ссохшимся лицом, сведенным в отталкивающую гримасу то ли отчаяния, то ли насмешки.

Насмешки над всем человеческим, над всем смертным.

И как только Старыгин увидел мумию, звучавший у него в мозгу голос затих. Дмитрий Алексеевич остался один на один с ситуацией, как лунатик, неожиданно проснувшийся и осознавший, что стоит на крыше высотного дома или на самом краю пропасти.

До сих пор он шел вперед, на голос, не задумываясь и не сомневаясь, а теперь не знал, что делать дальше и как выпутываться из глупейшего положения, в которое он попал.

Старыгин огляделся.

Рядом с мумией, на отдельном металлическом столике находились хромированные медицинские инструменты и штатив с многочисленными пробирками. Тут же лежал разлинованный листок с лабораторными записями.

Дмитрий Алексеевич склонился над листком и, с трудом разбирая корявый почерк, прочел:

«Образец номер четырнадцать. Мумия, Фивы, Среднее царство. Отчетливо выраженный штамм "болезни фараонов". Чистая культура выделена 02.06.1994. Продолжаются работы по усовершенствованию вакцины».

Старыгин перевел взгляд на мумию.

Значит, эта ссохшаяся коричневая плоть, старая, как само время, помогла получить то лекарство, благодаря которому его, Старыгина, спасли от смерти!

Он почувствовал невольную благодарность к этому древнему египтянину и внимательнее пригляделся к нему: как-никак их связывала теперь глубокая, нерасторжимая связь...

Приглядевшись к мумии, Старыгин увидел нечто удивительное.

На груди египтянина, на высохшей коричневой коже чем-то более темным были нанесены знаки.

Вполне отчетливые, разборчивые иероглифы.

Старыгин ощутил необыкновенное волнение.

Не для того ли звал его неслышный голос, не для того ли шел он в эту подземную лабораторию, чтобы найти эту надпись, дошедшую из глубины веков?

Невольно он вспомнил слова своего гениального одноклассника Витьки Семеркина:

«Число "омега", в котором заключается завершение всеобщего закона, тайна небытия, тайна смерти, должно быть скрыто в том, что связано с самой смертью».

Что может быть теснее связано со смертью, чем мертвец, четыре тысячи лет пролежавший в каменном гробу? Так, может быть, именно здесь, на коричневой коже мумии, начертано то самое таинственное число «омега»?

Старыгин завертел головой.

Его взгляд снова упал на разлинованный листок с лабораторными записями.

Рядом с листком лежала простая шариковая ручка. Дмитрий Алексеевич схватил эту ручку и разлинованную бумагу, склонился над мумией и на обратной стороне листка тщательно зарисовал цепочку иероглифов.

Едва он закончил эту работу и спрятал листок с иероглифами в боковой карман защитного костюма, за прозрачной стеной бокса появились три человека. Один из них резко распахнул стеклянную дверь и шагнул к Старыгину.

— Что вы здесь делаете? — прогремел голос, искаженный респираторной маской.

— Я ищу четвертую лабораторию, — наугад ляпнул Старыгин.

— «Четверка» дальше по коридору, третья дверь, — получил он спокойный ответ, — вы попали в «двойку».

Старыгин поблагодарил и вышел. Никем не замеченный, он снял защитный костюм, добрался до своей палаты и едва успел лечь, как зашел врач.

— Как себя чувствуете?

— Неплохо, — соврал Старыгин, — доктор, а когда я смогу выйти отсюда?

— Что вы! — испугался доктор. — Хоть болезнь мы и сумели купировать, нужно долго за вами наблюдать. Так что полежите недельку-другую, а может и больше, там посмотрим... непременно сделаем кое-какие анализы, тесты...

Он пощупал больному лоб и ушел.

Старыгин откинулся на подушки. Этот доктор будет держать его здесь, сколько сможет, сказал же он, что воспринимает появление Старыгина в больнице, как подарок судьбы! Недаром у него такие алчные глаза, дорвался, что называется. Теперь замучает всякими тестами и анализами!

Но время дорого, он просто не может себе позволить валяться в постели, когда вокруг происходят такие события! Что делать?

Старыгин встал с постели и оглядел палату. Одежду ему, конечно, не оставили, но в тумбочке лежали вещи из карманов и среди них – мобильный телефон.

Дрожащими руками он достал его, телефон к счастью не успел разрядиться. Кажется, Наталья звонила ему как-то на мобильный, ее номер должен быть в списке... от волнения он не попадал в нужные кнопки... вот оно!

– Как вы, Дмитрий... – услышал он ее взволнованный голос.

– Слушайте внимательно! – не дал он ей закончить. – У меня надежда только на вас! Отсюда не выпускают, так что придется сбежать!

– Вы с ума сошли, вы же больны!

– Да не перебивайте вы! – раздраженно крикнул он. – Сейчас мне лучше, а болезнь все же не грипп, не так заразна, передается через кровь, а кусать я вас точно не стану! Знаете, где я нахожусь?

— Конечно, — она тут же взяла деловитый тон, — значит, к главному входу вы не ходите, там охрана, идите по служебной лестнице, она ведет во двор. Я вчера тут немного огляделась, так вот, во дворе не маячьте, а сразу же идите направо мимо кирпичной пристроечки, потом там какие-то контейнеры, а потом — дырка в заборе и тропинка через кусты к автобусной остановке.

— Вот я вас в кустах ждать буду через час! — обрадовался Старыгин. — Только, умоляю, одежду какую-нибудь привезите, а то я в пижаме!

— Как интересно... — мечтательно протянула Наталья и поскорее отключилась.

За этот час три раза приходили к Старыгину сестрички — первая взяла анализ крови, вторая сделала укол, а третья пыталась поставить капельницу, но он наврал ей, что дико болит голова, и сестричка решила повременить. Старыгин представил себе, как он крадется по коридору с капельницей на привязи, и ему действительно стало нехорошо. От укола немного полегчало, и он, выждав сорок минут, решил потихонечку двигаться.

В коридоре никого не было, Старыгин прошел процедурную, лабораторию и ординаторскую, откуда доносились оживленные голоса, благополучно миновал главную лестницу, проскочил еще один коридор и остановился у стеклянной двери, ведущей на другую лестницу.

Надо полагать, это и была лестница служебная, потому что возле двери были сложены тюки с грязным бельем. Дверь была заперта, но на его счастье полная женщина в белом халате отперла ее с той стороны и удалилась, оставив открытой. Старыгин, положившись на везенье, юркнул за дверь и спустился на первый этаж. Входная дверь была открыта, и сырой ветер сразу же ударил в лицо.

Он оглянулся по сторонам и повернул вправо, чувствуя себя персонажем старой комедии. Тапочки без задников очень мешали бежать. Вот сарай, вот мусорные контейнеры, а вот наконец и желанная дырка в заборе.

«Да будут благословенны граждане, которые любят ходить прямо! – думал Старыгин, пролезая в дырку. – В любом заборе, хоть в больнице, хоть в тюрьме, хоть на охраняемом секретном объекте появляется дырка, в которую пролезают, выносят готовую продукцию и вносят запрещенные спиртные напитки. Воля народная не знает преград! Граждане пробьют дыру в железобетонном заборе, прорежут колючую проволоку и протопчут тропинку по минному полю, и все только потому, что им лень пройти в обход лишние полсотни метров».

Он отважно бросился вперед по тропинке. Дождя не было, но с мокрых кустов капала вода. Мокрая же трава холодила босые ноги, тапочки не спасали. Когда Старыгин окончательно замерз и зубы начали выстукивать дробь, кто-то из кустов схватил его за руку.

— А вы и правда в пижаме... — протянула Наталья.

— А вы думали, я шучу? — огрызнулся Старыгин. — Не до шуток тут...

Она уже тянула его к машине — старенькой пятерке.

— У соседа одолжила, не могла же я милицейскую машину взять! — она верно истолковала его пренебрежительный взгляд.

На заднем сиденье лежал ворох одежды. К полному изумлению Старыгина это оказалась милицейская форма — поношенная, но чистая, с нашивками сержанта.

— Ну вы даете! — восхитился Старыгин. — Хотя где вам взять-то...

Он, чертыхаясь, переоделся в машине. Брюки оказались коротки, а ботинки малы.

— Ну что же это такое! У меня же сорок третий!

— А это сорок второй, других не было, — холодно заметила Наталья, — я вам не обувной магазин. Ничего, вам в них не кросс бегать. Куда едем, в Эрмитаж?

— Точно! — обрадовался Старыгин. — Как раз туда и нужно!

Она-то думала, что он спешит к картине, которая вполне может быть работой Леонардо, он же торопился в Эрмитаж совсем по другому поводу — нужно было расшифровать последнюю, третью часть иероглифов, чтобы получить наконец заветное число.

— Есть новости? — спросил он Наталью.

— Есть! — оживилась она. — Вы знаете, Пауль какими-то своими методами отыскал того типа, чьи отпечатки были найдены возле трупа убитой девушки, выследил его до квартиры, вошел туда, а тот лежит на кровати мертвый!

— Кто же его убил?

— Да вообще непонятно, отчего он умер, а Пауль клянется что видел его мертвым год назад в Порт-о-Пренсе!

— Эк его занесло, на Гаити... — протянул Старыгин.

— А мои ребята откопали свидетеля из вашего подъезда, такой дед с первого этажа, он на дачу уезжал, а теперь вернулся. Так он этого типа, Фолькера Месснера, оказывается, видел на лестнице как раз в тот день, когда девушку убили! Точно его описал и по снимку опознал!

— Это наверное Валентин Петрович, очень толковый дядька, раньше летчиком-испытателем был...

— Да, говорит, такой и есть — высокий, странный какой-то, глаза неживые, лицо серое и все в складках, как будто маска... И я его видела, точно это он! Только убийцу не допросили, поскольку он мертвый. Свезли тело в морг, а ночью оно исчезло!

— Вы не шутите? Может переложили куда-нибудь, там, в морге, небось такой же беспорядок, как и везде...

— Да бросьте вы! — обиделась Наталья. — Не до такой же степени. Говорят вам — он исчез! Пауль так расстроился — просто в шоке!

— Мистика какая-то... — согласился Старыгин, — а кто этот Пауль?

— Я же вам говорила — специалист из Интерпола!

— Ах да... — рассеянно протянул Старыгин и поймал себя на том, что ему не нравятся нотки восхищения в голосе Натальи.

— Совсем вы мне голову заморочили вашим Паулем, — через некоторое время спохватился он, — а ведь этот тип, убийца, мне тоже знаком. Ведь это он столкнулся со мной вчера на набережной, когда мы в машину садились. И чем-то уколол.

— А потом вы заболели... Ведь и правда мистика получается... — тихо сказала Наталья.

— Вы еще всего не знаете! — загадочно сообщил Старыгин. — Ничего, скоро все раскроется, вам первой все расскажу!

Наталья покосилась удивленно, но они уже приехали к Эрмитажу. Старыгин велел ей остановиться чуть в стороне, ближе к набережной, и подождать его в машине. Она скорчила недовольную мину, но решила не спорить.

На вахте дежурил знакомый охранник, однако он, разумеется, не узнал Старыгина в милицейской форме.

— Эй, сержант, ты куда это? — проговорил он, приподнимаясь навстречу. — Документы!

— Стас, ты что — не узнал меня? Это же я! — Старыгин попытался отодвинуть охранника в сторону, но тот потянулся к кобуре:

— Что значит — я? Тут тебе Эрмитаж, а не районная библиотека! Сказано — документы! Что ты в милиции служишь, меня не колышет! У меня свое начальство есть!

— Да вот тебе документы! — Старыгин наконец нашел свой служебный пропуск и сунул под нос секьюрити.

Тот изумленно уставился на удостоверение, перевел взгляд на Старыгина и попятился:

— Ой! Это ж вы! Вы что — в милицию перевелись? Ну это ж надо! Что, хорошие деньги дали?

Старыгин отмахнулся и, прихрамывая из-за тесных ботинок, помчался по коридору в сторону египетского отдела.

Охранник, проводив его взглядом, пробормотал:

— Выходит, и правда им в музее гроши платят, если уже в милицию идут подрабатывать!

Дмитрий Алексеевич без стука влетел в кабинет Марии Антоновны.

Главная хранительница египетского отдела сидела за столом, заваленным рукописями и фолиантами, погрузившись в изучение какой-то старинной гравюры.

Не отрываясь от своего занятия, она неодобрительно проговорила:

— Почему не стучите? Думаете, если вы работаете в милиции, то вам все можно?

Только после этого она подняла глаза, узнала Старыгина, но не поверила себе, сняла очки и удивленно спросила:

— Дмитрий Алексеевич, что это на вас надето?

— Потом, потом! — отмахнулся Старыгин и положил на стол разлинованный листок. — Прошу вас, переведите мне это!

«Образец номер четырнадцать, — прочитала хранительница, — Мумия, Фивы, Среднее царство». Отчетливо выраженный штамм «болезни фараонов»... Что все это значит?

— Ой, извините, это не та сторона... я не нашел другого листка... — Старыгин перевернул бумажку, и Мария Антоновна увидела перерисованную им с мумии цепочку иероглифов.

— Я смотрю, Древний Египет сделался вашим главным интересом, — проговорила ученая дама, вглядываясь в значки. — Не хотите перейти ко мне в отдел?

— Там видно будет, — уклончиво отозвался Старыгин. — Ну как, что здесь написано?

— Опять одни цифры, — пожала плечами Мария Антоновна и потянулась за чистым листком бумаги. — Ну вот, я запишу вам здесь перевод!

Дмитрий Алексеевич едва дождался, когда она кончит писать, выхватил листок и, невнятно поблагодарив хранительницу, бросился прочь из кабинета.

Однако ботинки жали неимоверно, и вместо того, чтобы покинуть Эрмитаж, Старыгин взбежал на третий этаж, к своей мастерской, где у него имелась запасная пара обуви.

В коридоре ему попалась навстречу уборщица тетя Груня.

— Я у тебя прибралася, — проговорила она, нисколько не удивившись странному наряду Старыгина. — И этого запустила, друга твоего!

— Какого еще друга? — Старыгин остановился, как будто налетел на стену.

— Из Москвы который, — ответила уборщица. — Из этого... как его... музея имени... который памятник...

— Музея имени Пушкина? — переспросил Старыгин.

— Во-во, этого самого!

— Тетя Груня, вам сколько раз говорили — не пускайте в кабинеты незнакомых людей!

— Вот всегда так, — пригорюнилась уборщица. — Хочешь вам как лучше, а вы только ругаетеся!

Старыгин раздраженно махнул рукой и направился к своему кабинету, гадая, кто поджидает его там.

Поджидал его Эрлих.

То есть Семен Борисович не столько ждал Старыгина, сколько рылся в его вещах.

— И что, интересно, вы тут делаете? — спросил Дмитрий Алексеевич, распахнув дверь. — Думаете, что найдете картину и разом решите все свои проблемы? Так вот не найдете, я убрал ее в сейф главного хранителя отдела итальянской живописи. Туда вас уборщица не пустит, не надейтесь! И вообще, я сейчас вызову охрану!

— Не вызовете, — криво усмехнулся Эрлих. — Это не в ваших интересах! А я вообще-то принес вам обещанные материалы — старую доску грушевого дерева, краски... вам ведь нужна грушевая доска?

— Эрлих, за кого вы меня принимаете? За идиота? — проговорил Старыгин, доставая из-под стола запасные ботинки.

— Почему? Я принимаю вас за разумного человека, который дал обещание и выполнит его в оговоренные сроки... вы ведь помните, у вас всего неделя!

Старыгин переобулся, и на его лице появилось выражение неземного блаженства: запасные ботинки нисколько не жали.

Эрлих удивленно посмотрел на него и проговорил:

— Чему вы так радуетесь? Думаете выиграть время и сбежать? Не надейтесь, наши люди следят за всеми вашими перемещениями!

— Нет, у меня совсем другая причина для радости — знаете поговорку: хочешь быть счастлив — купи тесные ботинки, а потом сними их!

— Кажется, вы и в самом деле идиот! — раздраженно выкрикнул Эрлих, — мы разговариваем об очень серьезных вещах, а вы вдруг про какие-то ботинки!

— Может быть, я действительно идиот, но не настолько, чтобы не видеть насквозь вашу игру! — процедил Старыгин, направляясь к двери. — Вы получите картину, и после этого я буду только опасным свидетелем! Потому что рано или поздно афера с копией раскроется! А мне отлично известно, как вы и ваш шеф поступаете со свидетелями! Особенно опасными!

— Но, Старыгин...

— И вообще, немедленно покиньте мой кабинет! Я ухожу и не намерен оставить вас здесь! После вашего визита наверняка что-нибудь пропадет, хотя бы ботинки! — и он пнул ногой осточертевшую обувь сорок второго размера.

Эрлих вышел вслед за Старыгиным и молча пошел следом за ним к выходу из музея.

Проходя мимо охранника, Дмитрий Алексеевич кивнул на Эрлиха:

— Этого проверьте, наверняка что-нибудь выносит!

— Дмитрий Алексеевич шутит, — Эрлих улыбнулся в тридцать два имплантата. — Вы ведь помните, я его коллега из Музея изобразительных искусств!

В подтверждение своих слов он распахнул пальто, и охранник махнул рукой.

Наталья Журавлева взглянула на часы.

Старыгин отсутствовал слишком долго. Неужели он опять влип в какую-нибудь дурацкую историю? Или просто обманул ее и смылся, воспользовавшись другим выходом музея? Но нет, это на него совсем не похоже...

Вдруг рядом с ее машиной возникла высокая фигура в мятом темном костюме.

Наталья вскинула голову... и обмерла: серое, неживое лицо, похожее на маску, неприятные кожистые складки щек и мертвые, неподвижные глаза с неестественно расширенными зрачками... это был тот самый человек, с которым она столкнулась на лестнице в доме Вадима Коржикова, человек, которого чуть позже она увидела во дворе того же дома. Самый таинственный и подозрительный персонаж во всем этом таинственном и подозрительном деле. Но ведь он мертв, его тело отправили в морг, а теперь он здесь...

Она хотела что-то сказать, что-то сделать, что-то подумать, но ничего не успела: высокий человек с мертвым лицом выбросил вперед длинную холодную руку и схватил ее за горло. Наталья почувствовала пронзивший все тело смертельный холод и потеряла сознание.

– Осторожно! – проговорил мужчина в длинном темном плаще, устраиваясь на заднем сиденье машины. – Она нам еще понадобится.

Человек с мертвым лицом отпустил горло девушки и сел на пассажирское место. Наталья Журавлева безвольно откинулась на водительское сиденье.

– Он должен уже выйти, – озабоченно проговорил мужчина в плаще, взглянув на часы. – Ага, вот и он! Мы успели как раз вовремя! Эй, а это еще кто такие? Ну-ка, пойди, разберись!

Старыгин вышел на набережную.

Машина Журавлевой стояла на прежнем месте, но по набережной шел сплошной поток машин, и пришлось переждать.

Возле самого подъезда стояла огромная черная «БМВ» с тонированными стеклами.

Эрлих вышел вслед за Старыгиным и подошел к нему:

– Зря вы так, Дмитрий Алексеевич! Мы ведь хотели с вами по-хорошему...

Заднее стекло «БМВ» опустилось, и показалось бледное костистое лицо Штабеля.

– Ну что, клиент дрыгает ногами? – спросил он Эрлиха.

– Не без этого, – усмехнулся Семен Борисович.

– Садитесь в машину! – проговорил Штабель не терпящим возражения голосом.

— Да нет, спасибо, у меня своя тут неподалеку!

— Садись, я сказал!

Передняя дверца «БМВ» распахнулась, на тротуар стремительно выскочил стандартный мрачный тип в похоронном костюме и с удивительной ловкостью втолкнул Старыгина в салон.

Дмитрий Алексеевич от бессильной злости собрался длинно и цветисто выругаться, но вдруг произошло нечто, чего не ожидал ни один из пассажиров «БМВ».

На тротуаре возле машины появился высокий человек в темном костюме со странным, неживым лицом. Он шел мимо, казалось, направляясь по своим собственным делам, однако, поравнявшись с «БМВ», неожиданно приостановился и вдруг страшным ударом пробил толстое тонированное стекло. Водитель, он же охранник, издал удивленный возглас и потянулся за пистолетом, но странный человек, молниеносно протянув к нему руку, схватил парня за горло и легонько сжал. Что-то хрустнуло, и тело водителя безжизненно обмякло на сиденье.

Штабель, который повидал в своей жизни много разного, не теряя хладнокровия, вытащил из подмышечной кобуры черный «глок» и почти в упор выстрелил в незнакомца.

Однако тот не обратил на это никакого внимания и распахнул заднюю дверцу машины.

Штабель снова нажал на спуск, но с прежним результатом. Незнакомец, казалось, даже не заметил выстрела.

— У тебя бронежилет! — с пониманием протянул Штабель, направляя ствол в лоб незнакомца.

И только тогда увидел его лицо.

Серое, неживое, словно плохо подобранная маска. Обвислые кожистые складки щек. Казалось, под этой маской скрывается еще одно лицо — настоящее, и такое страшное, что не было никакого желания его увидеть.

И еще глаза — пустые, мертвые, с неестественно расширенными зрачками.

От этого взгляда Штабель впервые в жизни растерялся. Он почувствовал, как в сердце проникает сырой могильный холод. Пистолет в его руке дрогнул.

Незнакомец, по-прежнему не издавая ни звука, выбросил вперед холодную костлявую руку и схватил Штабеля за горло.

Не так сильно, как его охранника, но тот же смертельный холод сковал все тело авторитета, и Сергей Шустов по кличке Штабель впервые в жизни потерял сознание.

Позади незнакомца на тротуаре корчился Семен Борисович Эрлих.

Его никто не тронул, но все увиденное так подействовало на впечатлительного искусствоведа, что он едва не лишился рассудка. Больше всего его поразило то, что на его глазах был побежден великий и ужасный Штабель.

Старыгин тоже был потрясен происходящим, но на него это подействовало совершенно иначе: невероятность того, что случилось на его глазах, была настолько запредельной, что он воспринимал это как сон или фантастический фильм, действие которого разворачивается прямо у него на глазах. Ему казалось, что все это происходит не на самом деле и уж точно не касается его.

Правда, он испытал что-то вроде злорадства, увидев поверженного Штабеля, но новый персонаж был еще страшнее, и его появление не сулило ничего хорошего.

И действительно, человек с серым неживым лицом протянул руку к Старыгину, схватил его за плечо и легко, как морковку из грядки, выдернул его из «БМВ». При этом Старыгин почувствовал в плече ледяной кладбищенский холод, который начал распространяться по всему телу, как будто его столкнули в мутную холодную воду. В такую воду, которой наполняются поздней осенью глубокие могилы, вырытые в тяжелой глинистой земле. Он и не пытался сопротивляться страшному человеку, безвольно переставляя ноги и послушно, как марионетка, двигаясь туда, куда влекла его ледяная рука.

Второй рукой незнакомец подхватил безжизненное тело Штабеля и как пушинку вскинул его на плечо.

Оставив за спиной «БМВ» и то, что осталось от его экипажа, человек с серым лицом пересек проезжую часть и втолкнул деморализованного Старыгина на заднее сиденье машины, рядом с мужчиной в темном плаще.

— Наконец-то мы встретились! — проговорил тот, холодно улыбнувшись одними губами.

Старыгин хотел что-то ответить, но могильный холод не оставлял его, и язык словно приклеился к гортани.

На переднем сиденье застонала и пошевелилась Наталья. Придя в себя, она удивленно огляделась и попыталась выскочить из машины, но мужчина в плаще уткнул ей в спину ствол пистолета и насмешливо проговорил:

— Куда это вы собрались? Нет-нет, мы теперь — одна команда, и вам придется смириться с нашим присутствием! И, между прочим, именно вы поведете машину. Потому что он, — мужчина кивнул на своего безмолвного подручного. — Он, к сожалению, этого делать не может. Такая досадная особенность...

Тем временем серолицый монстр впихнул бесчувственного Штабеля на заднее сиденье, рядом со Старыгиным, а сам уселся впереди.

— Ведь это — Фолькер Месснер? — проговорила Наталья, со страхом и любопытством разглядывая своего страшного соседа.

— В каком-то смысле, — усмехнулся человек в плаще.

– Но его убили год назад!

– Как все женщины, вы ужасно любопытны! Что ж, любопытство, как и всякое свойство, присущее только человеку, следует уважать. Действительно, его убили. Но если вы знаете об этом факте его биографии, вы знаете также, где это произошло.

– В Порт-о-Пренсе, – недоуменно отозвалась Наталья. – А какая разница?

– Большая, дорогая моя, очень большая! Порт-о-Пренс, как вы знаете – столица Гаити, а на Гаити восемьдесят процентов населения в теории являются католиками, а на практике исповедают культ Вуду. Слышали когда-нибудь о таком?

– Сказки про зомби и оборотней? – неуверенно протянула Журавлева.

– Сказки? – ее собеседник негромко рассмеялся. – Вам кажется, что существа рядом с вами не существует? Потрогайте его!

– Что-то не хочется! – Наталья зябко передернула плечами.

– И правильно, – мужчина в плаще кивнул. – Я сам иногда его побаиваюсь, хотя он подчиняется мне беспрекословно! Он многое может. Например, затаиться в ящике, пролежать там долгое время, пока ящик не внесут в служебное помещение Эрмитажа. Разбить витрину, вытащить в одиночку тяжелую каменную статую и даже срисовать нужные иероглифы...

— Или убить постороннюю девушку... — ввернул слегка пришедший в себя Старыгин.

— Девица вертелась возле вас, могла помешать, — согласно кивнул мужчина в плаще, — пришлось ее убить. Но я использовал ее смерть, чтобы навести вас на мысль о ларце для украшений, который хранился в запасниках.

— Зачем я вам был нужен? — спросил Старыгин. — Ваш зомби прекрасно сделал бы все, что нужно, и девушку не пришлось бы убивать...

— Э нет! Он не смог бы открыть ларец, только вы с вашей интуицией смогли. Тот паршивец, Вадим, тоже пытался — но куда ему. Абсолютно бесполезное существо, трус и подлец, ей-богу, в данном случае Месснер оказал обществу большую услугу, когда избавился от этого мелкого музейного вора. Так что мой подчиненный может многое. Он — живое подтверждение того, что поклонники Вуду действительно кое-что умеют... то есть, не совсем живое! — мужчина снова негромко засмеялся и вдруг резко оборвал смех, как будто выключил радио. — Ну да ладно, я отчасти удовлетворил ваше любопытство, а теперь поехали!

— Куда? — осведомилась Наталья, включая зажигание.

— Пока прямо по набережной до моста, а там я скажу.

Вскоре машина выехала на Васильевский остров, и через несколько минут Старыгин понял, что они едут к дому Витьки Семеркина.

Очень скоро его догадка подтвердилась: Наталья под дулом пистолета припарковалась около Витькиного подъезда.

— Ну что ж, теперь мы нанесем визит вашему однокласснику, — проговорил человек в плаще, повернувшись к Дмитрию Алексеевичу. — Только смотрите, чтобы без фокусов! И вот еще, отдайте-ка мне последнюю часть перевода!

— Какого перевода? — удивленно протянул Старыгин.

— Вот этого не надо! — раздраженно прервал его собеседник. — Вы прекрасно поняли, о чем я говорю! Мне нужен листок с переводом последней части числа! Ведь Мария Антоновна перевела иероглифы!

Старыгин попытался что-то возразить, но человек в плаще мигнул своему страшному подручному. Зомби легонько ухватил Старыгина за горло, и тот мгновенно утратил волю к сопротивлению. По его телу снова разлился могильный холод, дневной свет померк, сердце забилось медленно и с усилием. Человек в плаще обшарил его карманы и очень быстро нашел листок с переводом иероглифов.

Зомби разжал руку, и Старыгин часто, глубоко задышал.

— Не нужно сопротивляться, — проговорил человек в плаще, убирая листок в карман. — Согласитесь, что контакт с Фолькером очень неприятен!

— Кто вы такой? — спросил Старыгин, когда голос вернулся к нему. — Зачем вам иероглифы? Откуда вы узнали о них?

— Любопытство простительно вашей подруге, — отозвался тот. — А вы все-таки мужчина... впрочем, так и быть, кое-что я вам расскажу. В конце концов, вы славно поработали на меня, нашли все три части загадки, и вас можно за это поощрить... Во-первых, мне нужны не иероглифы, а то число, которое ими записано, потому что оно открывает перед своим обладателем необыкновенные горизонты, дает ему небывалое могущество. А о том, что это число было известно древним египтянам, я узнал, работая над так называемым московским математическим папирусом, который хранится в Музее имени Пушкина... в этом папирусе сказано, что Священное Число, которое одно содержит в себе все знания мира — закон, которому подчиняются скользящие по небесному своду светила и разливающийся каждую весну Нил, приплод домашнего скота и болезни, поражающие рабов на строительстве дворцов и храмов...

Лицо человека в плаще озарилось странным мрачным светом, будто на него упал отблеск дымного факела, и он продолжил, задыхаясь от волнения:

— Такое число содержит в себе всю мудрость богов, и оно само является богом. Богом более могущественным, чем Анубис, вершитель судеб в загробном мире, более могущественным, чем великий Пта или мудрый Тот, может быть, даже более могущественным, чем Осирис... так сказано в папирусе... но хватит с вас, — спохватился он, взяв себя в руки, — нам нужно завершить дело!

Он выбрался из машины, держа Наталью на мушке, и сделал знак своему помощнику. Зомби выволок из салона все еще бесчувственного Штабеля, вывел Старыгина, и вся компания направилась к подъезду.

Возле двери Семеркина человек в плаще понизил голос и проговорил:

— Напоминаю вам — чтобы без фокусов! Фолькер этого очень не любит!

Он подтолкнул Старыгина к глазку и нажал на кнопку звонка.

— Димка, ты? — раздался из-за двери голос Семеркина, в котором на этот раз не было прежнего уныния. — Заходи!

Дверь распахнулась.

— Неужели ты нашел третье число? — проговорил Семеркин, с надеждой и недоверием глядя на одноклассника.

— Нашел, — проговорил человек в плаще, выступая из-за спины Старыгина. — Только вам это вряд ли принесет большую радость.

— Кто это с тобой? — удивленно спросил Семеркин.

— Это не я с ним, это скорее он со мной!

И в ту же секунду зомби ввалился в квартиру, втолкнув туда же Старыгина и Наталью и швырнув в угол прихожей бесчувственное тело Штабеля.

— Кто это такие? — Семеркин растерянно завертел головой. — Это все твои друзья? Предупредил бы меня, что приведешь такую кучу народа! Я бы хоть чайник поставил...

— Без чая мы как-нибудь обойдемся! — рявкнул человек в плаще. — А вот компьютер нам понадобится! — и он распахнул дверь кабинета.

— Что с этим человеком? — Семеркин уставился на Штабеля. — Ему нужна помощь!

— Помощь? — человек в плаще усмехнулся и шагнул к Штабелю, доставая из кармана плоскую металлическую коробочку. — Кстати, он мне пригодится... Фолькер уже немного сдает, с ним не будет чистоты эксперимента... мне понадобится новый помощник...

Он опустился на одно колено, приподнял рукав авторитета и вонзил в его руку шприц.

— Да что вы себе позволяете? — опомнился Семеркин. — В конце концов, вы у меня дома...

— Вы совершенно правы, — гость выпрямился и убрал шприц обратно в коробку. — Мы у вас дома, и приехали сюда потому, что у вас хранятся два первых числа. Где они?

— Что это вы распоряжаетесь? Сейчас же прекратите! — Семеркин топнул ногой. — Или я вас выпровожу!

— Выпроводите? — в голосе гостя прозвучала откровенная насмешка. — Это вряд ли!

Он сделал едва уловимый знак рукой, и зомби, который до этой минуты неподвижно стоял у стены, шагнул к Семеркину и взял его за горло.

— Осторожно! — прикрикнул на него хозяин. — Он нам очень нужен!

Зомби разжал руку и отступил, но одного его прикосновения оказалось достаточно.

В глазах Виктора появился тоскливый ужас. Он прислонился к стене, тяжело и неровно дыша, схватился за сердце и с трудом устоял на ногах. Отдышавшись, тихо спросил Старыгина:

— Кто это такие? Зачем ты привел их ко мне?

— Повторяю, — проговорил человек в плаще. — Ваш друг здесь ни при чем. Это не он привел нас, это я привел его! Ваш друг был моим послушным орудием, он нашел для меня все три части Священного Числа и теперь я смогу соединить их!

— Он все-таки нашел число «омега»? — Семеркин, кажется, снова немного оживился.

— Оно у меня! — гость поднял руку с зажатым в ней листком.

— Дайте взглянуть! — Семеркин потянулся к бумаге.

— Давайте сюда первые два числа! — потребовал гость, спрятав листок в карман, и подошел к компьютеру.

— Не давай ему чисел! — взмолился Старыгин.

— Все равно он их найдет! — махнул рукой Виктор, выдвигая ящик стола.

— Ваш друг правильно рассуждает, — усмехнулся человек в плаще. — Все равно я их найду! Я искал эти числа всю свою жизнь... после того, как в одной из старых монастырских библиотек я нашел трактат Магнуса Аррениуса «О величайших тайнах, хранимых египетскими жрецами» и понял, какую великую силу таят в себе эти числа, я перерыл все библиотеки мира и в конце концов нашел Папирус Чисел... попутно я научился создавать монстров, подобных этому, — он показал на зомби. — Но главной моей целью оставались три великих числа. Я ни перед чем не остановлюсь! Тем более, что одно из них, число «фи», общеизвестно... кроме того, вашему другу безумно хочется увидеть результат моего эксперимента!

Старыгин взглянул на Семеркина, на его лихорадочно блестящие глаза, суетливые движения, и понял, что режиссер этого страшного спектакля прав: Виктор готов на все, чтобы узнать третье число и увидеть его в действии...

— Вот они, первые два! — воскликнул Семеркин, выложив на стол листок с цифрами.

— Отлично! — человек в плаще уселся за стол перед включенным компьютером, вставил в него диск, который достал из кармана, и запустил какую-то программу. Затем он вынул из другого кармана тонкий металлический обруч, от которого отходил длинный провод со штекером, надел этот обруч себе на голову, а провод подключил к одному из портов компьютера.

– Смотрите, – проговорил он звенящим от возбуждения голосом, покосившись на зрителей. – Перед вами происходит самое важное событие в истории человечества! Через несколько минут мир станет другим, обновится, преобразится, как змея, сбросившая кожу!

Одно за другим он начал вводить в компьютер числа. Внимательно сверяясь с записями, он ввел первые два числа, затем приступил к последнему. Видно было, как он волнуется, как дрожат его руки, как мелкие бисеринки пота выступают на висках.

Наконец последняя цифра была введена, и программа заработала. По экрану бежали ровные колонки цифр, голубоватый отсвет играл на лице человека перед компьютером, и лицо это удивительным образом преображалось.

Наконец мелькание цифр прекратилось.

Человек выждал несколько секунд и встал во весь рост. Лицо его пылало, глаза горели, как два угля.

– Я подключился к компьютеру, привел в действие великий механизм творения, и теперь мощь Священного Числа стала моей мощью! – проговорил он торжественно. – Мир изменился! Теперь для меня нет ничего невозможного!

Вечная жизнь, способность воскрешать мертвых – причем не так, как его, – он пренебрежительно махнул рукой в сторону зомби. – Воскрешать по-настоящему, с полным сознанием, с сохранением памяти и способностей! Но это – мелочи по сравнению с тем, что я теперь могу! Я могу менять орбиты планет, сдвигать с места материки, гасить и зажигать звезды! От моей улыбки наступит лето, мое недовольство вызовет землетрясение на другом конце земли! Вот сейчас, для того чтобы продемонстрировать свою мощь, я одним усилием своей воли выключу все компьютеры мира!

Он повернулся к компьютеру и чуть заметно прищурил глаза.

И в ту же секунду монитор погас, и ровное гудение вычислительной машины замолкло.

– Видели? – владыка мира победно усмехнулся.

– Вы сумасшедший! – вскрикнул Семеркин. – Ведь из-за этого могут погибнуть миллионы людей! Самолеты разобьются, корабли потеряют управление, в больницах откажут системы реанимации...

– Это не играет роли! – отмахнулся человек в плаще. – Теперь ничто не играет роли, кроме моей воли и моего желания!

В это мгновение, словно для того, чтобы усилить впечатление от его слов, квартира наполнилась мелодичным звоном – это забили все

407

часы из коллекции Семеркина. И с этим звоном слился звон разбитого стекла. На пол кабинета посыпались осколки, и в окно влетел человек в черном обтягивающем костюме, с коротким автоматом в руке. На голове его была черная трикотажная шапочка, но из-под нее выбивались рыжие волосы, и Наталья Журавлева мгновенно узнала Пауля Штольца из Интерпола.

Пауль отстегнул веревку, на которой спустился с крыши, и шагнул на середину комнаты.

— Фолькер! — крикнул человек в плаще.

Зомби шагнул к интерполовцу, но тот нажал на спуск, и короткая очередь прошла серолицего монстра. Тот застыл на месте и вдруг с тяжелым грохотом обрушился на пол.

— Вот как? — насмешливо произнес человек в плаще, переведя взгляд с поверженного зомби на Пауля. — Все равно вы уже опоздали! Не вставайте на моем пути, жалкий человечишка! Я вам не по зубам!

Он полез правой рукой за пазуху.

Пауль нажал на спуск, и автомат коротко взлаял.

— Все равно я... — проговорил человек в плаще и покачнулся. На его груди расплылось малиновое пятно. Он дотронулся до него рукой и удивленно уставился на окровавленные пальцы.

— Что... это... я должен был остановить пули... ну ничего, сейчас я все исправлю... — он покачнулся, сделал шаг вперед и рухнул на пол рядом со своим послушным помощником. Глаза его закатились, лицо приняло выражение детской обиды.

Пауль подошел к нему, наклонился, проверил пульс.

— Мертв, — проговорил он с сожалением. — Жаль, мы так ничего о нем и не узнаем! Не узнаем даже, кто он...

— По-моему, просто сумасшедший! — отозвался Старыгин.

— Как же так... — протянул Семеркин. — Все его могущество не помогло против человека с автоматом?

— Какое могущество? — усмехнулся Дмитрий Алексеевич, повернувшись к однокласснику. — Ты думаешь, я отдал ему настоящее число «омега»? Как бы не так, на всякий случай я заменил одну цифру.

— Что, ты предвидел эти события? — глаза Семеркина загорелись. — А где настоящее число?

— Так я тебе и скажу! Я его заменил, чтобы ты не устроил какую-нибудь катастрофу! Знаю я вас, математиков! Ради научного интереса можете земной шар в обратную сторону раскрутить!

— Да, но как же компьютер? — спохватился Семеркин. — Ведь он действительно выключил его взглядом!

— Взглядом? — Старыгин отступил от стены и показал провод с вилкой, который в кульминационный момент выдернул из розетки.

— А вот меня интересует другое. Как вам удалось убить зомби? — проговорила Наталья, удивленно разглядывая тела на полу. — Я видела, как в него стреляли, не один раз и в упор, и он даже не замечал этого!

— Старые сказки иногда оказываются правдивыми! — Пауль пожал плечами. — Я зарядил автомат серебряными пулями и, как видите, это сработало!

— Не знаю, — с сомнением протянул Старыгин. — Может быть, для верности вбить ему в сердце осиновый кол?

Пресс-конференция подходила к концу. Старыгин устал и охрип, однако с готовностью отвечал на вопросы. Это несомненно был день его триумфа. В зале было тесно от людей, жарко от вспышек фотокамер. Рядом с ним сидел заметно похудевший и побледневший Семен Борисович Эрлих. Он слабо, неуверенно улыбался и кланялся иногда. Вопросов ему не задавали.

Перед тем как объявить о своем открытии — о том, что картина неизвестного флорентийского мастера первой половины шестнадцатого века оказалась работой самого Леонардо да Винчи, Старыгин долго исследовал картину, долго думал. Он никак не мог решить, понял бы он при реставрации, что эта работа бессмертного Леонардо или его натолкнул на эту мысль тот преступный интерес, который питал к картине Штабель. В конце концов он решил, что и сам конечно догадался бы, однако представил корреспондентам Эрлиха как человека, который способствовал успеху расследования.

– Последний вопрос от газеты «Франкфуртер Альгемайне»! – объявил ведущий. Старыгин ответил, и, наконец, все закончилось. Журналисты шумели, двигали стульями, собирали аппаратуру.

– Разрешите, господин Старыгин еще один последний вопрос? – послышался знакомый женский голос.

Старыгин повернулся и едва узнал Наталью Журавлеву. Перед ним стояла очаровательная молодая женщина, глаза ее сияли, волосы были модно подстрижены. Куда девался мешковатый брючный костюм? Где скромненькая курточка и круглое лицо первой ученицы?

Волосы непокорно топорщились, яркая помада ей несомненно шла, серые глаза, с обведенной черным ободком радужкой смеялись.

«Да она хорошенькая!» – подумал Старыгин и взял ее за руку.

– Как я рад, что вы пришли! – с неподдельным чувством сказал он.

– Я же не могла не поздравить вас в такой день! – улыбнулась она, не отнимая руку. – Ну, дело об убийстве закрыто в связи со смертью подозреваемого, к вам разумеется не может быть никаких претензий. Что касается Сергея Шустова по кличке Штабель, то он так и не пришел в себя, находится в коме. Состояние какое-то странное, врачи ничего не могут сделать, только плечами пожимают. Так что вам он не доставит больше хлопот.

— Что мы все о делах да о делах! — перебил он, откровенно любуясь ею. — Давайте пойдем куда-нибудь, посидим и будем пить кофе и болтать о всяких пустяках, потому что об искусстве я сказал сегодня очень много...

— Я не могу, — она смущенно улыбнулась и мягко отняла руку. — Я завтра уезжаю.

— Куда? — изумился Старыгин.

— В Германию, в Мюнхен, там живет Пауль, — при упоминании этого имени глаза Натальи засияли нестерпимым светом, и Дмитрий Алексеевич все понял.

«Как жаль, — подумал он, — ну почему мне так не везет?»

— Так что мне пора, еще очень много дел, — затараторила Наталья, — рада была вас повидать и всего хорошего...

Она встала на цыпочки, ткнулась губами Старыгину в щеку, рассмеялась, увидев, что перепачкала его помадой, провела по щеке рукой и убежала.

— Но постойте! — позвал Старыгин. — Как же так быстро...

— Привет коту Василию! — крикнула она и исчезла за дверью.

Старыгин подошел к окну. Ветер гнал по набережной сухие листья и швырял их в реку. Нева сердито перекатывала свинцовые валы. Вот промелькнул среди облаков лучик позднего солнца, и позолотил на том берегу шпиль Петропавловской крепости. С другой стороны Ростральные колонны смело подставляли ветру носы кораблей, словно плывущих вдаль по осеннему небу.

Все было на месте. Мир не изменился.

Наталья Александрова

ПРОКЛЯТИЕ ФАРАОНА

Ответственный за выпуск:
Е. Г. Измайлова
Корректор Л. С. Самойлова
Дизайн, оформление обложки И. И. Кучмы
Верстка А. Б. Ирашина

Подписано в печать 15.01.07
Формат 84х108 $^1/_{32}$. Гарнитура «MinionC»
Печать офсетная. Бумага газетная
Уч.-изд. л. 11,75. Усл.-печ. л. 21,84
Изд. № ОП-06-0089-АРД. Тираж 5000 экз. Заказ № 4720034.

ЗАО «ОЛМА Медиа Групп»
129075, Москва, Звездный бульвар, 23

Отпечатано на ОАО «Нижполиграф».
603006, Нижний Новгород, ул. Варварская, 32

«ОЛМА Медиа Групп» представляет

Наталья Александрова

РОМАН-РЕБУС   АД ДА ВИНЧИ

Дерзкое похищение из Эрмитажа шедевра Леонардо да Винчи **«МАДОННА ЛИТТА»…**

Охота за особой королевской крови, наследницей мистического знания…

Планы тайного общества обрести мировое господство…

В поисках картины Леонардо известный реставратор и находчивая журналистка сталкиваются со смертельно опасными тайнами минувших столетий. Кто и зачем нарисовал вторую «Мадонну Литта» одновременно с Леонардо? Что за Образ, Ключ и Кровь разыскивают члены Ордена Амфиреуса? Главным героям предстоит совершить невозможное, чтобы последователи Люцифера не смогли выпустить на свободу древнее зло…